向着梦的坐标集结

马丽红 —— 著

山西出版传媒集团　北岳文艺出版社
·太原·

图书在版编目（CIP）数据

向有梦的坐标集结 / 马丽红著 . — 太原：北岳文艺出版社，2022.4

ISBN 978-7-5378-6546-3

Ⅰ . ①向… Ⅱ . ①马… Ⅲ . ①中篇小说—小说集—中国—当代 Ⅳ . ① I247.5

中国版本图书馆 CIP 数据核字 (2022) 第 062454 号

向有梦的坐标集结

马丽红 / 著

//

出品人 郭文礼	出版发行：山西出版传媒集团·北岳文艺出版社 地址：山西省太原市并州南路 57 号 邮编：030012
选题策划 韩玉峰	电话：0351-5628696（发行部）　0351-5628688（总编室） 传真：0351-5628680
责任编辑 韩玉峰	印刷装订：山西润金容印业有限公司
书籍设计 百悦兰棠	开本：787mm×1092mm　1/16 字数：260 千字　印张：17.5 版次：2022 年 4 月 第 1 版
印装监制 郭　勇	印次：2022 年 4 月 山西 第 1 次印刷 书号：ISBN 978-7-5378-6546—3 定价：78.00 元

本书版权为本社独家所有，未经本社同意不得转载、摘编或复制

新人，新风景

——读《向有梦的坐标集结》

贾宏图

明知迷恋手机不看书害人不浅，可还是像吸毒上瘾一样，手不离机，眼不离屏。几天前，一位图书收藏大家（自存当代作家签名书近十万册）推荐一部中篇小说书稿，请我为之作序。因朋友之托，只好放下手机，捧起书稿。六篇中篇二十多万字的书稿，竟让我通宵达旦，手不释卷。没想到当今还有这等可读好读的中篇小说，真是大喜过望！

这部书的作者马丽红，是位70后的文学女青年，生于黑土地，毕业于克山师范，之后成为县城中学的英语老师，又自学考入哈尔滨师范大学，现在在哈尔滨一所中学还教英语。因喜爱诗歌，走上文学这条"金光大道"。1995年诗作开始获奖，后又写小说，先短篇，后中篇，再长篇，一发而不可收，而中篇小说成绩卓然。2020年她创作的《黑指甲》曾获得"首届青年文学奖"的特等奖。省内的多项文学奖，她也多有斩获。

"小荷才露尖尖角，早有蜻蜓立上头。"作为一个老文学工作者，对于每一位文学新人的涌现，都让我喜上心头。特别是看过女作家马丽红这部颇有特色颇有分量的中篇小说集，我竟想起了中国近现代杰出的女作家萧红和当代杰出的女作家迟子建。因为她们都生于家乡的黑土地——呼兰河畔和漠河的北极村；她们都是以中篇小说登上中国文坛的。萧红的《生死场》以描写独特的东北农村生活，而被鲁迅先生发现并编入"奴隶丛书"；而迟子建发表在《人民文学》的处女作《北极村童话》，让一个孩子眼中的边塞风光和一个少女的才情，吸引了当时的文坛。大概二十年后迟子建的中篇《世界上所有的夜晚》，不仅第三次获得鲁迅文学奖,也为几年后她荣获茅盾文学奖的长篇《额尔古纳河右岸》做了一次热身。

当然有人会说马丽红,还不能与萧红和迟子建同日而语。但一位已发表百万字文学作品并有多部作品获奖的有才华和潜质的青年业余作家,值得后继乏人的黑龙江文坛,给予特别关注。

当下,报刊、特别是一些网上发表的作品并不少,但缺少的是对现实和当下社会的关注和深刻的表达。一些具备文学能力的文学青年缺少的是历史意识、批判精神和使命感。而马丽红始终坚持现实主义的创作方向,坚定地走自己的文学之路。在纪念建党百年征文的获奖中篇《向有梦的坐标集结》中,她塑造了一个别样的在战场上的英雄返回乡务农的唐耀武。在那场残酷的战争中,老唐的两任连长牺牲了,其中一位是为了掩护他而死的。和他一起参军的战友林大松只因为未婚妻说男人穿着军装最帅,而跟他一起出国参战。勇敢的林大松冲锋在前,血染军装,倒在了阵地上,来不及给未婚妻寄一张穿军装的照片。战争胜利了,唐耀武成了英雄,立了大功,上级要提他当排长,可他转业了,把职位让给立了三等功的战友。他回农村老家的首要任务,是看望死在战场上的两位连长的父母,是给牺牲的战友林大松的女友张桂凤送一套新军装。后来老唐当上了村党支书,又与张桂凤成家。当年未去当兵的发小刘占文已经当上了副乡长,他强迫全乡种草药,老唐因自然条件不适合而坚决抵制,结果瞎指挥造成了全乡受灾歉收。老唐逼着刘占文向全乡百姓检讨认错,结果自己被撤职,听上级话的刘副乡长被提升为副县长。后来老唐成了不是书记的书记,村里每一家有困难他都帮,困难户孩子上学他都资助。他的妻子张桂凤因老唐受战伤一生未育。她承包土地劳累过度得了重病,因缺钱医治而故。老唐承包了一片无人经营的荒山,辛劳半生种起了一片万棵松树的大树林。最后他把这座青山当作党费交给了国家。

人生的最后时刻,他对刘占文说,这片林子每一棵树都是我活着的战友,你们一定给我守护好。刘县长问他还有什么要求。老唐说,我最后要当一次兵!于是刘县长为老友唐耀武调动了县武装部。这篇小说的最后,出现这样的情景——

这时，一班士兵已经走进屋里列成两排，唐耀武穿上军装忽然神色威严地站了起来，一名士兵立即出列向唐耀武敬礼，然后大声喊，报告首长，部队已经集结完毕，请指示！唐耀武立即举手回礼，所有的士兵都向唐耀武敬礼。

不知什么时候唐家的院里挤满了人，也都纷纷把手举了起来。

感谢马丽红用极朴素的语言为我们树立中国共产党的这样一位平凡又非凡的老英雄。在战场上他舍生忘死，勇敢向前；回乡务农，他不记个人名利，只为乡亲过上好日子。官可以不当，事不能不干。他献出自己的一生，为人民留下一片青山。共产党的百年江山，就是由这样无数的普通的共产党员打下的。江山就是人民，人民就是江山。

生长在黑土地上的作家马丽红最熟悉的是家乡山水和家乡的父老乡亲，最关心最关注的是家乡巨大的历史变革和那些农民命运的变化。为中国改革和建设付出艰辛劳动也付出巨大代价的是中国农民。她以为农民说话是她的一份责任。她的这部文集中有六篇写到农村和农民。《沼泽上也长庄稼》，写的是农村扶贫的故事。临近退休的县档案局长杨青林，下乡帮扶外号叫马大混子的农民，马有一个智障的女儿叫美美，老婆因下河为女儿捞菱角而淹死。他失去生活信心而陷于赌场，因此成了一贫如洗的马大混子。原来扶贫的干部送他一只羊养，让他吃掉了。这次他想让杨局长给他一笔扶贫金，这样杨局长也好早日回城退休。而老杨自带伙食住进马家，天天陪着智障的美美一起说话一起玩。然后又领着孩子到省城大医院会诊开药，还给她买了一身新衣服。回来后，杨局长教美美学说话，学写字。看着孩子的状况有所好转，马大混子重新燃起生活的信心，杨局长逼他戒了赌，又帮他种上无农药蔬菜，还帮他打开销售市场。全家的日子过好了，可杨局长累病了，他躺在病房昏迷不醒，突然听到有个孩子在喊："爷爷！"他睁眼一看，竟是只会说爸妈的美美，头一次喊出了爷爷！这个故事告诉我们，共产党员把贫困的农民当作自己的亲人一样全力关怀帮助，这就是创造中国数千万计贫民脱贫致富的原因。真理就是这样朴素。

创造一个动人感人的故事，塑造一位丰满而有特色的典型人物，这是一个中篇小说的基本要素。马丽红的故事都取材于她熟稔于心的农村生活，诸如种地打粮、进城务工、市场推销的经济活动，诸如房前屋后，家长里短，夫妻分合，分家争财，兄弟翻脸，姑嫂矛盾，寡妇是非，光棍求爱的那些事儿。而作家选取的故事和塑造的人物是有自己的追求。她知道高尔基说过这样的话："文学的一般任务是什么呢？就是把人的美、诚实、崇高的品质表现在色彩、文字、音乐、形式中。"高尔基还说过："一切事务都可以写得很美。但是最美的还是关于好人的故事，关于好人的歌儿。"

在如今农村的裂变和分化中，在马丽红的小说中，我们看到这样的好人，如《地下的光》中的小儿子德明和哥哥德才在父亲去世后都争养母亲，德明诚心养母，德才却惦念父亲院里可能埋着先辈留下的财宝。而德才真的争到了老房，挖出一罐五百块"袁大头"，一夜暴富的日子，让他走向了堕落，结果家破人亡。而弟弟德明夫妇进城打工，诚实创业，和母亲一起过上了富足的生活。雨果对小说有这样的认识："美与丑，高尚与卑贱——这是一种对比，这种对比传达出生活的气息。"而马丽红的小说在这种对比中映射出农民在致富的道路上的分化和演变。当然这种种变化，不会像黑白之分那样简单，其中的多样性和复杂性，也反映在马丽红的《房前屋后》和《黑指甲》等作品中。请读者自己去品评吧！

高尔基在和青年作家谈话时说过："文学的第一要素是语言。语言是文学的主要工具，它和各种事实，生活现象一起构成文学的材料。"马丽红的小说用她朴素清新的语言构建了自己的文学之厦，那语言来自土地，来自民间，颇具东北农村地域特色。她说她是用老百姓的语言说话。在《黑指甲》中，要替受伤的丈夫进城打工的妻子夏冰冰在和丈夫管二力的对话竟这样的有趣：

夏冰冰说，二力，你这是不放心我呀？
管二力半天没说话，干脆沉默了。
夏冰冰说，我们都结婚八年了，难道我啥样你还不知道吗？

管二力说，正因为我太知道你了，你一天傻了吧唧的，缺根弦。所以才不能让你去！

夏冰冰说，我知道城市的男人有钱还花心，可我不招惹他们，还不行吗？你也清楚我在这方面缺根弦，你不要总看到阴暗面好不好！

管二力说，你懂啥？这就像汽车追尾，虽然不招惹人家，可还不是被人家在屁股后面给顶上了！

夏冰冰说，你说话怎么那么难听，好像你懂得多些似的！而且你不要把别人都想成坏人，世界上就你一个好人！

停了一会儿，见管二力没搭茬，夏冰冰继续说，那你说怎么办？你要能想出办法送小虎到城里读书，我天天搁家陪着你，哪儿也不去。

管二力看一眼咄咄逼人的夏冰冰，耷拉着脑袋又没话了，说也说不过她。

夏冰冰说，二力，咱大嫂不是在城里饭店干好几年了吗，我看啥事儿也没有啊！你就是想得太多了。也就咱自己拿自己当回事，出去是个啥，咱啥也不是，就是普通小老百姓，哪那么多事，别想太多了。

这段话的每一句都有张力，每个词都有韵味，其中的幽默感让人忍俊不禁。这样的语言风格，咱们这嘎达的人儿都爱听！

要问夏冰冰进城之后，真的没出啥事吗？读者还是自己瞅瞅吧！

马丽红这部小说如一位新人推出的一片文学新天地，鲜亮养眼。我们期望着黑龙江文坛绿草茵茵百花盛开不败。

2021 年 11 月于哈尔滨

○贾宏图，黑龙江省文化厅原厅长，黑龙江作协原主席、党组书记。中国作家协会全国委员会委员。

目　录

向有梦的坐标集结 / 001
沼泽上也长庄稼 / 028
木鸽子上的留言 / 061
地下的光 / 124
房前屋后 / 159
黑指甲 / 198
为陌生人的命运而燃烧的火焰
　　——马丽红小说论 / 265

向有梦的坐标集结

一

东山坡的坡度比较缓，刚下过雨，一坡的松树绿得发黑而且飘着淡淡的松脂味儿。小路幽幽的有些弯儿，顺着山坡的走势向上延伸，像是一张没有拉圆的弓。树枝儿绿绿的，直直的，连在一起从两边伸过来遮住了天空。老兵唐耀武走得很慢，微微的喘息声若有若无的，有些像山洼里蝼蛄细弱的叫声有气无力。他一路低头看着自己的脚下，这坡这树，还有这幽幽的小路，早已经和他连到一起了，他是怕惊着它们。

小路两边的小叶蒿、芨芨草，还有石斛，一蓬一蓬，一丛一丛，长得足够闹腾了，特别是小叶蒿已经齐腰深了，牵牛花毫不客气地爬上去，以至于它有多高，牵牛花就开多高。老兵唐耀武在半山坡上蹲下身子，他想好好看看这些蒿子，这些与满坡树木朝夕相伴的蒿子，从前他还真没在意，他的心思都在树上，他的心里只有树。看着一天天长高的树，他的心情是复杂的，没有谁能理解一个老兵此时此刻的心情，有时候他甚至觉得自己也是一棵树，一棵可以穿越漫漫时光隧道，与那场战争连接在一起的树。

他没想到这些一度被他忽略的不被待见的玩意儿，其实也蛮可爱的。它们随心所欲地生，又被人随心所欲地处理了，可只要幸运地留下来，那就不管风啊雨的都奈何不了它了。唐耀武把脑袋缓缓地凑到一棵小叶蒿跟前，一伸手把它掰弯了可又觉得不妥，于是干脆把脑袋俯到小叶蒿上面，一股浓浓的类似树而又类似庄稼稞子的味道冲入鼻孔，他立马打了一个喷嚏，然后对着蒿子骂了一声，狗日的，好大的劲儿！

山坡上太静了，只有他自己听着了这声骂，唐耀武咽了一口吐沫，喉结跟着咕噜一声，好像山坡上干旱天气滚动的石子，染上了他的情绪也带着他的深深的期待，让他只想跳进河里去洗澡。

从坡底到坡上一般是八百八十步，多年来，唐耀武每天至少要走一次，这中间的误差一般不会超过两步，今天他上山的时候本来开始也数着了，可他今天想的事儿多，数着数着也就忘了。但他也知道，他现在的精力虽说大不如从前了，可也差不到哪里去。唐耀武用手遮住眼睛看了一眼太阳，他每天到山坡，第一时间总是要漫不经心地看一眼太阳。他不知为什么要看太阳，只觉得应该看，也许是想确定一下方向，也许是老伴走了以后山坡上剩他一人了，孤孤单单的，不看太阳又去看谁呢。

这个理由也许不重要，重要的是他看过太阳以后，回头再看满坡松树的时候心里格外温暖，他觉得每棵树都是活着的，不是树而是人，是和他一起在战场上流血牺牲的亲密战友。累了的时候他经常想起那场战争，想起他们连的每一个战士。尤其是林大松和他一个班，又是一个县一起入伍的。他俩没事儿的时候总爱一起说村里和家里的事儿，当然也偷着说女人的事儿。唐耀武那时在家没有对象，而林大松有了。虽说还没订婚，可那个闺女和林大松已经好一年多了，他这次出来当兵就是他对象撺掇的。

林大松在说起他对象的时候，目光里满是骄傲和期待，好像整个世界都是他的了。唐耀武有些羡慕地看着林大松，使劲儿地给他一拳，然后和他一起分享着快乐。林大松说，你知道她为啥撺掇我出来当兵吗？唐耀武摇头。林大松说，她是看上了咱们这身军装，你不知道她穿上军装的样子有多好看，可我现在只有两身军装又没法儿给她。

林大松和唐耀武一样都是农村兵，都能吃苦，所以入伍刚刚一年都入党了，而且又同时当了班长。那日两人都很高兴，特意穿了新军装到街上照了相，唐耀武以为他要把照片寄给他对象呢，可林大松把信写好了，也把照片装信封里，临了却又把照片拿了出来。他对唐耀武说，我怕她看了照片心里不得劲儿，还是等咱发军装的时候一起邮吧！唐耀武没见过林大松对象的面，可他知道能喜欢军装的女孩子一定很可爱。他也为林大松着急，恨不能新军装马上发下来，好让林大松给他对象寄回去。

部队的生活很紧张，总是没完没了的训练，新军装还没发下来，邻国的那场战争打响了。唐耀武和林大松所在的部队连夜被拉上前线了。

一只喜鹊不知什么时候落在了唐耀武头顶的松树上，喳喳的叫声破坏了山坡的幽静，唐耀武抬头看着喜鹊，然后把目光缓缓地移到天上，大朵的云彩，比山坡还大的两块云彩缓缓地接在一起，很快成了一块云彩，很像是刚刚集结的两支部队。

战斗打得很残酷，唐耀武所属团接到了攻打敌人某高地的任务，很多不知名的战友都牺牲了。他们连顶上去的时候，正是中午，太阳吊在天空好像冒了火似的，在我军的猛烈炮火中，山上的朽木也起了火。唐耀武和战友们被敌人的机枪交叉火力点拦在半山腰。形势相当危急，如果他们这个连再拿不下高地，那势必影响后续部队的前进，以致影响到整个战局。连长立即命令全连所有共产党员组成敢死队。

在战友们的掩护下敢死队冲了上去，敌人的机枪阵地被炸掉了。而十几个战士也倒在了敌人的阵地前沿。争夺高地的战斗是胜利了，可唐耀武所属的连队已经剩下不到一排人了。在这次战斗中，唐耀武是敢死队里除连长以外的唯一幸存者。他找到林大松的遗体，林大松的脸已经被子弹打得血肉模糊，一身军装排着密密麻麻不规则的弹孔。唐耀武看着林大松焦干干的嘴唇，临走也没喝上一口水，觉得心里特别难受，于是就跟连长说，他想让林大松喝一口水。

连长说，人都死了还喝什么水，赶紧进入阵地。唐耀武觉得连长不近人情，赶紧把水壶从胸前摘下来倒过来对着林大松的嘴，倒了半天也没倒出一滴水。最后他只好把林大松的遗体搬到树荫下。

他们连和后来上来的一个兄弟连队，又在高地上守了三天，直到确认敌人已放弃这个高地才撤走。这中间战友们把牺牲的战友都埋在了山上，唐耀武还特意给林大松喂了水，大家都被唐耀武的行为感染了，也纷纷效仿给死去的战士喂水。有很长一段时间，包括复员回到村里，唐耀武只要渴了总会想起林大松，想起那些战友，直到临死前也没喝上一口水。因此他一喝水的时候就免不了心痛，胃也痛，他甚至觉得身上每个部位都痛。

连长后来挂了彩，唐耀武腹部也受伤做了手术。两人都躺在医院里，他的伤比连长的还重。连长恢复得差不多了，便拄着拐来床前陪他。两人自然啥都说，天南地北地想说啥说啥，但说得最多的还是这场战争。连长说，想不到你小子真行，居然给他们喂水。

唐耀武说，要是大松活着就好了，他肯定会来医院看咱们，你不知道他家里都有对象了，他出来当兵就是他对象撺掇的。

连长忽然神色黯然地低下头，他本来要说林大松是英雄，没有辜负党的培养。可又一想牺牲了那么多的敢死队员，谁不是英雄？末了他只好说，你记住只要我们还活着，他们就都活着！

唐耀武明白连长的意思，可他不愿意顺他的思路说下去，这个话题太沉重了，有种喘不过气的感觉。他觉得搁到心里就行了，何必说出来呢？他说，连长你知道大松他对象为啥非得撺掇他出来当兵吗？我不说你肯定想不到？

连长说，还不是让他提干回去好风风光光地娶她。

唐耀武说，不是，不是，她是看上咱们这身军装了。

连长半天没说话，他的目光看上去有些复杂。唐耀武觉得连长是动情了，他说连长你也别想太多，等咱回国以后我给林大松他对象邮一身军装吧！

连长说，这是一身军装的事儿吗？

唐耀武想想，这还的确不是一身军装的事儿。

连长是山东人，离黑龙江远是远点，但都属北方。一出门就能看见树，在医院养病的那些个日子，他曾经不止一次地对唐耀武说，他喜欢树，各种各样的树他都喜欢。他不仅喜欢它们的形状颜色，也喜欢它们的味道。他还说要是哪天转业了，他就回老家栽树去。

这是连长在这个世上和唐耀武最后的一次谈话，他在平时没少和连长顶牛，就在战场上他也敢顶连长，他本来是想和连长道歉来着，说说都是因为自己的臭脾气没少让连长操心，话到嘴边还没等说出来，连长好像知道他要说什么，所以一瞪眼睛，他只好不说了。也许都是农村出来的兵，都在大山跟前住着，有着相同的经历，所以即使呼出的气息，唐耀武也觉得是一个味儿，咸也微微发苦。当时入党的时候，唐耀武因帮老乡修理农具没有参加集体活动，连长拿他说事儿，还差点儿关他禁闭，大家都以为这次发展党员肯定没唐耀武的事儿了，连唐耀武也这样认为。没想到他不但是第一批入党的新兵，而且还当上了班长。

连林大松都说，看来咱连长这人别看嘴上说得凶，但背后完全不是那么回事儿。那以后，唐耀武想找连长交交心，汇报一下自己的思想。可连长却说，思想上的事儿去找指导员，别跟我说！但唐耀武只想跟他说，不想跟指导员说。

唐耀武回到部队，连长已经牺牲了，战友徐杰告诉他，连长在前一天宿营待命的时候还提他了呢。唐耀武赶紧说，那他都说啥了？徐杰说，他说唐耀武这小子也不知道咋样了？

唐耀武在一棵大树下坐了很久，那时候他还不会抽烟，但他一下子抽了半包的劣质香烟，他狠狠地瞪着遮蔽视线的山峰，真恨不能一脚把它踢平了。其实唐耀武只想说一句，你是一个好连长！现在，他再也没机会说了，看着峰顶缥缈的云朵，他的目光有些模糊，面前的树也开始摇晃起来。他觉得自己的心好像一下子被连长掏空了，空到只想立即参加一场战斗来填充自己。

后来三排长当了连长，唐耀武的班所属一排平时和三排没有什么交集，他对着这个新连长没什么印象。打了一场仗以后，他发现这个新连长和老连长有很多相似之处，是个外冷内热型的人。他试图靠到他跟前用鼻子一嗅，原来他呼出的气息也是又咸又苦。

原来连长都一个味儿，唐耀武嘿嘿笑了。在硝烟弥漫的战场神经绷得太紧了，随时都可能牺牲，看着一个一个的战友在自己面前倒下，他已经来不及去想生与死的问题，他只想冲在前面。

其实复员以后再回忆起老连长，他觉得老连长知道他要说的话，共同的战斗经历在给他们的性格淬火以后，他们的相似值更近了，这仿佛小路两边的小叶蒿、芨芨草，虽然中间隔着一条路高矮有别，但本质却是一样的。唐耀武觉得他和老连长的心是相通的，中间绝对没有任何东西拴着，还有林大松等一众战友，他们之间的心也是通着的，要不为什么宁肯牺牲自己也要保护战友。他们的这种自然的、下意识的、毫不迟疑的牺牲，让唐耀武感到特别震撼，为了打赢这场战争，他已经准备好了牺牲。

没想到在最后一场战斗中，眼看胜利在望，新任连长为唐耀武挡了一颗子弹，他像一截木头一样缓缓地倒在他跟前，唐耀武好半天也没有反应过来，直到徐杰把唐耀武扒拉到一边抱起新任连长，唐耀武才意识到是新连长在关键时刻救他一命。

经历了太多的死亡，班长唐耀武真觉得自己也死了，他已经忘了悲伤，或者说已经不懂悲伤了。他亲自给新任连长洗脸，然后又刮了胡子，恍惚中老连长闭着眼睛正在对着他笑。老连长的笑容硬邦邦地好像在问，他们都牺牲了，你唐耀武为什么还活着？是啊？他为什么还活着？唐耀武不敢看老连长，赶紧默默地低下头。老连长的目光像刀子一样来回地刮他的脸，及至夜里宿营的时候，他也能觉到老连长那把刀子还搁在他脸上。

在想老连长的时候，新任连长也会出来，他们俩经常混在一起，在战火纷飞的时空里穿梭，在枪林弹雨中为他遮蔽着飞来的子弹。有时候他根本弄不懂：他是在想老连长还是新连长，很多时候，他干脆把这两人捏在一起，把他们的经历也糅在一起。小叶蒿和芨芨草都一样，虽说它们长得不一样，但扛风雨的能力一样。忽然他觉得他们每一个战士也都一个样，不论是城市兵还是农村兵都一样，在战场上根本分辨不出来。

回国以后，唐耀武跟徐杰一起去新落成的烈士陵园。很多的战士都捧着鲜花，唐耀武跟徐杰啥也没拿，两人在烈士纪念碑下待了整整一天，谁也没说话，也没感觉饿，在太阳要落山的时候，徐杰起身要走。唐耀武说，你要是走了，以后你就不是我战友。徐杰只好坐下来。

落日的余晖把碑涂红了，是那种很深很深的玫瑰红，徐杰很小心地去摸碑，唐耀武也去摸，但摸和摸不同：徐杰的手很轻，唯恐惊动了自己的战友；而唐耀武的手劲儿却很大，他好像是在摁，他是在宣泄自己的无奈的心情：大家都回了，你们却走了……

徐杰说，连长肯定知道咱们来过了，你说是不是。

唐耀武说，你说的是哪个连长？

徐杰一愣神儿，然后说，当然是所有在这次战争中牺牲的连长。

唐耀武说，要我说，他们知道不知道都没关系，反正我们心里想啥他们也知道。他见徐杰不说话，又接着说，你不觉得咱们的两个连长很像吗？

徐杰说，用你说，都是连长能不像吗？

唐耀武看着徐杰呵呵呵地笑。

夕照打在他们的脸上，他们的脸看上去也像玫瑰一样红，很温暖也很艳。

后来部队评比，唐耀武立了一次二等功，徐杰立了三等功。徐杰说，接下来部队要提干了，你有啥打算？唐耀武说，我想回家。

唐耀武所在排只有一个提干指标，按照立功受奖情况，大家都认为这个排长肯定是唐耀武的了。但唐耀武要复员，这个指标便顺理成章地落在徐杰身上。徐杰不明白唐耀武为什么这样做，便问他，唐耀武说，我们是兵，现在也不打仗了，还在部队干啥？徐杰看着唐耀武，忽然觉得他很陌生，按理说一个农村兵到部队来，好不容易碰上一场战争活着回来了，又提干了，这样的机会不是每个人都有的。可唐耀武偏偏不稀罕。唐耀武说，我开始来当兵的确是奔着提干来的，现在不是了。

只能说是这场战争改变了唐耀武，这是徐杰经过一番的深思熟虑得出的结论。他忽然想起了牺牲的两位连长，觉得他们身上的某些东西还在闪光，而且好像不知不觉地被唐耀武继承了。他想请唐耀武喝一顿，好好谢谢他。可唐耀武却说，喝酒行，感谢话就不用说了，反正我要走，谁提干都一样。

徐杰是城市兵，家里的条件不错，平时也很大度，临要分手上车的时候，徐杰给唐耀武买了很多东西。唐耀武说，你要真想谢我，送我一身新军装吧！徐杰丝毫没有犹豫，立即把自己刚上身的四个兜的干部服脱了下来。唐耀武使劲儿地打了徐杰一拳，然后就走了。

天空不知什么时候飘过来一大块黑褐色的云彩，林子里忽然暗淡下来，老兵唐耀武抬头瞅瞅天空，眯着眼睛再次陷入对往事的回忆中……

唐耀武上车下车，倒了几次车去看两位连长的家人，他本来计划着在他们的家里多待两天，和他们的父母兄弟姐妹好好聊聊他们的连长。待到和他们见面了，他又改变了主意。他实在不愿去戳他们还没愈合的伤疤，他甚至不敢看他们的眼睛。老连长家在革命老区沂蒙山，生活还相当贫困，为了招待他这个远方客人，老人把仅有的一只母鸡都杀了，以至于唐耀武回乡多年都不想吃鸡或者说不敢吃。他临走除了留下路费，把剩余的钱都悄悄地压在了褥子底下。

在去车站的路上他还是无声地哭了，他不敢回头看老连长的母亲，也不敢看他媳妇和只有五岁大的孩子。他走得很快，刚刚下过一场雨，他也不知绕道儿，等到了车站他才发现，裤子上已经落满泥点子。

唐耀武在路上绕晃了半个月才回到老家黑龙江。林大松的对象叫张桂凤，是那种粗眉大眼性格外向的姑娘。她一见唐耀武就盯着看，而且一点也不知道害羞。唐耀武赶紧表明自己的身份。张桂凤说，你不说我也知道，我还心想，大松好歹也是烈士，他这也算为国捐躯了，可部队怎么不派个人到家里看看。唐耀武说，我这不是来了吗？张桂凤说，要我说你就该早点来！说完这句话他也不征求唐耀武的意见，就把唐耀武领到了林家。

当天晚上唐耀武把新军装给了张桂凤，但张桂凤看上去并不怎么高兴。唐耀武只好说，这是大松的遗物，我给你带回来了。张桂凤神色黯然地把军装抖开了看看，然后说，真好，还是四个兜的。唐耀武说，像你这样的身材穿上军装肯定好看。张桂凤手里拿着军装犹豫了半天，看了唐耀武一眼才缓缓地把军装穿在身上。

林大松说得一点儿不错儿，穿上军装的张桂凤果然要多好看有多好看，唐耀武忍不住多看两眼，因这身草绿色的军装，屋子一下亮堂起来，张桂凤挺拔的身形好像也拔高了，一双眼睛仿佛也更清澈了。

张桂凤说，我真想到林大松的部队看看，你不知道我有话要跟他说。

唐耀武说，你在家里跟他说吧！要不然你跟我说也成，我听着了就等于他也听到了。

张桂凤听了唐耀武的话摇头，接着又点头，然后就哭了。

唐耀武不知怎么劝张桂凤，他不能顺着大家说那些冠冕堂皇的大道理，他觉得这些张桂凤自然都懂，你再说人家该讨厌了。所以他看着张桂凤哭，干脆也不吱声。等张桂凤哭够了，唐耀武才说，我现在已经复员回家了，但我想给你敬一个军礼。

第二天张桂凤特意借了一辆自行车去送唐耀武，她把车子骑得飞快，也不说话。唐耀武想把她换下来，她说啥也不干。唐耀武只好没话找话说，你穿军装的样子真好看！张桂凤终于绷不住了笑着说，你这是废话，谁穿军装不好看？

唐耀武都上车了，张桂凤还在车下向唐耀武摆手，他赶紧凑到车窗前，把窗子推上去，也对着张桂凤摆手。

二

唐耀武回村大家都问他，既然成了英雄，都要提干了为啥还回来？唐耀武说，想家，部队待不惯就回来了。他的父母去世早，他一直住姐姐家，虽说姐姐没说啥，但他知道她心里不得劲儿。他也懒得解释，该干啥干啥，好像和没去当兵前一样。这时候唐耀武发小刘占文已经到乡里上班，听说唐耀武转业了，特意从乡里赶回来给唐耀武接风，并半认真半调侃地说，我还寻思你这回出息大了，等着借光呢，哪承想又回来了。

忽然支书田广成向山坡上走过来，他的脚步很轻，但还没到坡顶，已经进入老兵唐耀武的视线。两个人的目光一接，田广成赶紧蹲在地上，十分关切地说，兵叔，我就知道你在这儿！唐耀武说，你还有啥事儿不知道。田广成就嘿嘿笑，然后挨着唐耀武坐下。

唐耀武刚回来那阵先是被人叫大兵，他知道这个称呼多少有些嘲讽的意思，可他接了，他不在乎，谁让自己当过兵呢？后来年龄大了，开始有人叫他老兵，他也接了，唯有支书田广成一直叫他兵叔，不论是他当支书前还是当支书后，他一直都这样叫。也不仅是一声称呼，让唐耀武觉着心里暖和，主要是田广成这小子心里无时无刻不想着村上。

田广成看了一眼满坡的树,又把目光收回,落在唐耀武身上说,兵叔,你这也出来小半天,要不咱回吧?

唐耀武也不搭话,起身用手扑拉一下身子,准备下坡。田广成说,兵叔,你能让我心里好受一点儿吗?

唐耀武说,你要好受了,我就不好受了,走,回吧!他见田广成一脸无奈地盯着,又接着说,我有病的事儿千万别传出去!田广成连连点头,跟着唐耀武向坡下走去。

路两边的小叶蒿和芨芨草上落着蜻蜓,他们过去了,蜻蜓便跟在他们身后飞。田广成看唐耀武走得慢,但他不能走到唐耀武前边,他喜欢跟在兵叔的身后,看他宽宽的后背缓缓地向前移动。

回到家门前,老兵唐耀武看着支书田广成回头说,田支书,你能让我一个人静静吗?

田广成有些疑惑地看着唐耀武笑了,然后说,你这还是第一次叫我支书,我有些不习惯呢?

唐耀武说,这么说,你不喜欢我这么叫你?

田广成说,也不是,你爱怎么叫都成。

唐耀武说,那你还啰唆啥,该干啥干啥去!唐耀武推门向院里走去,进了院子又不放心地回头看着田广成。田广成赶紧说,兵叔,你放心!你有病的事儿我肯定不外传。

唐耀武有气无力地躺在简易的木床上,当他的身子挨到床板上厚厚的蒲草垫子,那种陷落在河水里,被老黄的蒲草围着的感觉,真的是要多舒服有多舒服。他想好好地睡一会儿,啥也不想,最好是睡着了就别醒来,省得给人添麻烦。

屋里不知什么时候进来一只苍蝇,嗡嗡嗡地一个劲儿地飞,一个劲儿地叫,唐耀武本来闭着的眼睛又睁开了。窗子上是有纱窗的,它是从哪里进来的呢?唐耀武赶紧四处撒眸,顺手抄起笤帚,苍蝇被他打得满屋子飞,直到他气喘吁吁地拄着笤帚,最终也没打着苍蝇。

老兵唐耀武已经无心再睡又闭上眼睛躺在了床上。

那时候不少人给唐耀武介绍对象，倒不是因为他当过兵立过功，而是他轻手利脚一人，姑娘嫁过来省心，也不用担心和公公婆婆磕磕绊绊的。他看了好几个姑娘，有本村的也有外村的，有好看的，也有不怎么好看的，但他都没相中。具体什么原因，他好像也说不清楚，只是觉得心里不得劲儿……他也没想到林大松的对象张桂凤能来找他，春节刚过去不长时间，村里的积雪还没化完呢，张桂凤就穿着那身徐杰给的四个兜的新军装匆匆来了。唐耀武看着张桂凤风尘仆仆的样子，着实有些感动，他知道张桂凤啥意思，可他也不好意思戳破，只是东拉西扯地和她说部队上的事儿，说两个连长都是农村兵，其实是一人，也说林大松和徐杰。张桂凤开始还算认真地听着，可听着听着便沉默了，当姐姐出了屋，只剩下他们俩，张桂凤说，唐耀武你啥意思啊？我大老远跑你这儿来，难道是听你东拉西扯吗？

　　唐耀武不能装傻了，只好说，这事儿我不是没想过，可你是林大松的对象，我……

　　张桂凤说，正因为我是大松的对象，所以我才来找你！

　　两人的婚礼办得很简单，张桂凤跟唐耀武啥也没要。唐耀武觉得对不起人家，所以婚后遇上啥事儿也总是让着张桂凤。

　　张桂凤说，你别啥事儿老让着我，好像你多伟大似的，再说了，我跟你结婚是我乐意，你又不欠我的。

　　那天夜里两人都许久未睡，唐耀武看着张桂凤说，我当时在战场上听大松说起你，我还想你究竟是个啥样的人呢？让这小子心里一直放不下。现在我才知道，要是搁我身上我也放不下。

　　张桂凤说，你不知道，他跟你一样都是个较真儿的人，当时我说喜欢你们的军装，也没想让他去当兵……更没想到他再也回不来了。

　　张桂凤在说这件事儿的时候尽管放缓了语气，但唐耀武还是听出了她情绪上有些激动，她的脸在灯光下微微有些发红，还有一点儿羞涩，仿佛比穿军装的样子还好看。张桂凤见唐耀武不说话了，只管痴痴地看着自己就说，头一年我说啥也放不下大松，特别是一穿上你留下的那身军装，总觉得大松在远远地看着我，我几乎每天都想他，想他穿上军装的样子，想他和你在一起并肩战斗……

后来老支书退了，唐耀武当上了村里的支书，这时候他的发小刘占文已经是乡党委书记了，他几次和唐耀武说过想让他去乡里当林业站长的话，唐耀武都毫不犹豫地拒绝了。唐耀武说，我要是想捧铁饭碗就不回来了。那段时间他和刘占文的关系有点儿紧张，刘占文回村也不找他喝酒了。唐耀武只想让老百姓种好庄稼，农闲的时候组织村民到城里去务工贴补家用，他觉得这样也挺好，老百姓不愁吃不愁穿，兜里也不断零花钱。刘占文说，你这是啥思想，你看人家南方现在的农村有的比城里还富裕，我们一定要拓展思路，尽快地让大家都富起来，否则还要你这个支部书记干什么？唐耀武也不是没考虑过刘占文的话，他也觉得他说得有道理，可他的步子迈得太大了，他是担忧。

那年刘占文去南方考察以后，非要在全乡大面积种植中药材，而且给所有村都下达了硬性的指标，地区和县里两级新闻媒体为此也大力做了宣传，都说刘占文书记是改革的先锋，是有思想的开拓型干部。

春天到了，唐耀武一直拖着不种，刘占文几次到村里来找唐耀武，让他不要有顾虑，只管大胆地干。唐耀武说，刘书记我不是不想种，是不敢种，我怕白瞎了这几百亩的地，到时候没法儿和村里人交代。刘占文说，啥叫摸石头过河，你知道吗？我不敢说种药材百分之百的行，可你不种怎么知道不行，再说了黑龙江是寒带不假，可我们种的药材也不是非得当年收，这些我已经跟农科部门的专家早论证过了，你要是再扛着不执行，别说我撤你的职！唐耀武说，要是我种了到时候啥也没收上来，这些损失谁赔？你赔还是我赔？刘占文气得指着唐耀武半天没说话，当天唐耀武就被刘占文撤了。

一切都和唐耀武预料的一样，所有种植中药材的村都叫苦连天，因为水土不服，药材苗儿还没筷子高，被风一吹呼啦啦黄焦焦的，让人看着心疼。但这时候的刘占文早已经升到县里，在副县长的位子上干得风生水起，大家好像把种植药材这事儿忘了，都说他是个有思想开拓型的好干部。那天刘占文回乡视察工作，特意到村上来看唐耀武，张桂凤说，大兵刚出去了。刘占文和张桂凤寒暄几句之后说，他是想让大兵出来继续工作。张桂凤说，别介，刘县长，我家大兵那脾气，你又不是不知道，要是再有种药材的事儿，他还得和你顶牛，你干脆让他在家里消停地待着吧！省得给你添麻烦。

刘占文可能觉得有点儿对不起大兵，明明是自己错了，却把人家干得好好的支部书记给撸了。后来他又来过村里几次，有时候是顺路，有时候是特意来看唐耀武。但刘占文明显地觉得唐耀武对他有抵触情绪，唐耀武说你要真想让我干也行，那你必须在全乡召开村民大会，让各村都派代表参加，你当面检讨错误，给全乡人民道歉。刘占文像不认识唐耀武一样默默地审视着他，然后哈哈哈地笑了。唐耀武说，我就知道你做不到。刘占文说，这是我到副县长任上听到的最可笑的话了，你也不想想，我如果这样做了，你让县里的那些领导怎么想，他们当初可都是支持我的呀！唐耀武说，我就不明白了，我们党不是一贯讲究实事求是吗？怎么到你刘县长这儿就变味儿了？他们每次到一起就吵，往往酒还没喝完呢，刘占文就走了。他是真心想帮唐耀武，不仅仅是他看好唐耀武的工作能力，当然也有个人感情关系。既然唐耀武不领情，他也没办法儿。

唐耀武住的村子路不好，一到下雨天车子根本出不了村，几任支书村长都想解决这个问题，开始的时候也都豪言壮语，可到最后都偃旗息鼓了。那时候刘占文主管交通修路的事儿，支书和村长便想让他去找刘占文通融一下，看能不能给村里修一条通往外面的路。唐耀武说，他刘占文又不是没长眼睛，又不是没回过村，难道他不知咱村的情况，这用你去说吗？

支书和村长走了以后，张桂凤说，唐大兵不是我说你，你就去找找刘占文怎么了？他给谁修还不是修，再说了他又是从这村里走出去的。也不知是谁开的头，不知从什么时候开始大家都管唐耀武叫大兵，张桂凤也叫，不一样的是把他的姓氏也放前边了。她觉得还是大兵这个名字好，随和，不像唐耀武听着太正统，太板了。更主要的，她觉得这个名字给人一种不一样的感觉，甚至包括他们的婚姻爱情，也都因为这个名字而有了不一样的体会。

唐耀武审视张桂凤，摇摇头半天也没说话。

张桂凤说，你说你回村也这么些年了，大小也上过一回战场，还是英雄，要我说也该给村里办点事儿了。

唐耀武说，我不会搞那些歪门邪道，要去你去！

张桂凤还真的去找刘占文了，而且刘占文把修路的指标给了村里。唐耀武对张桂凤说，你还真去了？张桂凤说，不是你让我去的吗？唐耀武心里不舒服，可又说不出来，那段时间他干完活儿没事儿便一个人去东山坡溜达，后来他干脆找村委会把山坡承包了。

路修好了大家都夸张桂凤，有人说，张桂凤这女人要是当兵没准也能成英雄，肯定比大兵强。张桂凤听了这些闲言碎语就对着唐耀武笑。唐耀武说，你还真以为人家那是夸你？张桂凤说，你还真以为我在乎这些啊？

唐耀武不当支书了，比当支书的时候还忙，现任支书和村长有事儿总找他。

唐耀武也说了，我现在已经不是村里的支部书记了，有些事儿我根本管不了。

支书说，你是不是支部书记了，但你还是党员，这个村的发展难道跟你没关系吗？

能没关系吗？哪怕是大街上的树被牛啃了都牵着他的心。大家都在自己种地自己忙自己的，唯有唐耀武不但忙自己的也忙别人的。村子里的人也习惯了，一旦有事儿总是第一个想到唐耀武，而唐耀武呢，从来也没让他们失望。要是谁不找他了，他心里反而不舒服。

刘占文一旦有空了，还是要回村的，名义是到塘里钓鱼，其实这只是一个借口，全县那么多的池塘还有河，到哪儿不能钓鱼，为什么非得回村里？再说了他坐在池塘前，钓竿甩在水里，也只顾抽烟，很多时候眼睛根本不看水面。唐耀武知道刘占文回来该忙啥忙啥，很少有时间去搭理他，或者说他根本不想去搭理他。刘占文只好让支书去找唐耀武。

唐耀武知道要是不去，支书没法儿跟刘占文交代。可他去了也只能给刘占文添堵。这种结局刘占文也是知道的，因为他太了解唐耀武那德行了。果然两人一见面唐耀武就说，咋，官儿当腻了，想找个倒霉蛋消遣消遣？

刘占文说，还真把自己当回事儿了，消遣你还不如消遣鱼呢！接着两人明枪暗箭地对垒，唐耀武总能一针见血地说到刘占文的痛楚，让刘占文心里不舒服，让他心痛，让他无可奈何地看着唐耀武嘿嘿地笑。唐耀武说，你要真想钓鱼，哪儿不能钓啊？别没事儿总往回出溜，不就是给村里修一条路吗，往小了说，是你小子还有点儿良心，没忘搁哪儿出去的，往大了说，这是党的政策好，跟你有半毛钱关系吗？刘占文说，我也没想让你说啥感谢的话，你老婆即使不出马，我也会给村里修路，可你总不该这样对我啊？

塘里的水很静，近岸蒲草的叶子宽宽的，一动不动，只有池塘对岸的牛在哞哞地叫着。阳光把刘占文的影子映在水面上，看上去有些寂寥，也有些狼狈。刘占文轻轻地叹了一口气说，我知道你心里还在生我的气，可你要真生气就该还当支部书记！你说现在你这叫啥，不在任上可又啥事儿都管，你不嫌累啊？唐耀武说，刘县长，不对，是刘副县长，别把我当你，我还没那么小肚鸡肠，我觉得这样挺好，我该干的啥也没落下。

三

唐耀武承包了东山坡以后，刘占文特意开车去看唐耀武，他是想给他弄点树苗帮他一把，可唐耀武却说，我现在是一个普通的村民，该干啥我自己知道，你呢是副县长，该干啥不用我说吧？

刘占文瞅了一眼杂草丛生的山坡说，这里都撂荒多少年了，没想到你小子还真有眼力！

唐耀武说，要不你把副县长辞了，我把它让给你怎么样？

正在弯腰捡石头的张桂凤回头看着唐耀武笑了，然后说，刘县长你别跟他一般见识，你别看他表面跟你冷风冷雨的，可背后没少念叨你好。

刘占文说，这个我知道，要说他这人数驴的，只能呛风，顺风就不会叫唤了。

唐耀武瞪着张桂凤说，拍马屁是吧？我啥时候背后念叨他好了，你这不是瞪着眼睛说瞎话吗？

刘占文说，行，大兵，你也别跟媳妇吹胡子瞪眼的，我也不跟你一般见识，谁让我们是发小呢？刘占文走了。

张桂凤看着刘占文的背影说，唐大兵，不是我说你，人家毕竟是副县长，要帮你那是看得起你，你怎么还拽着人的辫子不松手了呢？

唐耀武说，我这人记仇，他要不是副县长，我还不拽他辫子呢！

张桂凤说，唐大兵，我还懒得搭理你呢！

山坡上的石头块子太多了，唐耀武和张桂凤捡了半个月石块，好像一点儿也没见少，早春的天黑得有些快，张桂凤好像才直了两回腰，太阳已经落山了。张桂凤累了一天想喝一口水，可水壶里已经没水了。她回头看了一眼唐耀武，见唐耀武正在把一个大石头用铁棍子撬起来，然后顺着山坡推下去。

蒙蒙的夜色袭来，风吹着蒿草吱吱地响，山坡上黑魆魆愈发显得荒凉，也有些冷，唐耀武站起来把外衣脱下来披在张桂凤身上。张桂凤说，我想喝水！唐耀武说，那你先回吧！张桂凤看着唐耀武又去低头撬石头，也跟了过去。唐耀武回头看了一眼媳妇，把撬杠伸到石头下面，张桂凤赶紧把双手摁在撬杠上。两人一发力石头被撬起来离开地面。

两条人影缓缓地在山坡上移动，一会儿分开了，一会儿又聚到一起，星光密密匝匝地裹上山坡，罩在两人头顶。

张桂凤捡起一块青条石搁在筐里，回头看着唐耀武说，哎，唐大兵，你看这石头也放光呢！唐耀武蹲在地上把石头从筐里拿出来，然后看着周围的荒草说，要我说不只石头，这山坡上的东西都放光呢！张桂凤再仔细一看笑着说，是是是，原来是星光啊！

唐耀武说，你白天不生我气嘛，我又不是对你。

张桂凤说，你要真对我倒好了，要我说，人家刘占文这人不错，都是副县长了，还颠儿颠儿地大老远地来看你，人家图啥呀？你不能总给人脸子看。

唐耀武说，我也知道他想帮我，可我心里就是不舒服。

张桂凤说，要我说，他种药材又不是为了自己，这事儿也过去这么些年了，你也别搁心里了，不好。

唐耀武说，我早忘了，我是看不惯他那德行。

张桂凤叹息一声说，你这牛脾气啥时能学会拐弯儿呢？

唐耀武看着张桂凤呵呵呵地笑了。

星光洒在唐耀武的脸上，他的脸看上去比平时光滑也柔和了。张桂凤呆呆地看着唐耀武心里一阵恍惚，因为在这一刻她忽然想到了自己的初恋林大松，两人的笑容真的太像了。

唐耀武又是呵呵呵地笑了，然后说，媳妇你啥时看见子弹拐弯儿了？这回该轮到张桂凤笑了，她笑了半天才停下来说，你们俩简直太像了……我是说你今天一笑不知怎么那么像大松，没心没肺的，跟傻帽一样。

唐耀武忽然神色黯然地低着头半天也没说话，他又想起了那场战争，在那个陌生的国度，他和林大松两人正在谈论着张桂凤，他清楚地记得当时他羡慕得不得了。现在张桂凤已经成为他媳妇，而自己的战友却留在了那片土地上。

张桂凤看唐耀武不说话，赶紧凑过去把头靠在唐耀武的肩上也不说话了。幽幽浅浅的月光好像忽然有了暖意，裹着两人的身形轮廓似乎比刚才亮了。

唐耀武家的地都不够张桂凤自己一个人种的，每年种子下去以后不忙了，唐耀武总是组织一伙儿人到城里去找活儿干，承包了山坡以后。张桂凤还是种地，她喜欢把自己搁地里，闻庄稼稞子味儿，闻青玉米蹿红缨之前那股淡淡的香气，还有高粱叶子打在脸上说不出的舒服感觉。

唐耀武已经没时间来庄稼地了，光栽树苗儿就够他忙的了，那么多的人也不用吱一声，说来都来了，张桂凤看着山坡上晃动的人影儿，心里十分地感动，把多年来压箱子底儿钱都取出来了，又是买鸡又是买鱼的，末了还找了两个大师傅在家做饭。一直忙了小半个月，大家都累得够呛，张桂凤便和唐耀武商量要给大家发几个工钱。唐耀武说，你还不如给人俩嘴巴子呢！

一到夏天经了两场雨，松树苗儿都绿油油的，微风一起，摇摇晃晃一坡绿影婆娑，看着心里也不免颤颤的。张桂凤来东山坡的时间越来越多了，她喜欢看唐耀武撅着屁股在山坡上忙乎，喜欢看他一抬头一低头之间用手擦汗那朴实的样子，更喜欢上了这里的幽静。两人歇着的时候，唐耀武喜欢看张桂凤看着满坡的松树苗儿搁那儿胡思乱想。两人本来平时没事儿还闲嘎达牙吵几句，可是有了这满坡的松树，他们光是喜欢就够了，也没闲工夫搭理对方了……

一只鸡扑在窗台上对着玻璃啄起来，老兵唐耀武这才发现，他已经有两天没有喂鸡了。以前这都是老伴的活儿，现在老伴走了，他接班了，可他总是有上顿没下顿的，想不起来喂鸡。唐耀武有些不耐烦地从床上起来，把一捧苞米扔到院子里。不知为什么他忽然喜欢上了小鸡啄食的样子，难怪张桂凤从前喂鸡的时候总是等鸡吃完再走，原来她是搁这儿找乐呢。

要说张桂凤对唐耀武感情是很深的，知道是他的原因不能生孩子以后，张桂凤一句怨言也没有。唐耀武也没想到自己那次受伤留下了后遗症，他想说几句冠冕堂皇的话安慰一下媳妇，可他又不会说。那段日子从医院回来，唐耀武只是默默地干活儿，有时候待在树地里一天也不下来，张桂凤做好了饭只好去叫他。

唐耀武说，你该吃吃你的，我又不是找不着家了。他本来是想说，我啥时候吃还不行，你先吃别惦记我了。可话一出口就变味了，完全不是那意思了。

张桂凤说，咋了，我还没说啥呢，你还有什么不愿意的？

唐耀武说，我也没想到会这样，要是开始我就知道我有这病了，我也不能跟你结婚，连累了你。

张桂凤说，唐大兵咱都结婚多少年了，再说这话有意思吗？

唐耀武说，是没意思了，可我说的是真话。我……

张桂凤说，要说你他妈就是个混球儿，你当我张桂凤是啥人，这又不是你的错。我还能怪你是咋的！

唐耀武一愣神想说，不是我的错是谁的错，可又一想不对，张桂凤说的不是这意思，他要是不负伤又怎么会这样呢？

张桂凤说，要说咱得感谢那场战争，要不我们也不会认识，你也不会娶我。唐耀武还想说什么，可想了半天觉得张桂凤把话都说绝了，他再说什么都是多余的。

苍茫的暮色把山坡衬得朦朦胧胧的，天边的云彩汇到一起高高地隆起来，仿佛草原上堆起的土包冒着青烟，让人的心里多少生出一丝惆怅，同时也觉得温暖。

唐耀武回头看了一眼张桂凤蹲在地上，他说他要背着张桂凤下山。他说结婚这么些年了，他还没背过张桂凤呢。

张桂凤忽然扑哧一下笑了，然后说，我听说城里人要想让老婆乐呵都兴送花，你说你这是干啥？我又不是没腿，再说你这也干一天活儿了，我也不好意思啊！

唐耀武说，都这么多年了，有啥不好意思的，你就当是猪八戒背媳妇了。硬是蹲下一直等着，张桂凤没法，只好随他。

两人没有孩子的事儿，就这样嘻嘻哈哈地翻片了，张桂凤不再提，唐耀武也不提。那天回来得很晚，两人吃完饭，张桂凤不知为啥把徐杰送的那件四个兜的军装折腾出来穿在身上。虽然已经过去二十年了，现在的年轻人也不时兴穿这个，但张桂凤还是特别喜欢这件衣服。这些年日子好过了，自己买的，也有唐耀武给她买的，她已经有好几身像样的衣服，她平时也舍不得穿，觉得干农活儿穿啥都一样，就把这些衣服叠好了放在柜子里，而这件军装却被她放在最底层。

张桂凤穿着军装在镜子跟前照了半天，又在屋里转了一圈儿才凑到唐耀武跟前，她是想让唐耀武看一下她现在穿军装的样子。唐耀武故意惊讶地看着张桂凤半天不说话。张桂凤说，好看不？唐耀武说跟过去一样，不！比过去还好看了！张桂凤知道唐耀武是在哄自己开心，故意装傻，也不拆穿他。

唐耀武用手小心地摸着张桂凤的胳膊，他想感受一下穿上这身军装的感觉，这让唐耀武立马想到了徐杰，要说这小子还算够意思，转业到地方以后当了一个不大不小的官儿，他一听说唐耀武的党支部书记被撸了就来找唐耀武，可唐耀武没跟他走。唐耀武说，你们那里发展得是好，钱也好挣，可我离不开这里。我的父亲母亲都埋在这儿，我的爷爷奶奶也埋在这儿……往下他不说了，但徐杰知道他的意思。徐杰尊重他的选择，在他这儿待了两天就匆匆地走了。

后来徐杰下海经商挣了很多钱，还在郊区盖了别墅。唐耀武和张桂凤去看徐杰，徐杰说既然你跟嫂子来了就别走了，我们一起干！唐耀武睡在松软的席梦思床上，不知为什么怎么也睡不着。他觉得徐杰变了，跟过去不一样了，连说话的口气和走路的姿势都不一样了。他本来是想和媳妇在他那儿多待两天，和徐杰好好叙叙旧的，可第二天他趁徐杰出去应酬就走了。

徐杰移民到日本以后，每年都给唐耀武寄东西，都被唐耀武退了回去。看着那些精美的食品包装，他想吐，想把那些东西摔在徐杰的脸上，然后再好好地削他一顿。唐耀武换了手机号，又嘱咐几个经常联系的战友，中断了和徐杰的一切联系，他们的战友情也只能如此了。

看着一天天长高的松树，再想想村里老百姓的生活，唐耀武心里反而着急，他不想自己好过了而大家还在后边跟着看。支书也明白他的意思，每年都找唐耀武商量，而唐耀武也总是尽最大的努力帮村里出谋划策。

张桂凤没生孩子，看别人家的孩子活蹦乱跳的，心里未免失落，唐耀武说，其实你只要把心态摆正了，这村里有多少孩子就都是你的。张桂凤先是懵懵懂懂地看着唐耀武半天没反应过来。唐耀武接着说，小孩这玩意儿你对他好，他知道就会对你好！张桂凤说，原来你说的是这个啊？两人也没啥花销，攒钱也没啥用，看谁家的孩子考上学了就帮一把，这个村子这些年有好几个大学生，都或多或少地得到过唐耀武和张桂凤的帮助。要说这些孩子也有良心，每年放假回到村里总是第一时间去看唐耀武和张桂凤，有两个女孩子和张桂凤处得比较好，干脆叫她娘，还陪她在一个炕上睡。张桂凤就对唐耀武说，你还别说，咱还真有闺女了！

唐耀武整天都泡在东山坡上，他喜欢这里的幽静，也喜欢这里的颜色，夏天一片绿，冬天也一片绿。当风声漫卷了山坡，小腿粗的松树已经隐隐地发出了波涛一样的响声，这是在大山上才能听到的，如今在这个被遗弃荒废了多年的半山坡上也可以听到了。看着满坡的绿影儿，犹如士兵一样地立在白云下，他又想起了那场战争……他们肩上扛着枪齐刷刷地急行军，向预定的地点集结。这是梦开始的地方，也是结束的地方，他和他的那些战友都没得选择，他们有些人的血注定要洒在那片陌生的土地上，他们的旗帜注定要用鲜血染红……他忽然觉得连面前的树也变了颜色，这让他一下子想起天边那晨光初露的虹霓。

通红一片遮住了大地，也遮住了他的目光。他希望这样光亮的颜色也能照进村里孩子们的心里，让他们正直、聪慧，有进取心、有爱心，将来能够把这片土地建设得更好，守护得更好！

他忽然明白了自己为什么要种树，是那段戎马的岁月，是老连长的梦还在继续，是他那些牺牲的战友看着他的殷殷的目光。这是不舍，也是最好的纪念，这个道理他一直想了很多年，直到松树长粗了也长高了，他渺小的身躯被树木掩映着听着怒吼的松涛，他才明白，原来几十年了，他一直都在寻找纪念他们的方式。

时间过得太慢了，支书田广成来到老兵唐耀武家里，太阳还没出来。唐耀武看着田广成说，你小子还算有良心。田广成凑到唐耀武跟前小心地问，兵叔，你今儿感觉咋样？唐耀武说，没事儿，死不了。田广成想亲自动手给唐耀武熬粥煮鸡蛋，唐耀武不让，田广成只好给唐耀武冲了一碗奶粉。唐耀武把奶粉喝了，使劲儿地打了一个饱嗝说，走吧！别老搁我跟前杵着了，我看着心烦。可等到田广成出了屋，他又把田广成叫了回来。唐耀武说，我觉得今天好多了还想去山坡上看看。田广成说，行，那我陪你去吧！

来到东山坡下，太阳已经蹿起来挺高了，一片桃红色的光，浅浅地浮在树林上。两只山鸟被唐耀武他们的脚步惊着了，飞起来在空中盘桓一圈儿，又落在松树上。

田广成开始背着唐耀武上坡。尽管坡度不大，但背着一个人还是有些吃力。唐耀武说，你知道我现在想啥吗？他也不等田广成回答又接着说，我在想没儿没女的也不错，这不病了还有人背着嘛！

田广成说，那你是把我当成你儿子了。

唐耀武说，你还真说对了，这些年我一直把你当成儿子了，连你桂凤婶也当你是儿子。

田广成听到这句话忽然把唐耀武撂到地上说，兵叔，你既然承认我是你儿子，你就该跟我去医院！

唐耀武用手拍了一下田广成，说，我这病你又不是不知道，还是让我好好在家里消停地待两天吧！

田广成本来想跟唐耀武在山坡上多待一会儿，陪他说说话，可唐耀武上了山坡就把田广成撵走了。

媳妇张桂凤埋在山坡靠北一个微微隆起的高地上，那跟前的树密实，长得也好。两人以前干活儿的时候曾聊过，张桂凤说这里看着眼亮，一定是风水好。要不树也不能那么茂盛。她走了以后，唐耀武想起张桂凤说的这句话，就把她埋这里了。

唐耀武也想薅一把野花放在张桂凤坟前，可又一想反正这花也在山坡上，她要看就看了，何必薅下来。虽说张桂凤走了才不到三年，可唐耀武觉得她好像走了一辈子，太漫长！这样想着，他的眼窝儿立即潮了，而且有些热，他用手使劲儿地揉了一下眼睛，他不想流泪，尤其是不想在女人面前流泪，即使张桂凤是他媳妇，而且已经走了，他也不想流泪。

林中忽然响起一声鸟鸣，他顺着树空望过去，影影绰绰，看着好像张桂凤向他走过来，他忽然又觉得这时间过得真是太快了，好像一闭眼一睁眼的，一个人的一辈子就过去了。张桂凤猫腰低头在树空里有些像一只刚吃饱的松鼠，走走停停，看上去很可爱。她从来也闲不下来，一双手总是不停地动着，身子也在动，只有夜里睡了她才能消停。唐耀武知道她的病都是累的，坡上那么多的活儿，她不想扔给唐耀武一个人。张桂凤恨活儿，只要一搭上手就没完没了了，唐耀武喊歇着了，她也不歇。唐耀武也跟她说过，这山上的活儿只要想干啥时都有，没完没了。他喜欢看媳妇干活儿，看她矫健的身躯和一双灵活的手陷落在草木葳蕤的山坡上，看阳光暖暖地裹着她的影子在他身前不知疲倦地移动，这时候他经常想到树根，钻进土里的树根，悄悄地慢慢地向四周伸展……

张桂凤病得很突然，在他没有丝毫准备的情况下说病就病了，几个被她帮助过的学生都到医院看她，并且不离左右地守着她，陪她说话叫她娘。张桂凤的眼泪终于出来了，看着唐耀武一个劲儿地呵呵笑。她是穿着那身四个兜的军装走的，很安详，也很满足。在最后的日子里唐耀武一直守在张桂凤的床前，她已经不能说话了，但眼睛依然明亮。唐耀武说，有啥话你说我记着！张桂凤啥也不说，只是一瞬不瞬地瞅着唐耀武。亲戚朋友和几个孩子都识趣地离开病房，屋里只剩下他们俩了，张桂凤就笑了。唐耀武赶紧凑到张桂凤跟前，把脸贴在她脸上说，你不说我也知道，你是不放心我一个人，没事儿你安心走吧！我会好好照顾自己的！

这时张桂凤的笑容已经在脸上定格……

老兵唐耀武看着张桂凤的坟墓不知为什么忽然也笑了。他这一生已经别无所求，该想的想了，该干的也干了。作为一名老党员可以说是问心无愧了。老连长的梦他已经圆了，那么他的梦自然也有人跟着圆。唐耀武从地上起来用手摸了一把身边的松树，准备下山，可他回头看了一眼墓地，又坐了下来，觉得好像有什么事儿忘了，是什么事儿呢？他又想不起来了。

他就那样一动不动地坐着，好像在等媳妇叫他回家吃饭，忽然一只黄鸟儿落在面前的松枝上吱吱地叫起来，他立即想到了张桂凤穿着的那身军装，赶紧起来挺直身子对着墓地敬了一个标准的军礼。

唐耀武走得很慢，他的目光一直也没离开树。这坡上树他都摸过，而且还不止一遍，有的树他甚至抱过。忽然他有了一种和战友告别的感觉，虽说不是在战场，可终归也是生离死别，那种不舍和心痛只有在经历那场战争，而又对家乡和山林有着特殊感情的人才能体会。他知道这是最后一次来东山坡了，他蹲在地上看了一眼路两边的小叶蒿和芨芨草，蒿子和草好像又长高了，牵牛花藤曲曲弯弯地伸过去，再有一会儿就能够着蒿子了。

四

夜里又下了一场雨，老兵唐耀武想到院外去看看，他走了几步胃疼得只好扶着墙蹲在院里，天空像刚用水洗过一样，不但不明亮反而有些暗淡，一只麻雀孤零零地落在房檐上，看着唐耀武不停地叫唤。唐耀武抬头看着麻雀扬手驱赶，麻雀不但不走反而叫得更欢了，它好像已经知道了唐耀武目前的处境，只能在那儿蹲着啥事也干不了。唐耀武四处看了一下，拿起一块石子撇了出去，他也跟着一个踉跄好悬没摔在地上，惊飞的麻雀在天空蛩了一圈儿又落在了房檐上。唐耀武扶着墙，忽然觉得它孤零零的，也挺可怜，也许那里本来就是它的家，它不落在那儿又能落在哪儿呢？

雨也不大，院外没有积水，张桂凤活着的时候在院外铺了一层厚厚的石子，就是雨大水也存不住。不知为什么唐耀武忽然想起了东山坡下的水洼，他和刘占文都站在水洼子跟前，他毫不费力地蹦了过去，而刘占文却掉在了水洼里。他笑刘占文官儿当大了身上也没劲儿了，连个小水坑都能翻船。

天上的云彩奔马一样地流动，速度太快了，很像是部队的夜行军，悄无声息，这让唐耀武又想到了那场战争，他跟着前面战友的脚步，后面的战友跟着他的脚步，黑魆魆的山野太静了，他只能听见自己的脚步声，还有战友的脚步声，他不知道前面的战争有多惨烈，他只能跟着战友的脚步向前跑，跑到精疲力竭，跑到指定地点，随时准备牺牲……

他觉得人生就是一场牺牲，战友为他牺牲了，那么他也要义无反顾地为他们牺牲，尽管不在战场了，可也要做出必需的牺牲。老兵唐耀武手扶墙眯着眼睛，灰褐色的云彩一堆一堆地大片大片地汇聚到一起，头顶的天空湿漉漉的，好像要滴出水来。唐耀武喜欢这种感觉，雨要落未落，跟花要开未开一样，所有美好的希望都在下一刻的等待之中。如果这时刘占文不来，他的心情肯定会更好。可偏偏刘占文来了，而且还是走着来的。他的步迈得格外大，院外本来没有水洼，在要到唐耀武跟前的时候，路边有一条排水用的窄沟子，刘占文故意双腿收缩使劲儿地蹦了过来，那样子好像在说，这沟子要是再宽一点就好了。

唐耀武瞪着身后的田广成说，你还真是我儿子啊！

田广成说，兵叔，这不怨我，刘叔又不是外人，你们俩也好了一辈子了，他这个时候要见你，我有啥办法？

唐耀武不耐烦地摆了一下手，田广成赶紧悄悄地走了。

屋里还是从前的样子，刘占文毫不客气地从冰箱里拿出一罐饮料喝了起来。唐耀武靠在墙上闭目养神，也不搭理刘占文。刘占文看着唐耀武嘿嘿笑了，然后拿起桌子上的抹布用水浸湿了，开始抹桌子和冰箱。唐耀武说，我又没雇保姆，该干啥干啥去得了。

刘占文说，大兵，不是我说你，你看这上面的灰，要是你媳妇在看你这熊样还不得削你啊！

唐耀武睁开眼睛审视着刘占文说，我知道你是来看我笑话的。

刘占文说，你怎么啥都知道？都这时候了，我要是再不来看看，恐怕以后想看也看不着了。

唐耀武指着门说，你给我滚，能滚多远滚多远。

刘占文再次嘿嘿笑了，然后把抹布拧干了搭在绳子上说，要说你就是混蛋，你有病了，为啥不跟我说，你还拿我当兄弟吗？

唐耀武说，你本来也不是我兄弟！

刘占文从兜里掏出一根烟点着了，抽了一口，然后插到唐耀武嘴里。唐耀武使劲儿地吸一口烟，然后大声地咳嗽起来。

刘占文说，我理解你此时的心情，说实话，你这种病一到晚期，治不治确实都一样，可你不该躲着我啊？

唐耀武看着刘占文眼睛一亮，又使劲儿吸了一口烟，然后说，就冲你刚才这句话，我还认你。

刘占文说，这就对了，其实说一句真话，这些年我一直都觉得对不起你！我虽然职位比你高，可这些年你给村里干的事儿一点儿不比我少。我挺佩服你的。

唐耀武使劲儿地把烟头扔到地上，看着刘占文说，你要是来哄我乐呵的，现在可以走了，我又不是小孩。净说废话！

刘占文说，你这叫啥话，啥叫我哄你乐呵？我说的是真话，你比我强，真比我强！

唐耀武说，你少说这些没用的，我还以为你真懂我呢？

刘占文说，那我跟你说点儿有用的，像你这样的病虽说看着跟好人似的，可说走就走，你还有啥未了的事儿说来我听听！

唐耀武笑了，然后意味深长地看着刘占文说，那你猜猜我还有啥未了的事儿？

刘占文说，你的杰作啊！那片山坡你走了交给谁？

唐耀武别有意思地看着刘占文说，嗯，你说我该交给谁？

刘占文故意沉吟一下说，我跟你说我身体不是太好，说不上哪天也去找你了，你可千万别惦记我！

唐耀武呵呵呵地一阵大笑。

刘占文说，你笑啥？难道我说错了？

唐耀武说，你一点儿也没说错，你说这么一片大林子，上万棵松树我交给别人还真有点儿不放心。

刘占文也跟着呵呵呵地笑了。

唐耀武说，你这又是笑啥？

刘占文说，大兵，咱能不能不捉迷藏，都多大了，还玩小孩子的那玩意儿？

唐耀武说，哎，你还记得那年吗？

刘占文疑惑地看着唐耀武半天也没吱声，看那神态好像想起了一件遥远的往事。

唐耀武说，我记得你好像躲在粮仓里屁股被耗子咬了，回家还让你爸削了一顿。

刘占文说，你还不是拔老师的气门芯吓得躲在我家不敢回去。

两人都指着对方哈哈地笑。笑够了以后，刘占文说，还是那样的日子好啊！想干啥就干啥。说完这句话，刘占文居然把鞋脱了，坐到了唐耀武跟前，说，其实你早已经想好了，是不？

唐耀武说，是，我想用它给我那些牺牲的战友交党费。

刘占文说，可是他们已经牺牲了。

唐耀武说，不！你看那一坡的树木，有一棵是死的吗？

刘占文没话说了。他不信唐耀武在告别这个世界之前啥都想好了，没啥心愿了，这时，唐耀武看着刘占文嘿嘿一笑，不怀好意地说，要说心愿我还真有一个，但你行吗？

刘占文说，我虽说退休了，但你也别拿豆包不当干粮，有些事儿我还是可以替你完成的。

唐耀武说，那好，我告诉你，我还想当一回兵！

刘占文知道唐耀武是故意难为他，所以看着唐耀武无奈地笑了，而唐耀武也不再搭理他。他说的这是他心里的话。

又过了几天，唐耀武的病更重了，刚刚吃进去的药又被他吐了出来。田广成守在唐耀武身边，试探着说，兵叔，咱还是去医院打一针哌啶吧！唐耀武瞪着眼睛说，你懂啥？在战场啥也不打还不是照样把子弹剜出来了？你以为我是你啊？

田广成不敢再说，手机的提示音忽然响了起来，他看了一眼唐耀武赶紧把手机关了。

几只麻雀落在院里的仓房上喳喳地叫着，刚着一场伏雨，门前的柳树更绿了。忽然一队士兵列队走进院里。

田广成赶紧把唐耀武从床上扶起来，大声说兵叔，你看！

唐耀武的眼睛立即亮了，他的一双目光有如星光一样扑在这些士兵的身上，跟着泪水也流了出来……

刘占文满脸是汗地走进屋里，他这几天特意联系县武装部，同志们都被一名老兵，一名老共产党员的情怀深深打动了，大家都一致认为应该完成他的心愿。

这时，一班士兵已经走进屋里列成两排，唐耀武穿上军装忽然神色威严地站了起来，一名士兵立即出列向唐耀武敬礼，然后大声喊，报告首长，部队已经集结完毕，请指示！唐耀武立即举手回礼，所有的士兵都向唐耀武敬礼。

不知什么时候唐家的院里挤满了人，也都纷纷把手举了起来。

（本文获2021年黑龙江省庆祝建党一百年文学大赛二等奖）

沼泽上也长庄稼

一

　　档案局长杨青林推着自行车，随村主任来到一家土坯房门前。红砖铺砌的路面上几个村民在背后用手指指点点，并且小声地议论着，他们在说什么，杨青林听不见。可他却能感觉到这些人对他的到来和由他确立的扶贫关系一定是充满好奇。

　　路基边儿萎黄的草梗瑟瑟抖动，两只母鸡正在悠闲地刨着食。残雪初融，微寒的春风把杨青林稀疏的头发吹起来，半数以上的白发在日光下显得更白了。

　　村主任于成立回头和杨青林交换一下目光，然后举手敲门。杨青林见到马鸣的那一刻，不知为什么心里一动，胃跟着也痛了起来。在主任把他的身份介绍完以后，他刚要和马鸣握手，马鸣却把一双手交叉地抱在胸前完全不理他的架势，杨青林只好笑了下又把伸出去的手缩了回来。

　　主任说，马大混子你想干啥？

　　马鸣说，我还以为你们又给我找个财神爷呢！

　　主任说，你什么态度？

　　正在这时马鸣的女儿美美从屋里跑了出来，马鸣立即把美美推到杨青林跟前说，丫头，这是咱家新来的财神爷爷，你好好跟他玩，爸走了！

　　尽管村主任于成立在后面一个劲儿地喊，马鸣还是走了。杨青林把自行车撂在院子里，蹲在地上和美美说话；而美美只是呆呆地看着杨青林，一句也没回答。

　　村主任说，杨局长真不好意思，这个马大混子就这样，你别介意！

　　杨青林看着美美说，她不会说话吗？

村主任说，自从她妈妈走了以后，她就不说话了，已经三年了。这孩子也是可怜！

杨青林看着美美连连点头，然后说，他要住在马鸣家里。

村主任走后，杨青林拿起扫把开始打扫院子，等把积雪和草屑用筐装了倒在院外，太阳已经偏西了。美美靠在窗下一直看着杨青林干活儿，等杨青林回到院子，才发现美美不知什么时候已经把一缸子热水放在了窗台上。他想对美美挥手致谢，可玻璃窗子污渍斑斑，根本看不清屋里的美美，这让他忽然想起大地里高粱苗和山坡上的青草，还有草原上蠕动的羊群乳羊的叫声，一切都和乡村有关，都和自己的经历有关。

一滴朝露粘在高粱苗和青草上，晶莹、透明，又充满了梦幻一样的色彩，这正是一个不说话的孩子带给杨青林的希望，他觉得心里很不好受，以至于在喝水的时候，端缸子的手微微发抖把水洒到了地上。

杨青林找了半天，发现粮食口袋只剩下不到一碗米了，他熬了一点儿粥和美美吃了，便想到村里走走，顺便了解一下情况。

村子不大，从东头一眼能望到西头。大家知道他是扶贫干部又是局长，对他都很尊重。可是在谈起马鸣的时候，所有人几乎都是一脸的不屑。杨青林跟村民了解的情况与村主任的介绍基本是一致的。前任扶贫干部就是因为马鸣偷着把扶贫的羊吃了而被气走的。

一个村民恨恨地对杨青林说，要说马大混子这人，你们得下狠招儿，别今天买两只羊，明天送一头牛，没用！这人不能用常人的思维去理解，要说咱们村里有这么一号人，大家都觉得脸上无光。

天已经黑了，档案局的两名工作人员把米面和豆油撂在院子里。马鸣从院外回来，看着杨青林说，你们这是干啥？

杨青林把两名工作人员打发走了，也不说话，直接向屋里走去。马鸣跟在杨青林身后说，哎，我在问你呢？

杨青林回头看着马明说，你想让我干啥？

马鸣说，我是贫困户不假，可我又不是要饭的！

杨青林神色严肃地看着马鸣说，我想送你一群羊！

马鸣说，那敢情好了。

杨青林说，可是我怕你把它们吃了。

马鸣想急，可一看杨青林脸上严峻的神色又心虚起来，他接连暗暗地鼓了两把勇气，最后还是一句话也没说出来。他把前任扶贫干部气走以后，胆子也变大了。他觉得人穷也挺好的，啥心也不用操，国家还得管他。所以当村主任于成立把杨青林领到他家以后，他的第一意识是必须拿下杨青林，然后再从他的手里多弄点儿干货。

没想到杨青林神色中所表现的凛然正气把马鸣震住了，他眼看着杨青林吃完饭以后还没有要走的意思，只好说，我家地方小，就不留杨局了。

杨青林说，地方再小，有你住的地方就有我住的地方。

马鸣说，你还真想住这儿啊？

杨青林说，什么时候你脱贫了，我什么时候走！

马鸣一看杨青林那劲儿，知道再说什么也没用了。他只好把堆放破烂衣物的小屋收拾出来，然后沉吟了一下把自己炕上的海绵垫子撤下来，铺到床上。

杨青林每天都起得很早，起来以后先是环着村子走两圈儿，然后便开始打扫院子，等马鸣和美美起来的时候，杨青林已经把早饭做好了。

马鸣吃饭的时候，总是要和杨青林调侃几句，杨青林很少回应。当马鸣了解到档案局这个机构的来龙去脉以后，不免有些失望。所以在说话的时候又不那么客气了。

杨青林对马鸣说，不管我是什么局长，都能让你脱贫。

马鸣差点儿把一口饭吐桌子上，他又一使劲儿把饭咽下去，却噎得半天抻着脖子不怀好意地看着杨青林。这时美美已经吃完了饭，正拿着盆子在院里喂鸡。早晨的阳光凉晃晃地披洒下来，给几样简陋的农具涂上一层浅银色的光芒，一只麻雀落在手推车凸起的扶手上，喳喳地叫着，引得一只鸡也跟着咕咕地叫起来。

美美略显短促的红棉袄更红了，她好像对这干净的小院和早晨产生了浓厚的兴趣，她盯着麻雀看了半天，然后试探着从盆里抓出一把粮食放在地上，可麻雀却飞走了。

杨青林看着院里的美美点点头。马鸣也来到窗前向院里看了一眼，然后回头问，你咋让我脱贫？

杨青林用目光向马鸣示意，马鸣不得已又望向窗外。这时美美已经靠在西厢房墙根下，一只麻雀正在地上啄食美美放下的粮食。

马鸣说，难道你没看过家雀刨食？

杨青林失望地摇着头，然后离开窗子。

马鸣看着杨青林的背影又跟了过去，站在杨青林的对面说，你究竟让我看啥啊？

杨青林提高声音说，我是让你看美美，看你的女儿！

马鸣，她有啥好看的，我不是天天看吗？

杨青林叹了一口气说，你知道吗？地上的粮食是她放上去的，可她现在还是个病人啊！

马鸣说，杨局，我尊敬的杨局，你现在可是来扶贫的，不是来看我女儿喂家雀的！

杨青林看着马鸣一挥手说，你可以走了！

马鸣还想和杨青林争辩，杨青林已经出了屋。马鸣只好跟着出去，眼看着杨青林带着美美向院外走去，只好不断地摇头。

走在下洼村的街上，杨青林一直在想着马鸣。他曾经问过村主任于成立，马鸣为什么叫马大混子。于成立说混子在麻将牌里啥都能顶啊！大家这不是恶心他嘛！

杨青林在来下洼村之前虽说已经有了充分的心理准备，可马鸣吊儿郎当的态度和对自己的抵触情绪，还是让他有些意外。村里的积雪基本已经化尽了，裸露出来的路面流着泥浆，踩上去有些黏滑，让人心里很不舒服。

美美静静地走在前面，红棉袄一闪一闪的，这让杨青林的眼睛也跟着晃动，并且有了丝丝的暖意。

村外的河面上还结着冰，但看上去乌渍渍的，已经没有了往昔的明净。美美紧走几步，站在河岸上，一脸茫然。

杨青林站在美美身后眼望着河面，可心里想的还是马鸣。经过这些天的调查和对马鸣的接触，杨青林已经为他整理出一份清晰的档案：他觉得，直到今天为止他所有的心路历程，都和媳妇儿玉玉的死有直接关系，再加上自闭症的美美，他已经看不到一点儿希望，或者说他所有的希望都被冰封在河面底下，而他又不愿意为了破冰而付出努力。

要想让马鸣脱贫首先必须厘清他的思想脉络，然后再对症下药。如果自己也和前一任似的盲目帮他，即使花再多的钱，自己一走，马鸣照样用不了多久又回到了原点。想到这里，杨青林的电话响了，他划开手机屏幕一看，原来是主管扶贫的县长打来的，他接听了电话。

县长问他，这都已经一周时间了，所有扶贫的工作队都向他做了汇报，为什么他一点儿动静也没有。

杨青林说，我正在研究扶贫对象，等形成方案一定跟你汇报。

县长对他工作进度很不满意，让他抓紧时间，一定要把马鸣这个典型的贫困户扶起来。

杨青林撂下电话，从地上捡起一截木棍儿站在美美对面，然后蹲在地上写了马美美三个字。

美美看着地上的字和冰封的河面一样，目光都是空洞的。

杨青林微微一笑，说，这是你的名字！你认识吗？

美美摇摇头跟着又点点头。杨青林把木棍儿递给美美说，来，爷爷教你写字！

美美接过木棍儿蹲在地上，神色空洞地看着马美美三个字，但却歪歪扭扭地写了一个妈字，然后把木棍儿撂在地上。

杨青林听村民说过，玉玉就是在这条河里给美美捞菱角淹死的，那时的美美刚刚六岁，虽然事情已经过去三年，可她还在想着妈妈，这件事儿给孩子带来的伤害显然太大了。

美美看着杨青林，再次拿起木棍儿又写了一个妈字，然后画了一个很大的圆圈儿，把两个字圈了起来。

杨青林在看美美的眼睛：这双空洞的目光其实还是有内容的。这让杨青林想起，在很小的时候，也像美美一样的年纪，因为家里的狗死了，姐姐不吃不喝，一直盯着狗窝，她的目光因为强烈的悲伤已经盛不下任何的内容……

杨青林这些充满温情的心理活动，美美是一无所知的，即便是杨青林告诉美美，她也不会理解。正在这时，河面上跑过来一条狗，在要接近两人的时候，它的尾巴高高地翘了起来，然后停在那儿不动了。

美美一扬手使劲儿地把木棍儿甩到河面上，随后站了起来。她开始和这只狗对峙。杨青林不知美美是不喜欢狗，还是用这种特殊的方式在和狗联络感情，他在细致入微地观察美美的一举一动，美美丰富的内心世界完全吸引了他。

两人离开河岸的时候，杨青林忽然发现不知什么时候，地上的字已经被美美擦掉了。她明明是思念母亲，可又不愿意让别人知道，她的这种感情是隐秘的也是孤独的，这也许就是她自闭的原因。

两人刚来到村口，村主任于成立立即奔两人走了过来。

杨青林看着于成立微微一笑，没有说话。

于成立说，杨局长，你这是去哪儿了？给你打电话也不接。

杨青林说，到小河跟前转转。说完这句话，杨青林掏出手机一看，才发现手机不知怎么又调成静音了。

于成立说，刚才县长把电话打到村上了，问你都在干什么，我也不知怎么说。

杨青林说，你该怎么说就怎么说。

于成立说，我是为你着急。

杨青林说，我都不急，你急什么？

于成立说，你到底是怎么想的？

杨青林说，我想先给美美治病，扶贫的事儿慢慢来吧！

于成立本来是一片好心，可杨青林显然不领情。他跟在两人身后还想再说点儿什么，可是杨青林已经领着美美回家了。

其实杨青林心里也急，他只有一年的时间就退休了。如果在退休之前还没有让马鸣脱贫，他不但和县上没法交代，和自己也没法交代。说真话，这些年来档案局的工作太闲了，闲得他心里发慌发霉，闲得他整天喝着茶水看着报纸只想骂娘。

杨青林是一个不甘于平庸和寂寞的人，他想冲锋陷阵，可是他得了脑梗住了两次院，他只想在退休之前再干点儿实事儿，把自己任上的工作句号画得圆满一些。

机会终于来了，档案局接了马鸣这个包袱。按照常情本来应该是副局长去，大家也都是这个意思。但杨青林却不顾大家的反对，主动而毫无商量地把包袱背在自己身上。

副局长说，你身体不好，村上条件很艰苦，还是让我去吧！你这要是跟着着急上火的……

杨青林说，对付这样的刺头儿，我比你有经验，你根本没资格和我争！

副局长说，可你有病，你要去了，你让大家怎么想我？

杨青林瞪着眼睛说，你是局长，还是我是局长？

副局长没话说了，可他不放心，要陪杨青林一起到扶贫点儿看看，也被杨青林拒绝了。

外边的车已经准备好了，正在等着，杨青林便和副局长握了手，然后让司机把车开回库里。

杨青林是第一个骑自行车下乡扶贫的局长，而且还是一辆老式的自行车。于成立把他迎到村委会，他连水还没喝上一口，就急着让于成立介绍马鸣的情况。

二

这是杨青林退休前的最后一项工作了。他微微一笑，把目光从屋里的桌子上移到窗子上。刚刚擦过的玻璃很亮，美美站在外面的身影看上去也很清晰。

杨青林走到窗子前用手敲着玻璃。美美回头看着杨青林，目光里竟然有了一丝不易察觉的热情。杨青林赶紧开门来到外面，发现院子里的地上又写了一个妈字。美美挓挲着双手正赶着母鸡，唯恐它们的爪子刨在字面上。

杨青林蹲在地上说，美美的字写得真好！能再给我写一个吗？

美美拿着棍子又在地上写了一个妈字。

中午，杨青林特意给美美煮了鸡蛋，可美美一个也没吃。只是坐在窗下看着地上的字发呆。杨青林简单地嘱咐了美美好好看家，便骑着老式自行车出去了。附近两个村扶贫工作的势头都很好，被扶的贫困户在扶贫局长的帮助和引导下已经选好了项目。杨青林简单地和两个局长交换一下意见，匆匆地又赶回了下洼村。

马鸣家的大门敞开着，桌子上煮熟的鸡蛋一个也没动，可美美却已经不见了。杨青林在院里沉吟一下，立马想起了美美早晨看着河面空洞的目光，他骑着自行车赶到小河边依然不见美美。杨青林四处撒眸着，找遍了村子，还是不见美美。他问了许多人，大家都说没看见。

最后，杨青林只好一路打听着来到一家麻将馆，马鸣嘴里叼着烟正在神情专注地打麻将。看见杨青林进屋，马鸣嘿嘿笑了，说，杨局这可不是你该来的地方。

杨青林说，美美不见了。

马鸣把一颗麻将牌使劲儿地拍在桌子上，大声说，和了！给钱给钱！

杨青林又说，马鸣，美美不见了！

马鸣立马从座位上站起来，瞪着杨青林说，我可跟你说，我现在就剩一个闺女了，你要把她弄丢了，我可跟你没完。

天已经快黑了，村子上空已经飘起了几缕炊烟。马鸣着急忙慌地骑上杨青林的老式自行车，可还没蹬出去几步车链子就掉了。马鸣只好把自行车撂地上。杨青林把链子挂上，推着车子跟在马鸣身后。两人来到山坡下的一片丛林，老远地便看见美美对着一个孤立的坟包发呆。

马鸣喊着美美的名字，快速地走到坟前，说，天要黑了，走，跟爸爸回家！

美美目光空洞地看着坟包。马鸣上前一把拽起美美的衣服，美美用手去推马鸣，马鸣猝不及防，脚下一滑，摔了一个跟头。

马鸣用手指着美美说，哎，你个败类孩子，敢摔你老子了。

杨青林挡在马鸣身前，蹲在地上看着美美说，你要喜欢待在这里，爷爷陪你！

马鸣说，你少搁这儿装好人，没你她能来这儿吗？

杨青林回头看着马鸣，严肃地说，我看你就不配做父亲！

杨青林陪着美美在玉玉的墓地一直待到很晚才回去。马鸣已经吃过了晚饭，正蹲在院里抽烟。他一看美美乖顺地跟在杨青林身后心里有气，大声说，你还回来干啥？搁那儿待着吧！

杨青林说，你还想干什么？

马鸣说，我想让她知道有些地方是不能去的？

杨青林说，你有什么气冲我撒，别夹枪带棒地以为我听不出来？

马鸣说，那我还真得跟你说道说道了。

杨青林安置好了美美从屋里出来，坐在马鸣的对面说，你说吧，我听着！

马鸣说，杨局，要论年龄你当我爹都有余了，咱也别藏着掖着，你今儿跟我掏个底儿，你想怎么帮我？

杨青林说，这个我还真没想好，你得等！

马鸣说，要不你干脆给我贷一批款得了。

杨青林看马鸣的目光很犀利，可在短暂的停留之后，又有了些许的柔和，之后便是满脸的失望了。

马鸣说，你别老盯着我看，怪瘆得慌的。

杨青林说，我给你贷完款，以后呢？

马鸣说，你打道回府，我好好干呗！

杨青林起身拍拍马鸣的肩头说，你怎么想的，我心里清楚，但我劝你大黑天的别做梦，免得遇上鬼。

马鸣心里有气，可又拿杨青林没法儿。他只好故意地刁难杨青林，希望把他气走，再给他换一个扶贫局长。

杨青林回了一趟县城，买了一个烤箱。这样美美早晨就可以吃上杨青林亲自烤的面包了。他每天都骑着老式自行车去附近的村子转悠，转悠累了，便随便把自行车支在道上，坐下来，静静地看着田野发呆。

他的这种神情和美美有些相似，美美是在怀念她死去的妈妈，而杨青林却在想他的故乡——和俄罗斯一水之隔的那片土地。那里，一年有一半以上的时间都是冰天雪地，也许正是那凛凛的寒风和晶莹的冰雪锻造了他坚韧的性格……

下洼村和他的故乡有一样的地貌和大致相同的植物，有很多次他站在村口都神情恍惚地以为自己又回家了。这里的土地河流，还有这里的人在他的意识里都打着故乡的烙印，让他沉醉其中，可又有着丝丝缕缕的疼痛。

是马鸣和美美，是他们的生存现状，和马鸣不知觉醒的意识在勾起他思乡情怀的同时，又在他心上割了一刀。

这一时刻的杨青林只觉得他已经不是什么档案局长，而只是一个农民。他的血管里依然还流着农民的血液，每一个农民都是他的兄弟，都是他关注故乡的最好理由……

美美虽说还不说话，但在看杨青林的时候，目光好像不那么空洞了。杨青林曾经暗地里观察过美美，觉得她的目光里已经有了明显的亮度。杨青林在出去的时候，只要不出村子都带着美美，他喜欢美美什么也不说，什么也不问，静静地跟在自己身后。要是杨青林有事需要和别人谈话，美美便一个人站在一边儿，用目光盯着，等杨青林事儿完了，她再缓缓地来到杨青林跟前。

杨青林一路和美美说了很多的话，这些话加起来比他在档案局一个星期说得还多。有些话他本来是要对马鸣说的，可他先给美美说了。这就仿佛一个种田人把希望埋在了土里，至于什么时候开花结果那也只有等待了。

他这次从县上回来的时候买了书包、本子及铅笔，他不在的时候美美便在本子上划拉，往往一张纸上只写一个字。

杨青林教给美美很多字了，可她好像都忘记了，只会写一个妈字。

马鸣看着杨青林天天在美美身上下功夫，心里憋着气，再加上连着几天手气不好输了钱，所以气急败坏地说，杨局，国家是让你来帮我发财的，不是让你来当保姆的。

杨青林说，怎么着急了？

马鸣说，这眼看都种地了，你咋还一点儿动静没有啊？

杨青林说，我都不急，你急什么？

马鸣说，我可告诉你，贫困户贷款可是下来了，你要是没那两下子，趁早走人，别耽误我！

杨青林说，我觉得你应该先给美美治病，再这样拖下去，你可一点儿希望都没有了。

马鸣说，你少搁这儿给我上课，你当我没治啊？可它不管用！

杨青林说，你难道不该反思一下，她为什么忘不了妈妈，而天天对着你却不说一句话。

马鸣想了半宿，他是没心没肺地过一天算一天，对未来也不抱什么希望了。可一旦想到美美，他心里还真是不得劲儿。

第二天早晨，他发现美美不见了，而桌子上却放着新烤的面包。他本来以为杨青林又带美美出去了，可晚上打完麻将回来，桌子上的东西还原样在那儿搁着。马鸣赶紧掏出手机，这才想起他并没有杨青林的号码。他只好把电话打给村主任于成立。

两人本来不对付，于成立毫不客气地在电话里把他训了一顿，马鸣根本不服，就在电话里和于成立吵了起来……末了马鸣要杨青林的电话号码，于成立却把电话撂了。

马鸣只好去找于成立，他敲了半天门，于成立才把门给他打开。

于成立说，这大半夜的，你还让人睡觉不？

马鸣说，敢情不是你女儿？

于成立说，我不是跟你说了嘛，杨局走的时候到村上跟我说了，他是带着美美去治病，又不是把你闺女拐走了？

马鸣说，我也没说他把我姑娘拐走了，我是着急！

于成立说，你急啥急？要我说真有人把美美拐走了倒是一件好事儿，省得跟着你遭罪了。你自己一天还不觉！

马鸣知道再说下去于成立的话肯定更难听，所以只好忍气吞声地要了杨青林的电话号码。

电话接通了，杨青林一听他的声音立马把电话挂了。马鸣这个气啊，连饭也没做，凑合着把早晨剩下的几片面包吞到肚里，觉得空，又喝了半缸子凉水，才闷闷不乐地躺在炕上。

杨青林回到县城，先到商场给美美买了一身衣服，然后便去县里汇报。直到下午他才有时间带着美美去医院看病。

主治医生看了半天，说，咱们县里目前还没有专门治疗自闭症的医生，但看美美的年龄治愈应该不是什么问题，最后他建议杨青林到省城找专家看看。

杨青林立即给单位打电话要车，当天下午就去了省城哈尔滨。一路上看着车窗外的景色，美美依旧不说话，可目光已经不再那么空洞了。

杨青林居然在美美的眼神里看到了一丝的温馨，这让他的心里特别惊喜。和马鸣一家十几天的相处，马鸣带给他的只有失望；而美美却终于让他看到了希望。

专家确诊后认为：美美的自闭症并不严重，只要家长按时进行心理上的疏导，多给她关心，经过一段时间是完全可以治愈的。

杨青林开了一些自闭症药物，第二天便带着美美返回了下洼村。

马鸣看着美美穿着新衣服跟在杨青林身后走进院子，立即从屋里蹿了出来。一只母鸡被他惊得扑棱着翅膀躲在了手推车底下；杨青林手里拎着兜子牵着美美的手正准备进屋，马鸣挡在了他面前。

杨青林面无表情地看着马鸣没有说话。

马鸣说，你怎么不说话？

杨青林说，没话。

马鸣看着美美说，这是我女儿，你要带走，总得跟我打个招呼吧！

杨青林说，你还知道她是你女儿？

马鸣说，杨局，杨大叔，你也不用恶心我！我这个当爹的是不称职，可你这个扶贫局长难道就称职吗？

杨青林严肃的神情渐渐有了笑意，他把兜子放在美美手里用手一指屋子，可美美接过兜子却没离开，而是双手拿着兜子站在杨青林身后，目光空洞地看着马鸣。

杨青林说，马鸣，你别搁这儿跟我胡搅蛮缠的，像你这样的主儿我见多了。

马鸣说，我还真不信了，你见多了怎么了？

杨青林说，到最后都碰得头破血流。

马鸣思谋着想撂几句狠话。忽然美美把手里的兜子使劲儿砸在地上，向院外跑去。

杨青林赶紧跟着出了院子，两人一前一后来到小河边。河已经开了，有些浑浊的河水浪花飞溅，美美正在拿着土块一下接一下地往里扔。

马鸣站在杨青林背后说，她这是干啥呢？唉，这孩子！

杨青林说，控诉！

马鸣说，我说杨局，我又没罪，她干吗要控诉我呀？

杨青林审视着马鸣说，你有没有罪，只有你自己最清楚。

三

美美一直在河边待了很长时间，马鸣走了，她还在往河里扔土块，只是动作慢了很多。杨青林走到美美跟前，从地上捡起一个土块递给美美，美美也不看杨青林，把土块扔进河里。杨青林再递，她再扔，到最后美美凭感觉一伸手就能摸到杨青林递过来的土块，两人配合得相当默契。每一个土块扔在河里都溅起一朵浪花。当杨青林把一个木棍儿递给美美的时候，美美迟疑一下举起的手悬在半空，然后回头看向杨青林，杨青林点点头。

美美忽然蹲在地上开始写起了字，由于用力过猛，木棍儿从中间折了，她迟疑着再次回头看向杨青林。

杨青林微微一笑，又在河岸上撒眸着找到一个木棍儿递给美美。这次美美的妈字写得很大，笔画也很粗。

一个大大的妈字歪歪斜斜地印在河岸上，这让杨青林一下子想起去世的母亲，在他童年的时光里背着猪草走在长长的山梁上，随着落日余晖的消逝，母亲的影子越来越大……

这时，眼前的河水悠悠地晃着，似乎也有了大海的澎湃之势，他的内心像是被火灼了一下，热啦啦的，跟着便痛了起来。

美美写了一个字，手里拿着棍子只是看着河水发呆。杨青林原意是通过写字来激发美美对母亲的温馨回忆，从而达到治疗的效果，可是美美却不写了。

杨青林微微一笑，看着美美说，写累了？那好，跟爷爷回家吧！

美美只是蹲在河岸上发呆，杨青林只好蹲在美美跟前，把后背朝向美美说，来爷爷背你回家。

美美顺从地趴在了杨青林后背上。可美美太沉了，杨青林背着美美还没走出几步便摔倒在地上。

杨青林回头看着美美笑了，出乎意料的是，美美居然也扑哧笑了。

杨青林赶紧说，美美，你笑了？

美美的神色又恢复了常态。可杨青林回到家里，还是把美美的变化告诉了马鸣。

马鸣说，不就是笑了嘛，这有什么奇怪的，她又不是没笑过。

杨青林说，可我来这长时间了，还是第一次看见她笑。

马鸣说，杨局，咱能不能不哄孩子了，干点儿正事儿？

杨青林说，我现在只想把美美的病治好了。

马鸣说，你就是治好了，我也不领你的情！

杨青林说，你以为我做事儿是为了让你领情吗？不是！

马鸣说，那你是为什么？你又不是神仙。我长这么大了，还没见谁干了好事儿不求回报的。

杨青林说，像你这样的人可能永远也不会理解，在这个世界上有一些人活着并不仅仅是为了他们自己，你明白吗？

马鸣盯着杨青林看了半天，然后双手一抱拳，向外面走去。

村主任于成立只要看见马鸣，就不烦别人了。他本来已经把烟掏出来，一看马鸣进来，又把烟揣进兜里了。

马鸣上前一屁股坐在于成立的办公桌上。于成立指着马鸣说，你赶紧给我下去！

马鸣不情愿地从桌子上下来，掏出烟盒说，不就是一根烟吗！看把你吓得！

于成立说，有事儿说事儿，我没时间跟你扯淡！

于成立点上烟，狠狠地吸了一口，说，杨青林他不行，我要求换一个扶贫局长！

于成立说，这是县上和乡上定的，你以为你谁啊？还换个局长？我还想给你说个媳妇儿呢，你搁啥养活？

马鸣说，可他是来帮我发财的……却成保姆了！

于成立也懒得和他废话。正在这时手机响了，于成立接起电话指着门，把马鸣推到了门外。

半个月的时间很快过去了，杨青林对马鸣的思想渗透一点儿也没有效果。于成立已经把马鸣要求换扶贫局长的事儿跟杨青林做了汇报，杨青林看着于成立面无表情，什么也没说，好像一切都在他的意料之中。

杨青林和美美吃过晚饭，在电话里向主管副县长把自己的工作情况做了汇报。他再次强调要想让马鸣脱贫，必须首先改造他的思想，主管副县长告诉杨青林他不想了解这些过程，只看结果。

杨青林撂下电话，马鸣还没回来。他教美美写了一会儿字，出了屋，不知为什么在村里七拐八绕的，最后却来到了一家牌场。

大家一看杨青林进屋，都把目光聚在他身上，此时的马鸣坐在一个角落里正低着头抽烟。

一个牌友用手推了一下马鸣说，马大混子我跟你说，今儿就是天王老子来了，你也得给钱。

杨青林面无表情地走过去说，他欠你多少钱？

牌友伸出两根手指头。杨青林毫不犹豫地从兜里掏出两张百元钞票拍在桌子上，然后说，你们怎么不玩了？

另一个牌友说，这大混子钱输光了。

杨青林说，来，我凑个手咱们接着玩儿！

几个牌友看杨青林坐在了麻将桌前，赶紧跟着坐下。一个牌友按了一下麻将机上的按钮儿，按照骰子的点数交换了位置，一局麻将开始了。

马鸣拿眼睛不断地在杨青林的脸上扫描。杨青林也不搭理马鸣，好像他这个人根本不存在一样，只顾打牌。

杨青林打牌不看牌，到手的牌用手一摸，如果没用了便随手打了出去，他的神情好像也不在牌上。这让马鸣想起自己小时候，和一帮孩子随心所欲地在学校的操场上扔纸飞机，不管飞机回不回得来都没关系，大不了再叠一个。

一圈牌儿打下来，杨青林几乎包和了。不但把马鸣一天输的钱捞回来了，还略有剩余。

这让马鸣不得不对杨青林刮目相看，可又觉得自己很没面子。接下来回到家里，马鸣对杨青林提出一个不可思议的请求：他想让杨青林帮他把这些天输的钱都捞回来。

杨青林说，你以为我会同意吗？

马鸣看着杨青林嘿嘿一笑说，你是不敢同意，要是你的头儿知道了，你这个局长也该下课了。

杨青林说，下课？我马上就要退休了，你以为我在乎？你以为这点事我就能下课？我要是答应你了，不免掉进你的圈套，从此以后你打麻将就有了正当的理由。可我要是不答应你，又会笑话我胆小，你说我是答应还是不答应？

马鸣说，这么大的事儿我咋给你拿主意？还是你自己定吧！

但在第二天马鸣去了牌场，一把牌还没打完，杨青林却来了。马鸣赶紧把地方让给杨青林，凑过去小声说，你还真来了？

杨青林也不说话，开始摸牌打牌。几个看热闹的村民站在麻将桌后面都在悄悄地议论。

马鸣说，说啥呢？没看过局长打牌啊？

杨青林回头看着马鸣说，你还搁这儿杵着干啥？赶紧回去看着美美！

马鸣说，我再看一会儿！

这是一把烂牌，要对没对，要幺没幺的。马鸣本来以为一点儿希望都没了。可杨青林却仍然当一把好牌打，而且到最后还真和了。

马鸣数完杨青林赢的钱，从牌场回来一直夸杨青林的牌技，说想不到一个大局长连麻将也打得这么好，还有啥干不好的。

杨青林说，你呢，该干啥干啥，也不用拍我马屁。

马鸣说，杨局，咱好不容易想到一块去了，我就是想让你好好给我上一课。

杨青林审视马鸣许久，才说，要说打麻将；我不怎么打，也不行，但我比你有耐心，比你心态好。我觉得这和种庄稼一样，好地能打粮，薄地只要经营好了也能打粮！

马鸣认真地咂摸着杨青林的话，半天没有吱声。杨青林接着说，我虽然不赌，但我知道要赌，心必须得静！你别手里摸着牌，脑子却不在牌上。赌博虽然看的是牌，但我觉得心理很重要，越怕输最后输的肯定是你，要是你的兜里揣满银子，你还会输吗？

马鸣思谋着杨青林的话，连连点头。

晚上，马鸣亲自下厨炖了一只鸡，又到村里的小超市买了几瓶啤酒，可两人刚把酒倒上还没等喝呢，于成立来了。马鸣赶紧说，哎呀主任，我还寻思招呼你一声呢，赶巧你来了，一起吧！

于成立盯着碗里的鸡肉说，大混子你可真行！

马鸣说，主任，这么说你知道了？

于成立说，你这是第几次偷我的鸡了？

马鸣回头看了一眼杨青林说，我这不寻思，替你招待一下客人吗。你说人家杨局这都来多少天了，咱村上总得请人家撮一顿嘛！

杨青林严肃地说，马鸣！那你也不能偷人家的鸡呀？

于成立看杨青林的面子也没再说什么，喝了一杯酒借故有事儿就走了。马鸣对于成立发了一顿牢骚，看杨青林不喝，便把桌子上的几瓶酒都喝光了。

杨青林招呼美美吃了药，把桌子上的残汤剩菜撤了。他看着马鸣四仰八叉躺在炕上，不知为什么忽然想到了荒草甸子上的沼泽。他摇摇头，然后又毅然地点点头：他只想在这片沼泽上种出庄稼。

马鸣早晨醒来，杨青林正在厨房忙乎着烤面包。马鸣拿过手机划开屏幕，在朋友圈里浏览了一下，看了两个俗得不能再俗的抖音，觉得也没啥意思了，便一骨碌爬了起来。

杨青林把早餐端到桌子上，招呼美美吃饭，也不搭理马鸣。马鸣草草地洗了一把脸凑到桌子前拿起一片面包送到嘴里，含混不清地说，好吃！好吃！

杨青林说，赶紧吃饭，一会儿我有话说。

马鸣说，有啥话你现在就说吧，我听着。

杨青林把鸡蛋剥光了皮，放到美美的碗里。马鸣伸手去拿盘子里的鸡蛋，杨青林用筷子拨开马鸣的手，把剩下的鸡蛋也拿在手里。

马鸣把两片面包塞到嘴里使劲儿地嚼起来，然后又喝了一碗粥，看看再也没啥吃的，才把筷子放下。

杨青林说，吃完了？

马鸣说，我还想吃，可也得有啊！

杨青林说，要想吃得饱，那还得自己动手……说到这里杨青林意味深长地看了一眼吃鸡蛋的美美，然后接着说，你说是吧，美美？

美美抬头静静地看着杨青林，然后把鸡蛋放到杨青林碗里。杨青林点点头说，美美，去把本子都装进书包，爷爷带你去旅游。

马鸣说，啥？你说你要干啥去？

杨青林回头看着马鸣说，趁现在没什么事儿，我想带美美出去走走，医生说了这对她的病有好处。

马鸣说，可是我的钱还没捞回来呢？

杨青林说，你要是愿意跟着也行，要是接着要钱我也不反对。

这时美美已经背着书包站在门口，杨青林也不再看马鸣，牵着美美的手出了屋。

马鸣紧走几步撵上杨青林，犹豫一下说，行，我也跟你们去！

坐在通往省城哈尔滨的大巴车上，马鸣几次想跟杨青林说话，但杨青林闭着眼睛根本不搭理他。

马鸣说，杨局，你总得告诉我咱这是去哪儿吧？

大巴车到了哈市停下了，杨青林带着马鸣和美美特意到旧物市场买了一个钢精锅，末了还去渔具商店买了钓竿等钓鱼用品。

马鸣疑惑地看着杨青林说，你该不会去钓鱼吧？

杨青林依然不说话，牵着美美的手走在前边。杨青林也只好不情愿地跟在后边。

刚开江没几天，松花江边也没几个游人。杨青林找了一处避风的地方，安排好美美坐在地上写字，然后把钓竿支到岸上。

马鸣看着杨青林娴熟地把钩甩到水里，无奈地挨着美美坐下。杨青林回头看了一眼马鸣，还是没有说话。

马鸣说，杨局，你不是说要带我们出来旅游吗？咋还钓上鱼了？你说你怎么让人这么着急呢！

杨青林说，我觉得没有比钓鱼更好的旅游了，既可以看景儿，又可以享受美食，重要的是在这样一个特殊的环境下，你还可以反思一下自己。

马鸣说，行了吧，杨局，说得好听，你不就是想让我反省吗？其实我也知道我不是个玩意儿。可你说带着这么一个不会说话的孩子，你让我咋整？

杨青林把一条半尺长的鲤鱼拽到岸上，马鸣上前把鱼装到网兜放进水里说，哎，你行啊，杨局！

杨青林说，人要不想好，能找出一百条理由为自己辩护，可要是想好只有一条理由。

马鸣说，我也想好，可你得帮我啊？

杨青林说，就你目前这样，我怎么帮你？

马鸣在背后悄悄瞪了一眼杨青林，回头看美美在本子上画了很多的妈字，大声说，你怎么就知道写妈？

杨青林说，她也能写爸，但你得让她心里有你！跟孩子相处不能总是吹胡子瞪眼睛，她这病你得负一半责任。

晌午刚过一点儿，杨青林钓了半网兜鱼。他刮鳞片洗鱼，不大一会儿就把鱼炖锅里了。看着锅里泛起的白色泡沫，马鸣呆呆地出神，一直没有说话。杨青林把本子拿过来写了一个爸字，大声地对美美说，你一定要学会写这个字，要不你爸该生气了！

美美把本上写爸字的纸页撕了下来，团成一个纸蛋儿，扔在一边了，然后目光空洞地对着江水，也不知她在想什么。

江水炖江鱼，再加上清新的自然风光按理说没理由不开心。可马鸣这顿饭吃得却有些堵心。直到杨青林收拾完钓具准备回市里了，他还坐在江岸上抽烟。

杨青林说，有些事儿只要你去想了，就说明你还有救。

马鸣说，我又不是犯人。

杨青林回头看着美美说，其实一个人不一定非得触犯法律才是犯罪，该承担的没有承担，我认为那也是犯罪。

马鸣把烟头扔地上回过头来。杨青林牵着美美的手已经离开了江岸。马鸣赶紧拎起钢精锅从后面撵上来，说，你们倒是等我一会儿啊！

杨青林也不说话，上车下车，带着美美和马鸣倒了几次公汽，来到一家贵族学校门前。美美立即被学校内的设施吸引了，她趴在铁栅栏上一个劲儿地往里面看。

四

夕阳把滑梯、单杠、双杠、球场等游戏和体育设施镀得金晃晃的，一圈儿树墙红绒绒的，看上去特别温暖。正是下课的时间，几百的学生都在操场上游戏，一片悦耳的嘈杂声简直像一首打击乐,听着让人心里格外振奋。马鸣看美美的目光忽然充满了父爱。

杨青林悄悄地走到马鸣身后说,真怀念小时候读书的时光,人要是能重新活一次多好!

马鸣说,杨局你不用绕弯儿,我明白你啥意思。

这时,一辆宝马车停在校门口不断地按着喇叭,接着一个和美美一样大的女孩背着书包从学校里跑出来。一个男人从宝马车里下来接过女孩的书包,牵着女孩的手坐进车里……

杨青林说,我也不期望你开着宝马来接美美放学,但你总得让她上学吧!

马鸣说,你当我不想让她上学啊,可她现在这样子……

杨青林说,如果美美的病要是治好呢?

马鸣说,那我一定送她上学,再也不赌了。

回到下洼村,美美好像比从前更安静了,她经常一个人坐在院子里发呆,书包里所有的本子都被她画满了妈字,她就拿着棍子在院里画。傻子都能看出来孩子是有多想念她的妈妈!

马鸣说,杨局,我怎么觉得美美不对劲儿呢?这病是不是比以前还要重啊!

杨青林说,我倒觉得她的病正在好转,你要真是她爹,还不赶紧行动?

马鸣说,可是你说我能干啥?

杨青林说,那就等你想好了再告诉我吧!

马鸣从屋里搬出一张凳子放在院里,然后请杨青林坐下,说,我知道你是高人,还得你给我支着儿!

杨青林淡淡地说,不赌了?

马鸣说,不赌了。

杨青林说,可我总觉得你说得有点勉强,一个赌徒要是真改邪归正了,他就得有决心跟过去告别。

杨青林立即从屋里把菜刀拿出来,激动地说,你信不信我现在就把手指头剁下来一根给你看?

杨青林摇摇头向屋里走去。马鸣赶紧拎着菜刀跟上杨青林，说，这样都不行？你为什么不信我？

杨青林告诉马鸣，一个人的改变是从心开始的，跟手指头没关系。那个晚上他们聊了很长时间，杨青林提出现在的城里人都喜欢绿色食品，打算让马鸣在这上面做文章。他说现在的菜农种菜只图高产，化肥农药什么都用，菜看着很新鲜，可人吃着却不放心。马鸣的意思是现在盖大棚的人家太多了，一到季节农贸市场门前挤满了车，你根本卖不上价，有的甚至卖不出去。

杨青林说，我说了半天你还没明白，只要不用化肥农药，你不用送货上门，在家就卖出去了！这叫绿色食品！

马鸣还是有些不相信。

杨青林又说，你要担心，我可以跟你签合同，到时候你要是卖不出去，或者价格卖低了，我负责赔你。

马鸣小声地说，可……我还是想搞养殖业。

杨青林说，你又不懂养殖技术，再说这些天我也考察了，附近几个村子搞养殖的挺多，这些牲畜粪是最好的肥料。这不是正好成全了你！你马上动手积肥，其他事儿交给我吧！

这时下洼村已经播种大田了，大棚里的菜苗都绿了。杨青林带着马鸣到附近的大棚实地考察一下，更坚定了他让马鸣种绿色蔬菜的决心。

马鸣出去干活儿的时候，杨青林在家负责监护美美。他又给美美买了一摞本子。天渐渐也暖了，美美坐在院里写字，神情虽然还像以前一样，但在看小鸡刨食的时候，居然嘴角牵动，有了一丝丝的笑意。

马鸣把捡回来的肥料堆在门前挖的坑子里。杨青林没事儿的时候便站在门前观察，他头上的白发更多了，在春风里丝丝缕缕地扬起来，远远看去有些像十月的菊花在凋零之前对人世深情的关注。所有生动的想象好像都不足以形容杨青林此时的心情，他也不知是在看粪，还是在看马鸣在坑沿儿上留下的脚印？他犀利而又沉重的目光所蕴含的深情，仿佛完全能够化开坑子里的粪便，而使它们轻而易举地由固体变成液体流进菜地……流入他所希望的梦乡。

如果赶上马鸣推着车子回来，他会跟着马鸣一起把车上的粪便推到坑子里，然后信心满满地和马鸣聊几句。

在马鸣干活的时候，经常有牌友发信息约他出去打麻将。马鸣回过信息以后告诉杨青林他再也不赌了。

杨青林一伸手要了马鸣的手机，说，现在这玩意儿对你也没用了。马鸣想不到杨青林一句话就把他手机没收了。

他看着杨青林说，杨局，你是不是对我太狠了？

杨青林说，人只有打疼了，才会看清伤口。

这时美美从院里跑出来，拿着本子给杨青林看，杨青林看过以后，面露微笑把本子递给马鸣。

这回本子上写着两个字，一个大大的妈字，旁边还有一个爸字。马鸣疑惑而又惊喜地看着美美说，美美，你终于会写爸爸了！

杨青林说，其实一个人物质上的贫穷并不可怕，可怕的是他的精神上的贫穷。

马鸣怔怔地看着杨青林，然后把目光看向美美。

杨青林跟着说，现在美美就是你的希望，只有你心里想着美美，你的生活才有滋味啊！你的奋斗才有奔头！

在杨青林说完这句话以后，马鸣只顾没命地干活儿，也不说话了。两天以后，杨青林把手机还给了马鸣。

马鸣说，你说得对，这玩意儿我现在也没用，还是你替我收着吧！

杨青林也没想到马鸣的思想转变这么快，在高兴之余他还是隐隐感到不安：在他看来，一个不务正业的赌徒累积的瘾性根深蒂固，绝对不是一朝一夕所能根除的，必须趁热打铁给他再下一剂猛药。可杨青林只有一年的时间。他不能按部就班地等马鸣犯了错再去纠正他。他也想试探一下马鸣，所以在跑完银行贷款，订好扣大棚的材料以后故意晚回来两天，他是想给马鸣提供一次犯错误的机会。

一切都和杨青林预想的一样，他回到马鸣家里一看粪坑，立马什么都知道了。

美美已经把两个本子都写完了，杨青林夸了美美，然后开始给孩子做饭。马鸣一直没回来，杨青林和美美吃了饭给档案局的秘书小张打了电话，并嘱咐他一切按照计划行事。

一切都和杨青林预想的一模一样，马鸣回来一看杨青林立马耷拉下脑袋。

杨青林说，你先吃饭吧，等会儿我有话说！

马鸣赶紧痛心疾首地说，杨局，我哪还有心思吃饭啊！本来我也不想去玩儿了，可架不住他们撺掇。这不都要出去打工吗，说好了这是最后一回。

杨青林说，你小时候用夹子打过雀儿吧！

马鸣点头说，打过。

杨青林说，雀儿因为贪吃虫子，只一回命就没了。

马鸣看着杨青林可怜巴巴地说，杨局，你别生气，行吗？我这真是最后一回了，再有下回让雷劈死我，还不行吗？

杨青林说，有的机会在一生中也许只有一回，你错过了便永远也没有了。我看着你也没几天了，更是不能永远看着你。一切还要靠你自己！

马鸣说，要不你打我一顿吧，你权当我是你那不争气的儿子，还不行吗？

杨青林从兜里掏出马鸣的手机摇摇头说，当初我来下洼村帮你是我主动要求的，看来是我错了，这个世上看来还真有改变不了的人。

马鸣一看杨青林是铁了心不管自己了，只好改变态度说，你来扶贫是县上和乡上领导定的，我这还没脱贫呢，你走了不怕磕碜吗？

杨青林说，你受穷都不怕磕碜，我怕什么？

这时外面响起了汽车喇叭声，接着，秘书小张和一名工作人员把两个胶丝袋子抬进屋里。

马鸣说诧异地看着地上放着的袋子说，这是什么？

杨青林说，这是我临走送给你的扶贫物资。

马鸣上前把袋子解开，一股膻乎乎的味道立即弥漫了屋子，他看着两只褪了毛的羊说，这怎么是死羊啊？

小张说，我们局长说，反正活羊到你手里也得变死羊，所以我们事先帮忙把它杀了，也省得你费事了。

马鸣说，哪有你们这样的，这不是诚心恶心我吗？

杨青林也不是真想走，他是想给马鸣一个教训，让他从心里认识自己的错误。可当他在两个工作人员的催促下向外边走的时候，美美忽然双手抱住了杨青林的大腿。杨青林赶紧回头蹲在地上握住美美的手说，美美，你不让爷爷走吗？

美美肯定地点点头，然后用手指指马鸣又指向自己，她沉郁的目光看上去平静又执着，立马让你想到一个自闭的孩子，在刚刚得到关爱以后又没人管她了，让人看着心里一颤。

杨青林说，你是想说你可以看着你爸爸吗？

美美再次点点头。

两名工作人员走了以后，马鸣心里暗自高兴，赶紧去给杨青林铺床。杨青林面无表情地靠着墙坐下，向美美一招手。美美端着一缸子热水来到杨青林跟前。杨青林接过缸子喝了一口水说，马鸣，你知道我为什么不走了？

马鸣说，我知道，还不是为了美美？

杨青林说，你知道最好！

第二天收粪的时候，马鸣一直在思谋昨晚上的事儿，正好碰上村主任于成立。于成立大老远地看见推着车子的马鸣便候在路边，马鸣想绕过去躲开他。可于成立偏偏地走了过来。

马鸣一看于成立的样子便知道，昨晚的事儿他肯定知道了。于成立从兜里掏出一根烟点着了递给马鸣，然后意味深长地说，现在的国家多好，穷了都有人管，连我都想当穷人了。

马鸣说，于成立，你是村主任，不带这么恶心人的。

于成立说，还有比这更恶心的呢，你说昨晚我老婆熬了一锅汤，临到要喝的时候却发现一只耗子，这家伙把我恶心得一天没吃饭。

马鸣赶紧推着车子离开，他这人天生心里搁不住话，回到家里刚把粪倒坑子里，便气呼呼地一五一十地把刚才的事儿，以及于成立说的话告诉了杨青林。

杨青林笑着说，于主任说这话啥意思？

马鸣说，这不明摆着吗？现在不是说要全民奔小康吗，他是怕我这条死耗子臭了我们村一锅汤啊！

杨青林，那直说啊，还绕个弯儿干什么？

马鸣回头看着杨青林嘿嘿笑了，说，我觉得你们俩天生都是当官儿的料儿，骂人不见一个脏字。

杨青林说，看来你啥都明白。

马鸣当天晚上又给杨青林下了一番保证。杨青林告诉马鸣，他这次下来不仅是帮他脱贫，更重要的是他想在退休之前再干一件儿实事儿，免得他回到家里月月拿着国家工资而心里不踏实。

马鸣说，杨局，你快别这么说了，明明是在帮我，又说是为自己，你这样我心里更不好受。

杨青林说，你可能无法理解我此时的心情，但我说的绝对是真话。你小子但凡还有一点良心一定要成全我！

很快来到清明节了，马鸣的四个大棚已经建完了。杨青林像是在沼泽地里跋涉了一回，还没等创造奇迹，人却病倒了。尽管档案局来人把杨青林送到医院，可他只在医院躺了一天，就骑着自行车又偷偷回了下洼村。

村口的小河是进村的必经之路，美美正在小河边向县城的方向张望，看见杨青林赶紧跑了过来。

杨青林把自行车撂地上，看见河岸画了很多大大的爷字，激动地说，美美，你现在已经会写三个字了！

美美看着杨青林有了浅浅的笑意，然后拿起木棍儿又写了一个大大的爷字。这让杨青林想起前一阵子她和美美第一次来河岸：美美只会写一个妈字，而马鸣还泡在麻将馆鬼混呢。

杨青林的脸上有了欣喜的笑容，他扶着美美坐在自行车的横梁上，向村西走去。他的心里有说不出的喜悦和轻松。

五

　　一路上闻着青苗特有的气息,看着路两边青草丛里零星点缀的野花,杨青林似乎觉得自己又回到了故乡。他不由感到眼睛湿润,接着有一滴泪珠掉在了地上……

　　很快来到了大棚跟前,美美出溜一下从自行车上下来,亲自上前给杨青林开锁。

　　杨青林回头看着美美忍不住笑了,说,美美,怎么还把你爸爸锁起来了?

　　大棚里的温度很高,马鸣一勺一勺地往辣椒苗根部浇着农家肥,汗水从马鸣的脸上流下来,在淡淡的日光下他的脸模模糊糊的,很像是一张废弃的油布。杨青林走到马鸣跟前说,行,像个干活儿人。

　　马鸣愣住了,半天才反应过来,说,你怎么回来了?

　　杨青林说,我本来也没啥病。

　　马鸣知道杨青林不放心自己,他以审视的目光看着杨青林说,我现在咋跟犯人似的,连美美也不放心我啊!

　　杨青林笑着说,我现在宣布,你的审查期已经通过了。我以后不看着你了!

　　马鸣说,敢情你一直都不信我啊!

　　杨青林说,那不重要,重要的是现在我信你了!

　　马鸣一笑,回头看着美美说,你这孩子把我锁里面,倒是给我放点水啊!这家伙把我渴得。

　　杨青林让马鸣先把手头的活儿撂下,然后带着马鸣和美美来到玉玉的墓地。他从自行车的后座上把一捆黄纸拿下来递给马鸣说,今天是什么日子,你都忘了吗?

　　马鸣用手一拍脑袋,赶紧找个棍子画圈儿,然后把黄纸点着了放在圈里。美美看着马鸣一脸虔诚地样子跪在圈子外,用手指在地上写了一个大大的妈字。

燃烧的黄纸卷起一缕青烟升向空中，很快又被风吹散了。

说是墓地，其实已经看不见坟包，只是在庄稼地头儿种了一棵榆树做标志。榆树很矮，粗糙的榆树皮黑黑的，会让人立马想到老人干枯的脸。在这场最普通的民间祭祀活动中，能把这两种相近的意象以最快的速度黏合在一起的，当然是杨青林。他的一只手摸在自己的脸上跟摸在榆树干上的感觉是一样的。可榆树正年轻，他却老了。

马鸣此时并不理解杨青林的心情，他连连道谢，说要不是杨局，他已经把这个日子忘了，见杨青林不说话，他又接着发誓说，一定要干出个样子，再也不混吃等死熬日子了，请杨局放心。

杨青林笑了，说，马鸣，这些话你不用跟我说，你该对着玉玉说。

马鸣还想再说什么，杨青林已经走了。

一阵凉风吹过，不知什么时候天空的云彩变厚了，也变乌了，而天光也跟着暗淡下来。美美坐在后车座上，杨青林吃力地蹬着老式的自行车，于是马鸣便听到一阵吱吱嘎嘎的声音缓缓地响起来。

自从大棚扣上以后，马鸣吃饭睡觉都在大棚里。饭是杨青林做好了送过来的，有肉也有青菜。马鸣吃着吃着眼睛就湿润了，接着便开始不受控制地流泪。

杨青林说，我说，你一个大男人眼窝子怎么这么浅啊？

马鸣用手擦着泪说，我心里难受！

杨青林说，人这一辈子难，谁都有犯浑的时候，可明白过来就好。

马鸣含着泪使劲地点点头。

为了压缩成本，除了立大棚的当天顾了十几个人来帮忙，再就是档案局的人每到双休日都来下洼村帮着忙乎。

这两天是马鸣的家里最热闹的，大家来来往往的：有在大棚里帮着马鸣干活儿，也有在家做饭的，美美呢，不管杨青林到哪儿她像一个影子一样，跟在他身后。

档案局里的人跟杨青林说，这孩子跟你真亲，要是不知道内情，还以为她是你孙女呢！

杨青林呵呵笑着说，你还真说对了，她还真是我孙女。

大家每次来都给美美带礼物，她的屋子里已经堆了很多的玩具还有衣服和本子。

美美现在虽然还不说话，但看人的时候目光已经不那么空洞了。有好几次杨青林叫她的时候，她都静静地看着杨青林，好像在思谋要不要回答，怎样回答。

双休日也是美美最高兴的日子，特别是到了晚上，大家都坐在一起吃饭聊天，她碗里的菜已经擩得冒尖儿了，大家还在给她夹菜。

马鸣十分激动，他做梦也没想到，他一个不可救药的混混儿，还是农村的，居然动用了一局之力，他何德何能让这些人如此不计报酬地帮他。所以每次吃饭的时候他都免不了悄悄流泪，然后又把泪水随着食物咽到肚子里。

大棚里的青菜长势很好，马鸣在玉玉活着的时候扣过大棚，是懂技术的。又加上杨青林买了书籍和他一起研究，眼看着黄瓜开花了，豆角的枝蔓缠上了藤条，却起了腻虫。按马鸣的意思这种情况只能喷农药，要不这一架豆角和一架黄瓜就扔了。

杨青林说，我们种的是绿色食品，你忘了？

马鸣小声说，又没人看见。

杨青林激动地说，我们不能因为没人看见就昧了良心。这就是绿色食品的难种之处，要不是需要忍住上肥的诱惑，岂不是人人都种了？那还有什么稀罕的！

后来杨青林亲自到县上请了一个技术员，按照他的要求调节了温度，青菜上的腻虫终于不见了。一连几天杨青林也不跟马鸣说话，只是低着头在大棚里忙活。马鸣只好陪着，小心拼命地干活儿。

最后还是美美写在地上的字缓和了两人的关系。她先是写了一个爷字，接着又写了一个爸字，然后她看着杨青林忽然在两个字之间画了一条横线。

杨青林的神色立马缓和下来了。

马鸣赶紧说，杨局，是我错了！

杨青林说，马鸣，其实一个人吃苦容易赚钱也容易，可要是让人相信你就难了。

马鸣说，我一定记住你的话，不管到什么时候我的菜绝对不上化肥和农药！

杨青林说，你要真能这样我也放心了！要知道买菜的相信你，你才能挣钱。这是任何时候你理直气壮的底气！

马鸣说，杨局，现在大棚里的菜已经大批量上市了，我是担心咱的菜晚，卖不上好价儿。

杨青林安慰马鸣只要菜好，大可不用担心上市时间。两人又聊了一会儿，马鸣又开始说对杨青林感恩戴德的话了。

杨青林说，你也不用谢我，等将来你的菜种好了也卖钱了，什么时候到街里别忘了给我带一把就行。

马鸣说，杨局，这还用你说，我早想到了。

杨青林笑着说，钱我还是要给的。

马鸣说，你就不能让我心里好受一点儿吗？

杨青林说，你好受了我就难受了。

诸如这样的聊天形式并不多，他这摊烂泥是杨青林把他扶到墙上，之后，不知疲倦地用双手托着，直到它凝固了，再也掉不下去了，他的手才缓缓地一点儿一点儿地撤走……

此时的杨青林在马鸣的心里已不只是一个扶贫局长，还是兄长和父辈。他觉得此生能遇到一个这样人的来帮自己，真是太幸运了。用老百姓的话说就是遇到贵人了！

马鸣的青菜上市的时候已经接近六月了，而大地里的青菜基本也要上市了。一到早晨农贸市场门前停了很多乡下来卖菜的车子。由于没上化肥和农药，马鸣的菜看上去品相并不怎么理想，所以卖起来特别费劲儿。

杨青林到一个早餐部给马鸣买一份早餐，马鸣拿在手里看着别人车子里的菜在渐渐地减少，也没心思吃了。

杨青林说，别急，我们的菜用的是自然肥，还愁卖不出去吗？

马鸣说，杨局，你说得不错，可大家不信啊！

两人在早市一直待了两个多小时，愣是一斤也没卖出去。这时档案局秘书小张跑了过来，他大声地吆喝着说，大家快来看！快来看看！这是我们档案局杨青林局长和扶贫户马鸣一起种的绿色青菜，绝对不上化肥农药，请大家尽管放心吃！要是大家不相信可以去化验，查出问题找我们档案局！

渐渐地有人开始来看菜，杨青林报出了比别人多一元的价格，大家都犹豫着说菜贵了。杨青林说，这菜没化肥没农药产量自然就低很多，自然要贵一点嘛！不然合不上人工啊。

正好赶上县委机关食堂来买菜，一看小张和杨青林搁那儿吆喝，一下子要了大半车。

这给围观的群众一颗定心丸，大家立刻兴致盎然起来，不到半个小时，马鸣的一车菜就卖光了。

马鸣看着小张嘿嘿笑着说，看来政府的人说话真管事儿啊！

杨青林说，不对，是你的菜好！只是需要一个契机。

回到下洼村，马鸣扎到大棚里就不出来了。杨青林让美美去叫马鸣吃饭，叫了两次马鸣也没回。杨青林只好把饭送到大棚里。

马鸣看着杨青林只是笑。

杨青林说，你再高兴也得吃饭吧！明天会更好！

马鸣说，还吃啥饭！笑都笑饱了。他告诉杨青林他刚才算了一笔账，照现在的势头，他今年不但能还上贷款还能大赚一笔，可以算是脱贫了。

杨青林忽然认真地说，马鸣，谢谢你成全了我！

马鸣说，杨局，你说这话，还不如打我一巴掌了。

杨青林说，我说过只要你肯吃苦，赚钱不是问题，我担心的是……

马鸣赶紧打住他说，杨局你放心，我一定对得起良心！咱的菜保证不上化肥，也不上农药。我会坚持住的！而且，别的我也会坚持住！

杨青林感觉得到马鸣这次说的是真话，在经历了上次的考验和这次卖菜现场的感悟，相信他已经对信誉有了足够的认识。

马鸣的菜越卖越好，县城有几家大饭店都指名要他的菜。开始他是送菜，到后来人家干脆每天亲自到大棚来取。这时候的马鸣只需要蹲在大棚门前就把菜卖了，已经不用风吹日晒地开着三轮跑县城了。正应了杨青林之前说的那句话，在家门口就能把菜卖掉。

大家都说马鸣的菜口感好营养高，吃着放心。他越来越佩服杨局的远见：不追求产量只追求质量。

杨青林到县上开会还没回来。靠近河岸的草塘，夜里会传来一声接一声的蛙鸣，悠长而响亮，使下洼村的夜色多少有些寂寥……

马鸣一天几次去小河边叫美美，他的担心与日俱增。自从杨青林去县上汇报工作以后，美美吃得也少了，小脸冷落的，一句话不说，只是站在河边向县城方向张望。

他经常是连哄带劝地把美美领回家，可用不了多大一会儿，美美又去了河边。河边水里的蒲草很茂盛，宽宽的叶子上落了很多的蜻蜓。但美美只是不经意地看一眼，目光又回到了通往县城的路上。

有时候看累了，她便找一个木棍儿在地上画字。她画得很慢也画得很大。现在她已经很长时间不画妈字了，也不写爸，即便是看着粼粼的河水想起了死去的母亲和硬硬的菱角儿，可她写出来的还是爷字。

马鸣曾经悄悄地观察过美美，她虽然还不说话，可脸上已经有了一丝温暖的情愫。这让他想起了和杨青林的一次谈话。杨青林告诉马鸣他现在唯一放不下的是美美，马鸣虽然完成了他的心愿让他高兴，可如果美美的病要是治好了，那才是不虚此行啊！

马鸣大棚里的菜已经销出去一半了。他一天既要棚里棚外地忙乎，又要回去做饭，还得抽空到河边看看美美，但他一点儿没觉得累。他给杨青林打了几次电话，想问他什么时候回来。可杨青林一直也没接。马鸣以为他肯定比自己还忙，便也没多想。

其实杨青林的脑梗又犯了，已经在医院躺两天了。于成立是在电话里把这个消息告诉马鸣的，马鸣当时连家也没回，开上三轮车带着美美便去了县城。

病房里静悄悄的，档案局的副局长和两名工作人员还有家属都守在病床前。

杨青林鼻子上插着氧气管儿，正在输液，灰褐色的面孔毫无血色。他的头在白色床单上显得更大，黑发已经寥寥无几了，这很容易让人想到倒伏在雪地上脱光了叶子的一棵老树。

杨青林一直处于昏迷状态，用医生的话说他醒过来的概率太渺茫了，除非有奇迹发生。

马鸣和美美进屋的时候大家都没注意，美美一看床上躺着的杨青林便不顾一切地扑了过去。大家都惊呆了，要想阻拦已经来不及了。

奇迹就是这样发生的，在美美叫了几声爷爷以后，杨青林似乎轻轻地哼了一声，接着便缓缓地睁开了眼睛……

（本文获2020年黑龙江省"打赢脱贫攻坚战、全面建成小康社会"征文大赛一等奖）

木鸽子上的留言

这座山不高,树也不够茂密,就连草仿佛也受了战火的波及,稀稀朗朗的,虽说已近五月,可连地皮也没盖严实。

陈光大坐在山顶凸出的石头上,正在雕刻一对鸽子。木料是他费了很大的劲儿才搞到手的檀香,纹理细密,迎着日光完全可以清晰地看到黄褐色的波浪形的光晕,绵绵的,软软的,濡染着岁月的沧桑,而且飘着淡淡的只有这种木质材料才有的特殊香味儿。

他的刻刀是一把匕首,这是他第一次作战缴获的战利品。那一年他才十七岁,是全连最年轻的战士,而仅仅三年时间,大小几十次战斗,他已经从一个懵懂无知的战士成为八路军独立团的连长了。

日光透过一棵高大的树木洒下来,让他的脸看上去更加生动。随着他的手指不停地富有节奏地錾动,木屑儿脱落,顺着指缝儿掉在地上,清风一吹,空中便弥散着幽幽的香气,这是檀木特有的香味,如果不是亲临现场,你怎么也不会相信木香居然比花香更好闻。

陈光大看着已见雏形的雕件,目光柔柔的,好像要滴出水来。一双木鸽子头挨着头、尾挨着尾,紧紧依偎在一起,只有一指长短,但却寄托了他无限的感情。

他是木匠的儿子,十几岁便开始跟着父亲走街串巷去卖手艺,他人聪明,悟性也好,看着父亲雕刻细活儿,他不知不觉也学会了,再加上父亲随时地点拨,他刻出的东西越来越像样,到后来一些东家也分辨不出哪是父亲的手艺,哪是儿子的手艺了。

他的父亲本来是要传他衣钵的，可后来他们居住的村子因为私藏八路的伤员被屠了村。当时他和父亲正在给一家大户打嫁妆，得着信儿跑回村里，母亲已经死了。她的身上被打了三个窟窿，流出的血洇湿了前胸后背。父亲一病不起，没撑多久也离开了人世。

他当不成木匠了，只要一闭上眼睛，便能看见母亲血肉模糊的尸体和父亲含恨死去不肯瞑目的眼睛。全村里里外外尸体横陈，血已经渗透到地下，小孩、老人、妇女们更是惨不忍睹。这让陈光大在很长的一段时间里都精神恍惚，感觉一闭眼就能看到当时的情况，以至于好长时间他都不敢睡觉。那种血淋淋的感觉让他寝食难安。

两只鸽子在屋顶咕咕地叫着，肯定是饿了。陈光大把柜子里的半袋小米拿出来全部倒在屋顶上。他看着两只鸽子啄食米粒，忽然想起母亲经常说的一句话：光大，该喂鸽子了！他的泪顿时又流了出来。

这是第几次流泪，他已经记不住了。他有些奇怪自己的泪为什么总也流不干。后来，他经历的死亡多了，才明白那是因为心里有太多的悲伤，那是因为他有许多珍重的、在乎的、不能忘记的东西。

不能忘记的，除了相亲相爱的亲人和邻里，还有那通天的仇恨！

说什么咬牙切齿不共戴天，这些词都无法形容他心中的仇恨，以至于他不顾八路军俘虏的政策，第一次参加战斗就把投降的鬼子给毙了，为此他又是写检查又是蹲禁闭，害得指导员被政委好顿收拾。但是他并不后悔，他心里想，以后再遇见鬼子会更加奋勇拼杀，不给他们投降的机会！

想到这里，陈光大的心就在滴血，他不像父亲干活儿的时候什么也不想，所有注意力都在雕件儿上。他总是走神儿，无法达到父亲那种心手合一的境界。所以他雕出来的东西虽说貌似父亲，可内行高手只要一搭眼便能看出这里面的奥秘。

由于想到母亲，他的手劲儿大了，一刀子下去檀香木上留下一道深深的刻痕，他后悔不跌地赶紧把雕件儿举起来迎着日光看，好在这一刀无关紧要，不是要害部位，否则他真不知道该怎么办了。

他对鸽子太熟悉了，即使闭上眼睛也能想到鸽子的细微之处，可正因为如此，他反而觉得难度更大了，他生怕把握不好尺度，雕出来的东西貌像神不像的，所以工作越深入下去，心里反而越踌躇……

这时，陈光大的搭档丁胜利来到山顶，他脚步轻轻地隐在一棵树后，先是看着，看着陈光大和他手里的木鸽子笑了一下，然后便开始向他扔石子。

石子不偏不倚地落在陈光大身上；陈光大稍一愣神赶紧把木鸽子揣进兜里藏起来，然后毫不客气地说，少搁那儿装神弄鬼的，还不快点儿滚出来！

丁胜利凑到陈光大跟前，严肃地说，你不是说出来看看地形吗？怎么坐这儿不动了？

陈光大说，我坐这儿也是看地形，你根本就不懂！

丁胜利说，行了，别装了，我又不是没看见！

陈光大狠狠地盯着丁胜利问，你看见什么了？

丁胜利用鼻子哼一声，坐在陈光大对面，然后笑着说，你先给我一根烟，我再告诉你！

陈光大从兜里掏出一根烟递给丁胜利，丁胜利叼着烟把脑袋凑到陈光大跟前，陈光大只好又无奈地掏出火柴给他点上。

丁胜利深深地吸一口，吐了一个烟圈儿，然后说，其实我狗屁也没看到，这回你放心了吧！

陈光大看着丁胜利，在确定他没有看清自己的雕件以后放松了警惕，从兜里掏出一根烟点上，吸了起来。

丁胜利嘴里叼着烟往陈光大跟前凑凑，神秘地说，哎，我听说要调你到团里当参谋，你可要有个思想准备。

陈光大凝视着丁胜利半天没有说话。

丁胜利神色夸张地又接着说，真的！都这么说。

陈光大说，你听谁说的，我怎么不知道？

丁胜利说，等你知道任命早下来了！

在这之前团长的确说过好多次，说陈光大打仗鬼点子多机灵，天生是个当参谋的料。看来这还真不是空穴来风，没准就是真的。但陈光大离不开三连，他和三连的感情就像这山上的石头和这山一样，你不论把石头搬到哪里，放到哪儿做了什么材料，可都远不如在山上看着顺眼，在山上石头便是风景，可离开山它便什么也不是了。

更关键的是陈光大喜欢冲锋在前，亲眼看着自己的子弹进入敌人的头颅，像钉子一样地揳进木板。那是一种最直接的战场体验和建立在仇恨之上的快感，他可以像播种一样把这样的镜头植入灵魂的深处，然后在现实中不断地更新换代。可是自己要是到团部当了参谋，那不是要转换阵地待在后方了吗？那这一切不都成了镜花水月了吗？那可不行！

想到这儿，陈光大有些烦躁。丁胜利忽然一把从他的兜里把木鸽子掏了出来。这时陈光大才发现上当。

他指着丁胜利嘿嘿笑了：你个瓜娃子算计起老子来了！

丁胜利看着雕件意味深长地说，要说这手艺嘛真不错！就不知是送给谁的？

陈光大赶紧说，我跟你说过，我在家的时候喜欢养鸽子，没事儿自己刻着玩嘛！

丁胜利说，瓜娃子，你可是一连之长，现在正是反"扫荡"时期，局势多紧张啊，你怎么会没事儿呢？还刻着玩？

陈光大伸出手，神色严厉地说，少搁这儿给我上课，拿来！

丁胜利说，你要不说给谁刻的，我还真不能给你。

陈光大说，反正不是给你的。

丁胜利笑了，举着雕件迎着日光看看，然后说，别以为我不知道，听说亚男今天回来，这是你给她准备的礼物吧！

陈光大连连否认，伸手去抢雕件儿。丁胜利绕着树和陈光大捉起了迷藏。不一会儿，两人累得气喘吁吁，隔着树对峙着，样子都挺狼狈，可看上去又很亲切。

他们虽说是连级干部，可都二十出头童心未泯。更关键的是他们在战场上是一对生死与共的战友,千钧一发之际都能毫不犹豫地给对方挡枪。

两人抢了半天,雕件儿依然在丁胜利的手中,陈光大有些着急,不顾一切地向丁胜利扑过去。丁胜利一看陈光大拼命的架势,赶紧把雕件儿扔向空中,他原意是让陈光大去接雕件儿放过自己。可陈光大因为用力过猛,脚下一滑便顺着山坡滚了下去……

这时候的丁胜利太累了,他背对着陈光大瘫坐在地上。

陈光大抱着脑袋一路骨碌到坡底,因为坡度不是太大所以并未受伤。陈光大太累了,所以闭着眼睛没动,他是想等丁胜利下来好好捉弄他一下,可等了半天山坡也没动静。陈光大只好缓缓睁开眼睛,先是一朵黄色的小花映入眼帘,接着是一蓬一蓬的青蒿和杂草,忽然一束光射在他脸上,他一激灵浑身立马警觉起来,赶紧顺着光望过去,一把刺刀在荆稞丛里一闪便不见了。

小鬼子不知什么时候已经来到山坡下,他们的目的很明显,就是想等到天黑以后偷袭独立团。

陈光大立即掏出手枪,显然敌人已经发现他了,只是还摸不准他为什么会从山顶上滚下来。

这时丁胜利已经毫不知情地顺着山坡走下来,这样太危险了。陈光大稍一犹豫只好明枪示警。

丁胜利听见枪声,立即趴在山坡上并顺势掏出手枪。

陈光大一看丁胜利趴下安全了些,便猫着腰钻进跟前的草丛。他接连对着荆稞丛一阵射击,吸引敌人的火力。

小鬼子一看意图已经暴露,对着山顶一轮炮击。等政委带着战士冲到丁胜利跟前,小鬼子已经撤退了。

政委看一眼丁胜利,问,你们连长呢?

丁胜利说,我们连长好像下去了。

政委说,你说什么?

丁胜利只好又重复一遍,他好像在山下边呢!

政委正在冲丁胜利发火,陈光大已经悄悄站在政委身后,用两个手指挡住

木鸽子上的留言 / 065

嘴唇向丁胜利示意。

丁胜利说，政委，要我看他就是在三连待够了，你干脆把他调到团部当参谋得了。

政委说，你以为参谋是那么好当的？他根本就不够格儿！

陈光大马上转到政委对面，嘿嘿笑了：还是咱政委了解我！

政委说，你少在这儿嬉皮笑脸的，我问你，刚才到山下干啥去了？

陈光大说，政委，你这可有点儿不讲理了，我要不去山下能发现敌人吗？你不表扬我也就算了，总不能训我一顿吧！

政委哼了一声，然后说，我没时间跟你扯淡，这里已经不安全了，赶紧组织队伍，赶紧转移！

独立团刚在山上休整还不到半天的时间，战士们的体力还没完全恢复，可遇到这样的情况那也只好离开了。

陈光大曾经找过政委，让他留在山上等李亚男，可政委说，李亚男也是一名老战士了，如果她发现部队离开，就知道情况有变，肯定会想办法找到部队的。

但陈光大还是不放心李亚男，他怕李亚男和敌人遭遇，所以在部队行军途中，他把自己的担忧和丁胜利说了，在得到丁胜利的支持后，便又顺原路返了回来。

太阳很快就要落山了，按照陈光大的预想，他必须在天黑前赶到那座山下，然后找个地方隐蔽起来，等李亚男到来。

他特别着急，在路上果然遇到一股大约有一个整编中队的日军，他赶紧躲进草丛里，等他来到山下天已经黑透了。

陈光大看看他做的标记：一根新掰下来的树枝，也就几小时的功夫，树叶已经蔫吧了。他把树枝从地上拔起来，心想，李亚男是否已经来过？她要是来过了，是否已经看到这个树枝？如果看到了，她肯定会按照树枝的指引去追赶大部队了。可她万一要是没看到呢，万一她还没来到山下就和刚才那一队敌人遭遇了呢？他不敢顺着这个思路再想下去了。

陈光大觉得这时候的情况太复杂了，可以说是瞬息万变，一切都有可能发生。他手里拿着树枝不由得呆呆出神。这时,半轮残月已经挂在弹痕遍地的山顶上,看上去有些诡异。而猫头鹰的叫声在夜空中远远传来,像是在用尖利的爪子隔着衣服挠人。

陈光大使劲儿地把树枝扔到地上,起身离开,可刚走几步又转回来把树枝重新插在地上。

尽管他觉得这样做已经毫无意义,按照时间推算李亚男早该来过了,可他还是不想放弃哪怕是千分万分之一的希望……

他离去的脚步比来的时候缓慢多了,几个小时的急行军,他早已经疲惫不堪了,这次他瞒着政委擅自行动后果是严重的,但为了李亚男,他也管不了那么多了,哪怕是把他的连长撤了,他也认。

李亚男和他一样,还有丁胜利,都是山西人,更巧的是他们的父母也都被小鬼子杀害了,所以这种同仇敌忾之心很快加深了他们彼此之间的了解,让他们不仅成为了同生共死的战友,也成了好朋友。

陈光大永远都不会忘记,第一次参加战斗闹的笑话。他趴在李亚男的身上,可那颗炮弹明明离他们有几丈远。事后大家都跟他开玩笑,他也觉得不好意思。

李亚男却说,想不到你真勇敢!

这句话在战争年代很平常,因为作为一名战士如果你不勇敢,就不可能成为一名真正的军人,勇敢是对一名战士的最起码要求。李亚男不是第一个夸他勇敢的人,在这之前他虽然也听别人这样夸过自己,他也曾为此沾沾自喜过,可远不如李亚男让他从心灵深处感受到一种从未有过的自豪和满足。

除此之外,那种来自一个漂亮的女性对懵懂小兵的理解,也让陈光大特别感动。

丁胜利对此曾经说过一句比较经典的点评:他说,陈光大你下手蛮快嘛!他虽然竭力地想表现得友好一些,可话说出来,调侃揶揄的味道儿还是显而易见的,里面好像还带着点醋的味道。

陈光大什么都明白,可他偏偏假装什么也不明白。这就像一拳打在海绵上,一点儿不着力,反而让丁胜利觉得无趣了。

李亚男比陈光大大两岁，在队伍上处处护着陈光大，他的这种大姐姐的做派让其他的战士都很羡慕，李亚男就说，光大能为我挡炮弹，你们能吗？

大家都笑。陈光大也知道，要是真到了那一步，无论哪个战友都会毫不犹豫地为李亚男做出牺牲。

在浓重的夜色里，陈光大想着李亚男和自己相识以来的点滴，心里特别温暖。他喜欢李亚男，是那种要在一起天荒地老的喜欢，可他不敢表白，他觉得李亚男也喜欢自己，这从李亚男看他的目光，他完全能感受得到。

八路军有纪律，战士是不允许谈恋爱的，可他现在已经是干部了，但他还是不敢把这件事儿和李亚男挑明了，他倒不是怕李亚男拒绝，而是有些不好意思。试想一下，一个团就一个女人，他不想为了自己的幸福而断送了其他战士的美好想象……

李亚男虽说做宣传工作，但打起仗来比男人还勇敢，那次如果不是她舍命相救，陈光大这条小命早就挂了。

那次战斗部队打散了，陈光大和李亚男被一群二狗子围在一座山上，他的左腿被一颗子弹洞穿，要想突围出去看来已经是不可能了。

他看着给他包扎伤口的李亚男，说，别费事了，反正也是一死，我想跟你说句话。

李亚男说，这都什么时候了，不该说的就别说了！

陈光大只好把到嘴边儿的话又咽了回去，他本来是想对李亚男表白，告诉她自己对她的感情，可李亚男显然已经明白他的意思。

她告诉陈光大，要他一定活下去，代表她打赢这场战争。还没等陈光大接话，她又接着说，光大，我明白你刚才的意思，我这一辈子能遇上你这样的男人，真的挺知足！

陈光大赶紧说，姐，能和你死在一起，我也挺知足的！

李亚男看上去有点激动，说，你刚才叫我什么？

陈光大说，我叫你姐啊！

李亚男说，好，那你今天必须听姐的，敌人马上要搜山了，我去引开敌人！

陈光大一百个不同意，可他的腿已经不能行走，只好眼睁睁地看着李亚男去引开敌人……

在丛林中陈光大只能看见李亚男晃动的身影，在敌人密集的枪声中离自己越来越远，他感觉自己的心里像着了火一样难受，到后来泪水已经模糊了他的双眼……他觉得还不如让他去死呢。

后来李亚男被敌人逼得跳了山崖，她得救后被部队送到了后方医院。他在床上躺了两个月，等回到部队的时候，部队刚打了一场胜仗，正在开庆祝大会。还没等到现场，他老远就听到了大刀向鬼子们头上砍去的歌声，他怎么也不相信自己的耳朵，因为这歌声太熟悉了……

因为只有李亚男才能唱出这样激情澎湃而又饱含深情的歌声，接下来他是怎么到会场的，又是怎么和李亚男见面的，他已经说不清了。

他只记得李亚男看见他那一刻的神情，满脸都是灿烂的笑容，真的像一个大姐姐在迎接凯旋的弟弟归来。

李亚男告诉他，她跳的山崖下面有一层厚厚的腐叶，然后被一个路过的老乡救了。她复述的情节未免有些过于简单了，陈光大知道这个过程中李亚男一定吃了不少苦头，陈光大知道李亚男不愿意提那段往事，但他又不能不提。因为他是男人，他的心里一直特别惭愧，本来是应该由自己去救李亚男了，可到头来却让李亚男救了自己，这种不合常规的逆袭让陈光大觉得怎么也接受不了。

他看着李亚男特别激动地说，你为什么要救我？还不如让我去死！

李亚男狠狠地瞪着陈光大，有些生气地说，没出息！

陈光大说，你就不该救我！

李亚男微微一笑，说，你不是也救我一次吗？这回咱俩扯平了！

说完这句话李亚男就笑了，然后一脸真诚地说，你要是觉得吃亏，那就等我有危险了，再救我一次吧！

李亚男明明是想安慰陈光大，告诉他作为战友谁救谁都是理所当然的，让他别当一回事儿，可她越是这样，陈光大的心里反而越难受。

陈光大觉得这是自己军旅生涯中的一次很严重的败笔，虽说自己当时负伤情有可原，但他还是心生惭愧，很长一段时间他依然和自己过不去。

有一次丁胜利故作神秘地对他说，既然觉得对不起人家，干脆把她娶了，这样老婆的债也就不用还了。

陈光大知道丁胜利也喜欢李亚男，不但他，全团的战士都喜欢李亚男，所以他也反唇相讥地说，我要是把她娶了，你怎么办？

丁胜利说，你少搁那儿扯淡，她喜欢的又不是我！

陈光大说，你又没跟他说，你怎么知道她不喜欢你，对吧？

丁胜利说，我虽然没你聪明，可这点儿自知之明还是有的，要是没有你，我也许还有机会，可现在有你在前面挡着……呵呵，我算哪根儿葱啊？

想到这里陈光大忍不住嘿嘿笑了起来，等他笑完之后，才发现自己来到一条荒芜的羊肠小道上。他蹲在地上想发现点儿什么，但见芨芨草和马齿苋扭结着盘根错节的，只闻到了一股淡淡的草香。月色昏暗，他什么也没看出来，下意识地把手摸向口袋，可不知什么时候火柴已经丢了。

陈光大把烟盒掏了出来，这是他们上次伏击小鬼子缴获的战利品，他和指导员丁胜利一人一盒，丁胜利的早抽没了，他烟轻，又没舍得怎么抽，所以现在还剩下大半盒呢。

陈光大掏出一根烟放在鼻子下边嗅着，在暗淡的星光下能见度很低，看什么都模模糊糊的。忽然他打了一个喷嚏，但意犹未尽，他还想接着再打一个，可还没等打出来便憋了回去。因为他听到了一种若有若无的声音，或者干脆说是闻到了一种危险的气味。陈光大立即卧倒在地，掏出手枪，他已经明确地意识到遇上敌人了。

显然敌人开始并没发现自己，是喷嚏把他们招引过来的，陈光大的脑袋在快速地思谋着脱身之计，这时一排敌人已经端着枪在向他逼近。

陈光大只能向敌人开枪，然后边打边撤。子弹呼啸着划破夜空，给原本安静夜色涂上了一抹血腥。小鬼子的叫声有些像饥饿的狼嚎，听着格外瘆人。

陈光大跑得很快，几年的实战经验使他的枪法很准，尽管他觉得自己击毙了不下十几个鬼子，可后面追上来的鬼子不但没有减少，反而是越来越多了。

虽说是单兵作战，但陈光大无所畏惧而又沉着冷静。只是他无法做到心无旁骛，在剩下最后一颗子弹的时候，他的心里一直都在想着李亚男。

这颗子弹是他特意为自己准备的，作为一名八路军战士他不能成为小鬼子的俘虏，他已经把枪口对准自己的太阳穴了，只要他轻轻地扣动扳机，这场战争就和他再也没有关系了。

可他迟迟没有扣动扳机，小鬼子呼叫着向他围了过来，他已经能隐约地看见小鬼子狰狞的面孔，和刺刀上闪着的寒光。

正在这时忽然响起一阵密集的枪声，他面前的鬼子一个跟着一个，几乎是同时倒在了地上……

这绝对不是意料之中的事情。他没有想到在这样的暗夜，独立团遭受日军重创，战友们还能来救他，而且是在他马上就要英勇就义的那一刻。所以当他看见老战友丁胜利举着手枪向他跑过来，他立即和丁胜利紧紧地拥抱在一起。

丁胜利喘着粗气，说，你不怪我吧！可我要是不向政委汇报我就没法来接应你！

陈光大说，我也没想到会出来这么长时间。

丁胜利说，看着李亚男了？

陈光大神色黯然地摇摇头。

丁胜利叹息一声说，看来她恐怕是凶多吉少了！不过吉人自有天相，你也不用担心，没准咱们回去，你在禁闭室里就能见到她了。亚楠也不是没脑子的，你放心。

陈光大狠狠地盯着丁胜利，他知道蹲禁闭已经是不可避免了，但要是真能因此看到李亚男，那他宁可一辈子蹲在禁闭室里不出来。

独立团隐蔽在一个小山村里，太阳已经升起老高，按道理该做早饭了，可家家户户都关窗闭门，屋顶上也没有炊烟，更听不到鸡鸣狗吠之声。

陈光大被关在一户人家的厢房里，屋子里放着几样农具，虽说收拾得挺整洁，可散发着一股难闻的尿臊味儿。这说明这间屋子以前肯定是圈牲口的。

让牲口住是怀柔，而让他住却是惩罚了。可见一样的屋子用途是不一样的，想到这儿，陈光大不由想起政委刚才说的话。看来我这个政委还是你来当吧！反正我也领导不了你！

政委的确很生气，可陈光大还是能透过政委的满面怒容看出他对自己的欣赏。也就是说他去找李亚男这件事儿，如果再往前提二十年，政委也像自己一样的年轻气盛，那他显然也会犯同样的错误。

因为他也是性情中人，而且英雄主义色彩特别浓厚，否则他也不会参加革命这么多年，还只是一个团政委了。

陈光大太了解政委的性格了，他越是和你生气，说明他越在乎你，要是他连气都懒得跟你生了，那说明你这个人恐怕真没救了。

所以陈光大在蹲禁闭之前嘻嘻笑着，向政委提出一个荒唐的要求，他太饿了，想让政委给他熬一碗粥喝。

政委当时气乐了，他看着陈光大说，我是不是给你脸了，等一会儿让炊事班给你来一份肉夹馍，再炒两个小菜，喝粥多委屈你啊！

陈光大不敢再说了，可现在他的肚子咕噜咕噜地叫着，确实挺难受。他也知道部队的粮食没了，可哪怕是喝一碗野菜粥也行啊！

这时他又想到李亚男，也不知她现在究竟在哪里，自己折腾了大半宿连她的影子也没见到。

他倚着墙闭上眼睛，想起了自己的家乡和母亲，还有那两只咕咕叫的鸽子，在院子里悠闲地觅着食。他一激灵赶紧睁开眼睛，下意识地摸向自己的口袋，这才想起他是在跟丁胜利抢木鸽子的时候滚到山下去的。

看来鸽子肯定还在丁胜利这小子的手中，就怕他赖账不肯还给自己，那自己的一番心血岂不是白费了。

陈光大他本来很累，想睡一觉。可现在无论如何也睡不着了。木鸽子，李亚男，还有丁胜利，三个现实意象不断地在他的思维意识里转换，让他有些心烦意乱，忽然一只黑狗把门拱开，慢悠悠地来到陈光大跟前。

陈光大看着黑狗污渍斑斑的毛皮瞪起了眼睛，黑狗也低声哼哼着向陈光大示威。这时，陈光大顺手抄起一件农具指向黑狗，黑狗看着陈光大可怕的目光，灰溜溜地走出了厢房。

原来门外并没有岗哨，这和画地为牢有点像，全凭自觉性。陈光大使劲儿把农具扔在地上，自语道，连你个狗日的也来欺负老子。

他再次闭上眼睛，阴冷的日光透过窗子懒洋洋地进入厢房，照在陈光大一脸灰尘的脸上，陈光大不知为什么又打了一个喷嚏，他下意识地用手揉揉鼻子。等他再睁开眼睛的时候，他闻到了一股香味儿，既不是檀香木，也不是野花，更不可能是这个年代稀缺的胭脂，但他特别熟悉这个味道，这是只有李亚男身上才有的特殊气味儿。

接下来他简直不敢相信自己的眼睛，李亚男一身八路军灰色军装，英姿飒爽地站在他面前，手里端着一碗粥。

陈光大赶紧站起来，激动地说，你怎么回来了？你回来了！

李亚男说，听你的意思我不该回来？

陈光大说，我不是这个意思，哈哈，我是说……你怎么才回来？真是太好了！

李亚男说，幸亏遇到了地方的游击队，要不我还真回不来了。

陈光大说，我是怕你遇上危险，所以我才……

李亚男说，那你也不能擅自行动，现在你是连长，要对全连的战士负责，怎么一点儿都不讲组织原则了？

李亚男说完这句话，把粥碗放在陈光大跟前，然后接着说，这也就是政委，要是换作团长，还不得把你一撸到底！

陈光大嘿嘿笑了，看着李亚男说，只要你没事儿，我干啥都行！

李亚男说，陈光大你给我听好了，你是一名八路军战士，又不是我的私人保镖，再说了，我也不需要你保护。

陈光大怔怔地看着李亚男，先是表现得有些惊讶，接着是一脸笑意，他觉得通过这半年的学习，李亚男好像比过去更好看了，也更成熟了。她瞅向他的目光虽说有点儿冷酷，但更多的是对他的关心和爱护。

当他穿越了荆棘遍布的丛林和暗夜死亡的危险，好像忽然看到了一点星光在茫茫的夜空中熠熠生辉，又像是忽然在血腥的梦境中跌进万绿丛中，被鲜艳夺目的红色包裹起来。他只觉得春意盎然，一切都是那么美好，至于残酷的战争已经完全被他的乐观隔断了……

此时此刻，陈光大眼中只有此情此景，一如梦幻而又回到现实，他本来想说几句抒情的话来表达这半年来对她的惦念，可待了半天，居然还是一副懵懂无知的样子。

李亚男说，你是不是有什么话要说？现在我就站在你面前，说嘛！

陈光大忽然回过神来，嘿嘿笑了，然后说，我想吃粥！

李亚男说，我还以为你要吃人呐！

陈光大端起碗狼吞虎咽地吃了两口，嘴上粘着黏稠的饭粒，又开始呆呆地看着李亚男。

李亚男向前努嘴示意，让他赶紧吃饭。

陈光大说，我跟你说，今天我本来想送你礼物，给你个惊喜，可是……没送成。

李亚男赶紧问他是什么礼物。

陈光大又开始吃粥。李亚男看着陈光大的饕餮吃相，一脸笑意，她好像又回到了从前，回到了故乡，看着自己的弟弟半蹲在院里靠着墙根儿吃饭。她的眼睛有些模糊了，弟弟和父亲还有母亲在逃难的时候都被日本人的飞机炸死了。他虽然比陈光大小了好几岁，可性格还有说话的神态，不知为什么和陈光大有很多相似的地方……

所以从残酷的战争环境中，李亚男能找回很多在同场景下由陈光大无意识复制的亲情。

这时的陈光大已经把粥喝光了，正在用舌头灵活地舔着瓷碗上粘着的米粒。他根本不知此时李亚男心理上的变化，所以想也不想地说，我告诉你，这件礼物肯定是你连做梦都想不到的。

李亚男说，哦，是吗，究竟是什么啊？

陈光大说，现在还不能告诉你！

他看着李亚男黛眉轻佻的样子，又接着说，我也不是不想告诉你，但是现在是我把它弄丢了。

李亚男说，行了，我也不想知道了。你呢，粥也喝完了，好好在这儿反省自己，我也该走了！

李亚男说完这句话转身准备离开。

陈光大赶紧说，李亚男你不能走！

李亚男说，为什么啊？

陈光大只好说，你想啊！政委为什么让你给我送饭而不是让别人送饭？

李亚男说，还不是寻思让咱俩见上一面，也好让你放心！

陈光大说，还有另外一层意思，你想啊，你学习了半年，刚从延安回来，那政治思想水平得多高！

李亚男说，你的意思是说，政委让我给你做思想工作。

陈光大说，你这算说到点子上了，其实他就是这个意思，你可千万不要辜负咱政委的良苦用心啊！我也需要在你的帮助下提高嘛！再说了，我也需要有更强大的思想武装啊！你得说话，咱得多聊一会儿，不是吗？

李亚男呵呵笑了，到最后她才听明白陈光大的本意。她看陈光大的目光也很柔和，可看着看着忽然就罩上了一层寒霜；陈光大也只好跟着李亚男嘿嘿地笑，可他看李亚男的目光是闪闪烁烁的，是不确定的，多少还带有那么一点儿江湖上的痞子气。

两人对峙了许久，李亚男才说，三连长，你最近还做梦吗？

陈光大说，做啊！人不做梦哪成？

李亚男说，那就接着做吧！

看着李亚男女神一样的背影消失在自己的视线里，陈光大沮丧地一屁股坐在地上。他确实喜欢做梦，尤其是喜欢把李亚男强拉硬拽在自己的梦中。在梦里战争肯定已经结束了，而李亚男也肯定是和自己回了老家，他又重操旧业当上了走街串巷的小木匠。接下来他们当然会结婚，也会生很多很多的孩子，闲下来李亚男会教他们唱歌学文化，而自己躺在一把老式的竹椅里，眯着眼睛盘点那些可歌可泣的往事……

陈光大总认为以他对李亚男的感情，和对她的了解，这样的结局是理所当然的，因为除了他，陈光大还想不出有谁比他更爱李亚男。

不论战争的环境多么残酷，梦总是要做的。也不论它是否接近现实，但给人带来的力量是不可估量的。

对陈光大而言，因为李亚男的存在，让他对打胜这场战争充满了希望，也让他对未来革命充满信心。

陈光大正在苦心设计和李亚男未来的美好生活，忽然一声枪响把他从梦境中拉到现实，他赶紧把脑袋凑到窗子跟前向外面观看。

一排的战士端着枪向村口跑过去，陈光大隔着窗子大喊一声，他们好像根本没听见，他又接着喊了几声，也没人搭理他。

陈光大刚想冲出禁闭室，丁胜利拎着枪跑过来，说，你还搁这儿干啥，赶紧地，小鬼子要进村了。

陈光大故意说，可我还关禁闭呢！

丁胜利说，你的禁闭解除了。

陈光大从丁胜利手里接过二十响大肚匣子，跟丁胜利跑到街上，这时一队的战士正在帮助老乡向山上转移。

政委看着跑过来的陈光大说，你等会儿我再跟你算账！

陈光大说，政委，有账还是现在算清了，要不我心里不舒服。

政委指着陈光大说，少搁这儿跟我扯淡，没眼力见，赶紧掩护老乡转移！

村外已经传来密集的枪声，独立团刚掩护老乡撤到附近山上，村子已经燃起一片火光。

政委心情十分低落，对这个村子的族长说，对不起，是我们独立团连累你们了！

族长说，村子没了，可以再建，只要你们活着就行！

政委说，可我们让你们无家可归了！这一下损失一定不小。

族长说，你们连命都不要了，我们还要家干啥呀！你这么说让我们怎么有脸！咱们老的老小的小，不能去抗击日本鬼子了，但是咱作为中国人的血性还在，咱们必须支持抗日，战士们连命都不要了，咱们损失点算什么！你们去打小日本，咱感激还来不及。

直到政委反复确认乡亲们在这座山上是安全的，才决定去南通的十里铺跟团长他们汇合。

临别的时候，政委带着剩下的战士一起向山上的老乡敬礼。

老乡们纷纷把仅有的一点儿吃的分给战士，有个大姑娘看到一个战士的鞋子露出了脚趾头，赶紧把自己的鞋子脱下来……

政委流泪了，陈光大和丁胜利都深受感动，至于李亚男不仅流泪了，居然哭出了声音。

部队走了，直到走出去很远，老乡们还依然齐刷刷地站在山顶上瞭望……

陈光大知道，乡亲们不仅是在望他们，也是在遥望未来。

陈光大只觉得心里堵得慌，那个大姑娘脱鞋的影子总在他眼前晃动。他只想跟人发火或者干脆跟小鬼子干上一仗。

丁胜利就是在这个时候把手伸进陈光大衣服口袋的，他是想掏一根烟抽，解解乏儿；可陈光大转身狠狠地瞪着丁胜利，然后毫不客气地把他的手拿出来。

丁胜利说，我想抽根烟！

陈光大提高声音，我知道你要抽烟，可我凭什么给你？

丁胜利满脸疑惑地看着陈光大说，哎，怎么，你病了？

丁胜利觉得抽陈光大的烟那是理所当然的，跟抽自己没什么两样，所以他再次把手伸进陈光大的口袋。

陈光大使劲儿一推丁胜利，说，我东西呢？

丁胜利意味深长地看着陈光大没有回答。

陈光大只好再问一遍，我东西呢？

丁胜利说好像忽然才回过神来，说，什么东西？

陈光大说，你装傻是吧！我的木鸽子呢？

丁胜利恍然大悟地看着陈光大笑了，然后说，哎呀，完了完了完了……我还以为你收起来了！

当时部队正在休息，两人说话的声音越来越大，很多的战士都在盯着他们。政委神色难堪地走了过来，说，你们俩喊什么，是想招呼鬼子过来吗？

陈光大看着政委有些委屈地说，这事儿不怨我，他把我的雕件儿整丢了。

政委说，雕件儿，什么雕件儿？

丁胜利说，就是一个鸽子。

政委神色疑惑地又说，鸽子？什么鸽子？

陈光大说，就是我用檀香木雕的一个玩意儿。

政委说，你是连长，现在又是反"扫荡"时期，不好好寻思打仗，雕什么玩意儿啊？小资产阶级情调儿，这事儿不怪丁胜利，丢了也活该！

陈光大说，政委你怎么能这么说话？

这时，丁胜利凑到陈光大跟前说，陈连长，你没听政委说吗？这事儿压根儿不怨我，你那小资产阶级的玩意儿，是要不得的。

陈光大没了檀香木雕件儿不说，还挨了政委一顿训。他心里憋屈好几天，也没跟丁胜利说话。

此时独立团被小鬼子的扫荡部队封锁着并且围追堵截，走走停停，始终还在附近的山区转悠。那天独立团和小鬼子接上火，打了半天，等部队突围出去，政委找出地图一看，部队又回到了前几天经过的地方。

陈光大的三连死伤过半，看着疲劳不堪的战士，他心疼得恨不能往自己身上扎一刀，可就在这时，李亚男居然问他丢的是什么东西。

陈光大不能说，他怕说出来之后看到李亚男失望的神情，所以他只能轻描淡写地支吾过去。

李亚男倒反过来安慰他，并且一针见血地对他说，在战争年代什么东西都不如子弹，因为只有子弹才能给敌人毁灭性的打击，其他的东西再好又有什么用呢？命在一切才有意义。

这些大道理陈光大自然明白，只是一想到散发檀香的木鸽子，他心里就会莫名地心疼。战士倒下了,他心疼,木鸽子没了,他一样也心疼。可这两种感觉是完全不一样的。由木鸽子搭建的是通向爱情圣地的旖旎风光,且不说檀香木来之不易,更关键的是倾注了自己最美好的感情,更何况在雕刻木鸽子的时候他能再次回忆起与母亲在一起的点点滴滴,这些都是极为可贵的。而牺牲是为了赢得这场战争的最后胜利。

他心疼战友,是想用自己的命去换他们的命,而心疼木鸽子是因为他可能这辈子再也雕不出那么美好的物件儿了,也因此送不了李亚男而心存遗憾。

丁胜利看陈光大低头沉默不语,沉吟一下又凑到他跟前,说,我知道你心里不得劲儿,其实我心里也不好受。

陈光大抬头狠狠地盯着丁胜利说,我看你就是故意的!

丁胜利赶紧说,咱们这么多年出生入死,我有那么缺德吗?

陈光大再次把头低下,不再搭理丁胜利。

丁胜利说,要不我跟李亚男给你过个话儿,就说你送她的礼物被我弄丢了,等反"扫荡"过去,有时间你再给她雕一个呗!

陈光大说,你怎么知道我要送给李亚男?

丁胜利嘿嘿笑了,然后自作聪明地说,这用脚丫子都能想得出来,你要不是送她,能跟我急成这样?

这天夜里,部队宿营在一片树林里,沿着树林向上走不到一公里就可以进山,如果发现敌人进可以攻退可以守,可以说占尽了地理上的优势。

陈光大不得不佩服政委的用兵之道。他在营地的四周巡视一圈儿,对明哨暗哨的位置进行了调换。在经过政委身边的时候,尽管他放轻脚步,政委还是发现了他。他只好上前给政委敬礼,然后说,政委你还没睡呢?

政委说,你都没睡,我敢睡吗?

陈光大有些不好意思地看着政委说,对不起政委,我又给你惹事儿了!要不你骂我一顿吧!

政委说,你这套在我这儿都没用,我现在懒得骂你!

陈光大离开政委,回到自己的连队靠着树半躺半卧,怎么也无法入睡。满天的星光透过树枝筛落下来，柔柔地带着一丝丝的清凉，蟋蟀的叫声若有若无，渺渺传来，幽幽冤冤而又凄凄切切的，像是在为牺牲的战士招魂。陈光大只感觉自己的身上好像爬满无数的蚂蚁，特别难受……这时候战士们大都已经睡着了，只有几个伤员不时发出轻微的呻吟声。

陈光大回头看了一眼身边，对着丁胜利哎了一声，可丁胜利打着鼾声，显然已经睡着了。

陈光大悄悄站起来，他想去看看李亚男，和她说说送她木鸽子的事儿。可走到半路又迟疑了，觉得影响不好，等他返回来躺倒，发现丁胜利不见了。

开始他以为丁胜利是去解手，可等了半天也不见丁胜利回来，他再也躺不住了，沿着树林的边缘踅摸一圈儿，问了所有的岗哨都说没看见。

正在他琢磨着要不要向政委汇报的时候，政委已经来到三连巡逻，看来瞒是瞒不住了。

他只好实话实说，丁胜利不见了。

政委说，你什么时候发现他不见的？

陈光大说，就刚刚我从你那里回来以后，不大一会儿，我还以为他出去解手了，可干等也不见他回来。这不正要跟您汇报，您就过来了。

政委指着陈光大说，你们俩可真行，不是你没，就是他没！

陈光大说，政委，要不我带两个战士出去找找？

政委说，到哪儿去找？你连他去哪儿都不知道，该睡觉睡觉，我不信他还能凭空消失了不成。

政委说完这句话一甩袖子走了。陈光大只好回到原来半躺半卧的树下，这时有的战士已经被他弄醒了，都面面相觑地看着他。

陈光大一摆手说，都看啥看？该睡睡，没你们的事儿。

这个夜晚格外安静，陈光大想着丁胜利出走的种种可能，他还真想不出此时此刻他怎么忽然就不见了。按道理说，他无论要去干啥，都该事先跟他这个连长打一个招呼。不管怎么说，他也是三连的军事主官，看来这个丁胜利压根儿没把他当回事儿。

像陈光大一样，李亚男也没睡着。她在想白天发生的一切，听战士说陈光大和丁胜利是因为一个木鸽子吵了起来，她猜想这可能就是陈光大要送自己的礼物，可再好的礼物没了也就没了，又怎么能赶得上战友之间的情谊？她隐约地觉得这中间肯定还有什么曲折，绝不像她想的那样简单。

陈光大是个理想主义者，又心思细密，单从他隐隐约约欲盖弥彰的情怀里，李亚男知道他是真心爱自己的，而自己又何尝不爱他，可他们的感情也只能停留在现有的阶段，她不想因为个人感情而影响自己的工作，更何况现在国仇家恨未了，日本鬼子还没赶出中国，她们怎么能考虑个人问题呢。他们还都太年轻，以后的日子还很长。

李亚男想到这里一般就停止了，她不像陈光大一竿子捅到底，把他们的未来勾画得那么具体。

陈光大此时特别着急，他想立马见到丁胜利好好和他打一架，即使政委能放过他，陈光大也不能放过他。

直到天交黎明的时候，陈光大才迷迷糊糊地眯瞪着了，睡梦中他和丁胜利被一群鬼子和二狗子撵到山崖上，他赶紧向敌人射击，可是已经没有子弹了，他看着逼近的敌人特别着急，忽然丁胜利拽着他向崖下跳去……

陈光大只觉得屁股重重地摔在地上，等他睁开眼睛，发现丁胜利正在拿脚踢他。从梦幻到现实的转换太强烈了，陈光大有点儿发蒙。

这时丁胜利从怀里掏出木鸽子雕件儿，在陈光大的眼前晃来晃去。

陈光大一把抢过木鸽子，人跟着也从树下站了起来，他狠狠地瞪着丁胜利说，你让我说你什么好？

他也不等丁胜利回答，转到他背后就是一脚，丁胜利一个趔趄，脑袋险些撞在一棵树上，陈光大赶紧上前扶住丁胜利。

丁胜利说，你还有完没完？

陈光大说，谁让你去找它的？你不知道这样有多危险！

丁胜利说，我不把它还给你，你还不得把我吃了啊！

这时很多的战士都围上来，看着陈光大手里拿着的木鸽子纷纷议论。陈光大赶紧说，有什么好看的。说完他赶紧把木鸽子藏进怀里。

丁胜利说，政委肯定知道了吧！

陈光大说，嗯，巡逻过来，瞒不住，不过没事儿，我替你扛着！

这时政委穿过树丛黑着脸向他们俩走过来，陈光大赶紧跑步上前对政委说，报告政委，丁胜利已经回来了！

政委说，我又不瞎，用你说啊！

丁胜利赶紧接话，政委，这事儿它不怪陈连长，你处分我吧！

政委说，处分是一定的，但我想知道你昨晚去干啥了？

丁胜利的目光转向陈光大，那意思是询问这事儿该怎么说，因为政委来得太突然了，他们俩还没来得及商量统一口径。

政委看着丁胜利又看看陈光大，说，要不我先离开一会儿，等你们俩商量好了，我再回来！

事情到了这一步，陈光大觉得无论怎么说，政委这一关都闯不过去了。所以，他只好把木鸽子掏出来，向政委说明原因。

政委看看陈光大又看看丁胜利，哼了一声，然后说，就为这么个玩意儿擅自离队，跑了五六十里的山路，你们俩可真行！

丁胜利说，这不关陈连长的事儿，都是我自己的主意儿。而且确实是我给弄丢的。

政委说，不关他的事儿？要是没这玩意儿，你能去吗？说到底他陈光大才是罪魁祸首！

因为现在是战时，没法儿关他们俩的禁闭，也没时间写检查，所以政委尽管很生气，最后也只是把木鸽子没收了。

陈光大看着政委拿着木鸽子离开，心有不舍，直到政委的背影已经消失在树丛里，他还呆呆地站在原地没动。

丁胜利说，哎，我的连长你就知足吧！我敢保证用不了几天，他还得把那玩意儿给你。

陈光大目光深邃地凝视着丁胜利，摇摇头。

丁胜利说，咱政委嘴冷心热，你别看他表面气得跟什么似的，可他心里未必真生气。再说了，那玩意儿支棱八翘的，不当吃不当喝的，他留着它干啥？

这时李亚男走了过来，丁胜利向陈光大努嘴示意，然后悄悄地离开了。

李亚男看着陈光大说，我都看见了，别胡思乱想了，就当你已经把这件礼物送给我了。我心领啦。

陈光大说，可明明还没送给你嘛！这是两回事。

李亚男说，其实，最好的礼物不一定是你非把东西送给我，只要你心里有就行。

陈光大怔怔地看着李亚男，顿时感动得一塌糊涂。虽说李亚男的话里不排除有安慰成分，但陈光大觉得更多的应该是她对自己美好的预期。想到这里，他心里更难受了，明明是准备了一份独家秘制的礼物，想给人家一个惊喜，可到头来却成这个样子了。

李亚男看陈光大依然沉浸在木鸽子带给他的情绪上，只好接着说，你记住，只要你活着，就是送给我最好的礼物！

陈光大被李亚男这句话搞蒙了，他有些不相信在如此恶劣的环境下，以她的个性能说出这样的话。这就像春天还没到来，但你忽然看见了一朵鲜花开在现实情境里，似梦可又绝对不是梦。

这无疑是一种赤裸裸的表白，虽说还不如我喜欢或者我爱你来得直接，可它所表现的丰富内涵，那是再明白不过了。

陈光大从来也没有像现在这样高兴过，他竭力地克制。可他的脸上还是显露出来了，以至于在行军途中，丁胜利一直盯着他看。

陈光大说，你老盯着我干啥？

丁胜利说，不能够啊！你吃错药了？

陈光大审视着丁胜利，极力地想从他的神色里弄明白什么意思，可丁胜利却嘿嘿笑了。

陈光大说，我真有那么可笑吗？

丁胜利说，看来李亚男肯定是跟你说了，要不你能乐成这个熊样？傻子都能看出来!

陈光大说,说什么说?没头没尾的。

丁胜利说,你还装,李亚男肯定跟你说,她也喜欢你对不对?

虽然丁胜利没法复原当时的谈话内容,可他仅凭陈光大的神态捕捉到的信息,就猜出来了,这让陈光大未免有些吃惊。陈光大回头瞪了丁胜利一眼,真想一把掐死他。

丁胜利使劲儿地拍一下陈光大的后背说,哎,你们俩也好了这么长时间了,咱们团上至团长政委,下至战士,谁不知道。要我说你早该把这层纸捅破了,老搁心里憋着不难受?

陈光大停下脚步,看着丁胜利说,我不难受,就怕你难受。

丁胜利呵呵笑了,然后说,你谈恋爱我难受得着吗?

陈光大说,不是你怎么回事儿?既然知道是我谈恋爱,你老跟着操哪门子心啊!真是的。

丁胜利说,那不是有人总是莫名其妙地傻笑,不太正常嘛!人家这不是关心你嘛!

话说到这里没法再说了。两人并肩向前走着,虽然丁胜利还不时回头看向陈光大,但陈光大绷着脸根本不搭理他。

部队打打停停的,几次和"扫荡"的鬼子接火,几次也都顺利脱险,虽然距离和团长汇合的十里铺近了,可战斗也更残酷了。

一伙鬼子紧紧地咬在独立团背后,难得有一次喘息的机会。政委赶紧把地图铺在草地上,用手指戳戳点点,皱眉思索。

陈光大远远地看着政委,悄悄地走过去。西下偏斜的日光把陈光大的身影投在地上,于是那条影子的一部分便在地图上来回地晃动。

政委抬起头看着走近的陈光大没有说话。陈光大蹲在地图跟前点上一根烟夹在政委的嘴上。

政委狠狠地吸一口烟,然后喷出一团烟雾说,怎么?拍马屁来了!

陈光大说,政委,你的马不是早让小鬼子的飞机炸死了吗?我就是想拍可也没地儿拍啊!

政委说,我没工夫跟你扯淡,对咱们独立团现在的处境,你有什么看法?

陈光大嘿嘿笑了,说,你是政委,运筹帷幄,我说了也是白说。

政委说,磨叽啥?让你说就赶紧说!

陈光大说,我们的兵力现在越来越少,虽说有四个连编制,可人数已经不到两个连了,照这样打下去是最为不利的,恐怕我们这半个团还没到十里铺就被小鬼子蚕食没了。

政委说,那依你说,接下来该怎么办?

陈光大说的和政委想的其实一样,他们只有留下一支部队拦住敌人争取一点时间,剩下的人才有机会和团长汇合。

政委看着陈光大使劲儿把烟蒂摁在地上,然后卷起地图说,就这样决定了,我带人留下阻击敌人,你带着其他人和团长汇合!

陈光大从腰间解下配枪递给政委,说,要这样你还不如先把我毙了吧!

政委疑惑地看着陈光大,严肃地说,你什么意思?

陈光大说,政委你也知道留下来意味什么,你要是光荣了,我怎么和团长交代啊?与其让他毙了我,还不如你现在给我一个痛快得了。再说都是下级保护上级,哪有团政委保护连长的,你这样让我们哪还有脸活,我怎么跟全团战士交代?

最后政委含着泪勉强同意了陈光大的请求,留下他和三连战士阻击敌人。在陈光大要离开的时候,政委把没收的木鸽子从兜里掏出来递给陈光大。

木鸽子散发着淡淡的幽香,泛着黄褐色的光晕,因为经历过了战火,有两次失而复得的磨难,更重要的是它承载了陈光大对一份情感的最美期待。所以说他接过木鸽子,怔怔地看了政委许久也没说话。

陈光大的确很感动,他没想到政委就这么轻而易举地把木鸽子还给他了。这比他预想的时间要早很多。

他立即向政委敬了一个标准的军礼,然后说,谢谢政委!

政委说,八路军也是人,我没那么不近人情……不过这事儿咱不算完。

陈光大说，只要我能活着回来，你怎么处分都行！

政委说，我告诉你陈光大，你的禁闭还没蹲完呢，你欠着我的呢，必须给我活着回来！听见没！

陈光大手里拿着木鸽子，想着很有可能再也见不到政委了，心里特别难受。他是想说一句安慰又有期望的话振奋一下士气，可想了半天也不知说什么好了。

这时政委微微一笑，说，行了，别跟我磨叽了，赶紧去和小李道个别吧！

陈光大忽然觉得此时的政委很像自己的父亲，他什么都知道，可他又什么都不说。他是想让自己慢慢磨炼成熟，在革命的道路上自然成长……

战士们都太累了，有的战士刚一坐下便靠着树睡着了。李亚男从兜里掏出一个玉米面饼子，放在嘴边闻闻又揣进兜里。

她不想就这么毫无理由地把它挥霍了，因为现在有很多战士已经一天没吃东西了，她想把这个饼子留到最后时刻。

李亚男去延安学习之前是独立团的宣传干事，她嗓子好，歌儿唱得也特别好，所有的战士都喜欢听她唱歌。她本来想带着大家唱一首歌儿，鼓鼓士气，可看大家累得那个样子，她又不忍心。

这次从延安回来正好赶上反"扫荡"，她的具体工作还没有安排。可看政委的意思还是不会让她下连队，为此她的心里一直很纠结。她做梦都想像陈光大和丁胜利一样与小鬼子面对面地拼杀。

她想成为一名在战场上直面敌人的真正的战士，而不是唱歌的战士。所以在延安学习的时候她对自己要求很严格，争取取得最大的提高，好对部队有更大的贡献。

陈光大来到李亚男面前，李亚男正在用自己的想象设计冲锋陷阵的未来。她的嘴角带着一丝只有血刃敌人才有的自信和快感，她的发丝紧紧地贴在饱满的额头上，整个人看上去是那么的可亲可敬，而又带着神圣不可侵犯的威严。

李亚男抬头看着陈光大笑了，然后向地上一指。

陈光大坐在李亚男的对面，忽然也无厘头地笑了。

两人面面相觑地看着对方，目光里注满了柔情。附近战士的鼾声清晰可闻，越发地让他们觉得这一刻的温馨弥足珍贵。他们谁也不说话，就那么静静地看着对方。

但每一刻时间对陈光大来说，都是宝贵的。李亚男马上就要离开了，而他是否还能和她再见，他真的不知道。

看着李亚男，陈光大觉得心痛，是那种很复杂的心痛。既不同于和父母的阴阳两隔，也不同于战友的牺牲，他只觉得有一丝的惆怅，有一丝的悲伤，可也有一丝的希望。这种心痛是几种感觉加在一起的混合体，有点儿说不清道不明……所以，当他把木鸽子从兜里掏出来，他发现自己的手心出汗了……

李亚男看见木鸽子那一刻，完全被木鸽子的颜色和造型，还有精致的雕工吸引了，她先是双手捧着木鸽子歪着脑袋仔细地打量，接着便把木鸽子放在掌心上轻轻抚摸，那副小心翼翼的样子像是托着刚刚出生的婴儿。

李亚男对木鸽子倾注的感情完全超出了陈光大的预期。陈光大的目光不断地在李亚男脸上和木鸽子之间移动。他觉得木鸽子好像忽然长在李亚男的手上，看上去是那么的和谐而又自然。

陈光大终于忍不住问，喜欢吗？

李亚男连连点头说，喜欢！你的手艺真好！

陈光大说，可惜还没来得及打磨，摸上去有点儿糙，也没有光泽。

李亚男说，这已经很好了，真的！

他们这次谈话虽说只有短短的十几分钟，可陈光大却觉得时间有点漫长，他在这个时候把木鸽子送给李亚男，除了纪念，还有另外一层意思，那就是诀别。

显然李亚男也明白，三连留下阻击敌人意味着什么，她把木鸽子揣起来，看着陈光大神色坚定地说，光大，我要你活着回来！

陈光大点点头，说，你放心，我命大，死不了！

李亚男不知为什么忽然想起那天说过的话，便毫不犹豫地又说了一遍，只要你活着就是送给我最好的礼物！

陈光大看着李亚男忽然想哭，因为这次离别，很有可能是他们最后的诀别，但他又不能哭。他尽量详细地给李亚男分析，把这次任务的难度说得轻描淡写……以至于政委和全体战士站在他面前，他还没有说完。

政委神色严肃地看着陈光大，然后带着其他三个连队的战士郑重地给三连敬礼。

那一幕太感人了，相信所有的战士都把这个场景当成了生离死别，他们举着手半天也不忍放下。

部队已经走出去很远了，李亚男又跑了回来，她也不知把什么东西塞到陈光大的口袋里了，又回头去追赶部队了。

陈光大和丁胜利简单研究一下，把部队全部压在了附近的一个山岗子上。这是小鬼子追赶独立团的必经之路。

接下来两人开始指挥战士们修筑掩体，陈光大看着身边的丁胜利说，想什么呢？

丁胜利说，我现在就想找个姑娘谈一场恋爱，可惜了，这辈子恐怕是没这个命了！

陈光大说，大战在即，你还真有闲心！

丁胜利说，你少搁这儿扯淡，我不信你现在不想李亚男。

陈光大下意识地摸一下口袋，那里面装着李亚男临别时送给自己的玉米饼子。这个饼子不知在李亚男口袋里藏了多长时间，但陈光大依然还能感受到饼子上传递的温度，或者更确切一点说，是温馨。这份来自一个女人对自己的牵肠挂肚，让陈光大的心情更加沉重。

不知什么时候山岗上起风了，稀稀落落的树木和有些萎黄的荆棘稞子扑簌簌地一阵晃动，仿佛是在问候这些忽然降临的不速之客，又像是在谴责这场没完没了的战争带给它们的伤害。

云彩由白变黑，像脱缰的野马一样在天空奔突汇聚，接着一阵急雨便落在山岗上……

丁胜利用手摸一把雨水，回头看着陈光大说，你还没回答我，是不在想李亚男呢？

陈光大仰头看着天空，面露喜色说，你不觉这场雨下得好吗？

丁胜利说，你是说为政委他们撤退争取了时间？

陈光大说，对，敌人的进攻越晚，他们走得就越远，就越安全，否则，我怕……

不用他再说下去，丁胜利也知道他们这道防线挺不了多长时间，因为三连现在剩下不到四十人了，说是一个连，其实也就一个排多一点儿，即便是他们全部牺牲了，最后还是挡不住敌人。敌人人数众多而且装备精良，相差太悬殊了！

这场雨来得快，走得也快，雨水嘀嗒嘀嗒地从树叶上、荆棘稞上落下来，陈光大觉得像女人的泪，更形象一点说，像李亚男的泪。记得有一次他们清理战场，李亚男面对血肉迷糊的战友尸体就是这么哭的……

那是他第一次看李亚男流泪，她好像不是特别悲伤，只是想抒发自己郁闷压抑的心情，借此来激发自己的坚强斗志。

想到这里，陈光大的眼睛有点儿模糊，不知不觉地，他被眼前的情境拉进李亚男的战争的情怀里，但他却不能流泪，即使真想流泪了，那也该找个无人的地方，因为他是三连的军事主官，他的一言一行肯定会波及战士的情绪。

云彩渐渐由灰转白，忽然一束阳光射在山岗上。

陈光大把二十响大肚匣子从腰间解下来，压满子弹放在掩体跟前，然后说，同志们注意了，准备战斗！

敌人接连发动了五次冲锋，显然是不想给他们喘息的机会，但都被三连顽强地打退了。陈光大看着身边不断倒下的战士，知道最后的时刻到来了。

阵地前方的枯木冒着烟，空中飘散着咸腥的掺杂着火药的混合气味。陈光大把空弹夹退下来看看，然后从兜里掏出玉米饼子。

这时丁胜利向他走过来，陈光大沉吟一下，又把玉米饼子揣进口袋里。

丁胜利走到陈光大跟前，站住，目光深邃地看着陈光大，然后说，连长，说点啥吧！

陈光大说，我要是不在了，你还活着，那亚男就交给你了！

丁胜利说，你倒是够大方的，可我还真不领你这个情。

陈光大说，胜利，我这可是掏心窝子说的！

丁胜利说，连长大人，咱做梦能不能挑个时候，仗打到这份上，你都准备牺牲了，我还能活着吗？

陈光大看着丁胜利，一句话也说不出来。他也知道自己这个要求跟放屁没什么两样，但他又不是有意调侃丁胜利。战事无常，在死亡还没到来的时候，他只想给未来留下一种希望和可能。

丁胜利把手伸进陈光大的口袋，他想掏一根烟抽，可掏出来的却是一个玉米饼子。

陈光大赶紧一把抢过饼子，然后把烟盒递给丁胜利。

丁胜利说，行啊！都这时候了还有私货呢！

陈光大说，抽你的烟吧！

丁胜利把烟分给几个战士，然后把剩下的一根烟掰折了递给陈光大一截。可还没等两人把半截烟抽完，敌人的第六轮冲锋又开始了。

最后他们的子弹已经打光，只剩下陈光大和丁胜利两个人了，而且都已经负伤不轻。

陈光大看着丁胜利说，看来我们今天都得撂这儿了，倒不如装死碰碰运气。

丁胜利瞪着陈光大说，你说啥？开玩笑呢。

陈光大说，作为一名战士我们本来应该以身殉国的，可眼下小鬼子还没打出去，我认为活着更重要！

丁胜利指着陈光大满面怒容地说，你……这个孬种！

陈光大说，我没开玩笑。现在我们已经无力再战，打下去也不过是多添两具尸体，又有什么意义呢！

陈光大不是贪生怕死，但就这样死了实在太可惜，也不值得。小鬼子还没赶走，父老乡亲们还在受罪，他觉得必须活着和李亚男一起迎接胜利的曙光。才对得起八路军和共产党对自己多年的培养。

当陈光大躺在尸堆里，听着冲上来的敌人和丁胜利拼刺的时候，他的心在挣扎,他想一跃而起,即使提不起刀枪也要用牙齿去咬鬼子,可他还是忍住了……

丁胜利已经不在了,他不能再做这种无谓的牺牲了。

冷寂的月色洒在山岗上,已经听不到一点儿动静。丁胜利前胸淌出的鲜血已经凝结。陈光大的目光里已经没有悲伤,他用手抚摸着丁胜利的脸颊,给他系好风纪扣,然后把两根手指放在丁胜利鼻子下。

丁胜利的呼出的气息虽然极其的微弱,若有若无的,可陈光大还是感觉到了。他立马趴在地上附在丁胜利的胸上倾听。当他确定丁胜利确实还活着的时候,激动地对着自己的前胸就是一拳。

后来他把丁胜利拖到了岗子的下面,正好遇到前来侦察的地方游击队,在游击队的帮助下,他们被送到了八路军的一所后方医院。

几天以后,鬼子的"扫荡"结束了,政委和团长也已经在十里坡汇合了。两位首长怎么也没想到陈光大还能活着回来。

陈光大看着两位首长,敬过军礼后说,不但我活着,而且丁胜利也活着,正在后方医院接受治疗。

政委特别激动,眼睛直冒光,他上下不断地打量陈光大,举起拳头照陈光大的前胸就是一下子,然后一脸笑容地说,行!你小子,你还真活着回来了!

陈光大深色黯然说,我是回来了,可战士们都牺牲了!

团长说,有战斗就会有牺牲,只要有你在,三连就在!战士们就在!

陈光大成了这次反"扫荡"的英雄,他的事迹很快被上报到师里,师里立即派一个干事来找陈光大核实情况,准备树他这个典型。

最高兴的要数李亚男,每次采访她都陪着,而陈光大每讲一次三连的战斗经历,李亚男都泪水涟涟。

尽管陈光大郑重声明他不是英雄,他这样做只是在履行一名军人职责。可所有的战士还是把他当成了英雄。

李亚男说,能看你成为英雄,我真为你高兴!

陈光大说,我不是英雄,丁胜利才是英雄!他伤势比我重多了。

李亚男说，你们在我眼里都是英雄，都是我学习的榜样。

陈光大知道解释不清了，所以想了想把兜里的饼子拿出来。他告诉李亚男这个饼子他一直揣在兜里没舍得吃。

李亚男知道陈光大把这个饼子当成了对她的念想，可她还是抱怨说，你傻不傻啊！这又不是木鸽子……

那段日子他内心特别纠结，有几次他已经来到政委门外，想把他装死的事情告诉政委，可他刚一开口，政委便说，你不是英雄谁是英雄？不是只有死后才能成为英雄。

陈光大说，其实丁胜利才是英雄，他一直战斗到最后一刻，身上接连中了三刀才倒下。

政委看着陈光大笑了，说，难道你不是战斗在最后一刻，中途缴械投降了？

陈光大赶紧否认，没，那倒不是！丁胜利比我受伤重。

政委继续说，这不就得了。丁胜利也是好样的！我们独立团的战士都是英雄，还从来没有投降的！

政委的话虽说是无意，投降和装死也有本质的区别，可陈光大的心里还是有一丝的惶恐。不管怎么说，一名连长临阵装死都是不光彩的，即使他有足够的理由。

这时他想到了丁胜利说过的话，可他真不是孬种。他只想留下一条命，死得更有价值一些。

这时政委看着他说，是不是当英雄挺累的！

陈光大连连点头，说，政委你还是把我这个英雄撤了吧！我浑身不自在！

政委说，荒唐！这是全师战士给你的荣誉，又不是任命，怎么撤？我跟你说，团长已经跟我商量过了，准备调你去三营当营长！你要有个思想准备。

陈光大说，那不行，绝对不行！

政委满脸疑惑地看着陈光大，说，我怎么觉得你今天有点儿不对劲儿啊？

陈光大说，我是觉得丁胜利还在医院里躺着，这边你们任命我当营长了，不合适。

政委目光深邃地看着陈光大，半天没说话。陈光大赶紧掏出一根烟给政委点上，然后神色忧虑地看着政委。

政委说，你真是这么想的？陈光大，这不像你的风格啊！以前你跟我抢官儿还来不及呢，现在倒推辞上了！

陈光大赶紧说，这次阻击战，丁胜利身上连中三刀，现在想想我都心疼……反正我觉得他比我合适。

尽管陈光大一再地推辞，可任命还是下来了。

他坐在村前的小河边，从地上捡起一块石子漫无目的地扔进河里。一条小鱼忽然跃出水面，白色的粼光在河面一闪便不见了。陈光大忽然有些羡慕这条小鱼随心所欲的命运，自由自在地在水里游着，没有战争没有烦恼。想到这里，他又顺手拿起一块石子扔进河里，石子落到水里溅起的水柱不高，但却很像炮弹落地的样子，他接二连三地往河里扔着石子，看着一串串冒起的水柱忍不住笑了。

这要真是炮弹就好了，说不上能炸死多少敌人，他也用不着装死了，也用不着在当了营长以后还这样烦恼。

李亚男悄悄来到陈光大身后，也猫腰捡起一块石子扔进水里。然后说，挺好玩儿的，是吧？

陈光大回头看着李亚男说，要是没有战争就好了！

李亚男说，可战争总有结束的那一天！

陈光大捡起一块石子扬起胳膊，说，我真想变成一条鱼！

李亚男说，人要是真能想变什么就变什么倒好了，我倒宁可变成一枚炮弹。

陈光大笑了，然后看着李亚男说，嗯，炮弹好，还是你有觉悟。

最近李亚男也觉得陈光大的情绪有些不对劲儿，按常理儿说，他这又是英雄又是提干的，也算到了人生最辉煌的时刻。但看他的样子并不高兴，更让李亚男疑惑的是他好像也不像从前那么关心自己了。

李亚男看着陈光大神色凝重地说，光大，跟我说说，你最近是不是有什么心事？

陈光大赶紧说，没有，我能有什么心事儿？

李亚男说，不对，我太了解你了。

陈光大说，是你想多了，我……真没事儿！

李亚男审视着陈光大，然后从兜里掏出木鸽子说，我要你对它说！

陈光大心里一激灵，有些神色惶惑看着李亚男说，对谁说都一样，我真没事儿！

李亚男从陈光大神色的细微变化上确定陈光大肯定有事儿，而且是很大的一件事儿。她在来河边找他的时候，已经对可能发生在他身上的所有事情都进行了合理的推论，可是毫无结果。

陈光大看着李亚男和她手里的木鸽子，心里很矛盾，他刚开始归队的时候，是想和她说出实情的，可临到要说的时候，又犹豫着不知怎么说了，再加上李亚男对英雄的崇拜和温馨的气氛也削减了他坦白的勇气。

时过境迁，陈光大觉得现在更没法说了，他是人人仰慕的英雄，又是刚刚上任的营长，人们一旦要是知道实情，自己成为众矢之的暂且不说，更重要的是肯定会给独立团带来负面影响。

这件事儿像一座山把他压得喘不过气来，他一直躲避李亚男，他没法面对她。自己明明是装死，可却成了英雄。他虽然觉得自个没错儿，可又不能理直气壮地去和人辩解。

后来他终于熬不住了，还是把这件事儿的前因后果都向政委做了坦白。政委狠狠地瞪着他，然后照他的屁股就是一脚，狠狠踢了一脚！

他觉得舒服多了，看政委的目光也不再惶惑了。

政委提高声音说，你这就是投降主义，什么死得不值了，可惜了，都是他娘漂亮的借口！

陈光大一哆嗦，呆呆地看着政委，然后说，政委，我当时就是这么想的，你也知道，我哪次战斗不是冲锋在前？什么时候怕死了？

政委叹了一口气，摇摇头说，我也理解，其实，你已经受伤了，即使不装死，阵地上也不过是多一具尸体，可是……

政委没有接着再说下去，陈光大也知道政委要说什么。他的这种做法儿在政委心里虽说情有可原，但也会给部队带来很大的负面影响。年轻战士更是不能学他这样的……

陈光大说，政委，我明白你的意思，我是坐立难安，寝食难安！

政委说，这件事儿到此为止，我只当没听见，你以后也不要当任何人说了！

说出来，陈光大感觉舒服多了。他从跟政委的谈话中获悉这样一条信息：政委虽说不赞成装死，可还是能接受的。

接下来他开始尽职尽责地带着战士训练，没事儿的时候找李亚男谈心。因为鬼子的"扫荡"刚刚过去，独立团需要休整补充兵员，就在附近的村子设立了征兵处。

李亚男被临时抽调和陈光大一起征兵，陈光大负责提问，李亚男记录。能在频繁的战火中有这样的一段休整，又能在一起工作，两人都很开心。所以当传令兵骑着马来到征兵处转达团长的命令，他老半天才回过神来。

陈光大来到团部看到丁胜利，当时就明白了。

丁胜利看着进屋的陈光大，面无表情地说，三营长，你的事儿我已向团长汇报了。

陈光大说，我知道，应该汇报！

团长气得眉毛都立起来了，他使劲一拍桌子，大声说，这么说丁指导员说的都是真的了？

陈光大点点头，是。

团长指着陈光大说，你居然敢装死，狗日的！你还是我的兵吗？

说完这句话，团长伸手拔出腰间的手枪，顶在陈光大的脑袋上，然后一脸怒容地说，我现在就毙了你，省得你给独立团丢人！

丁胜利赶紧上前一步抱住团长，焦急地说，团长，你还没问清楚呢？要不等政委回来你们研究一下再说？

说真的，丁胜利虽说恨陈光大装死，可他们毕竟是出生入死的战友，他无论如何都不希望陈光大就这么死在团长的枪下。

团长说，我带了半辈子兵，还没带过装死的兵！

此时的陈光大看着团长的枪口一点儿也没害怕，反倒有些坦然，既然这件事儿捅破天了，那他就得承担后果。

团长的情绪特别激动，握枪的手在微微颤抖，正在这时政委从师里开会赶回来了。

他一把拨开团长的手枪，瞪了一眼丁胜利，然后说，这件事儿我已经知道了，但情有可原。

团长说，你说啥子？

政委说，首先呢，我们可以肯定陈光大绝对不是孬种；其次，在那样的情况下，他已经身负重伤又没子弹了，为什么还非得把命搭上。

团长说，那依你的意思他装死还装对了？

政委说，我认为不做无谓的牺牲，留下一条命继续战斗比什么都重要！留得青山在不怕没柴烧。

政委的思想政治水平很高，团长根本说不过他，两人掰扯了半天，结果是陈光大被关进了禁闭室。

这件事儿给独立团带来了很坏的影响，按团长的意思干脆把陈光大开除八路军的队伍。可政委说什么也不同意，他先是列举了这些年陈光大和敌人顽强作战的革命意志，之后又回过头来说起了历史上对类似事件的处理。最后政委说，陈光大这件事儿是不怎么光彩，也不值得推广，但说到底他的出发点还是为了争取一个继续和小鬼子战斗的机会，不是投降主义！

团长也怕把陈光大开除了，将来师里知道没法交代，两人商量的结果是把陈光大一撸到底，让他去后勤喂马以观后效。

这件事儿扩散得很快，没两天，战士们都知道了他们所崇拜的英雄，他们的营长原来是一个贪生怕死的孬种。大家都不和他说话，看他的目光充满了鄙视。

陈光大一下子从英雄的神坛上跌落到尘埃里，心理上的落差虽说是挺大，可心里却是轻松的。

他现在也不用参加训练了,把几匹马往村前一赶,然后躺在河滩上看着蓝天白云,漫无边际地胡思乱想。

也不知家里的鸽子怎么样了?他留下的半袋子小米肯定早没了。村子是否又重建了,是否又有了鸡鸣狗叫之声,还有他的母亲,和带着自己走街串巷的父亲,他们的坟头是否已经长满荒草?

他特别想念自己的家乡,想念那里的一切,即使是讨厌的泥泞的土街现在想起来也是那么可亲……

李亚男来到河边儿的时候,一匹马不知为什么稀溜溜地嘶鸣了起来。陈光大看着李亚男走近便坐了起来。

一滴泪水顺着他的腮边流下来,他忽然觉得自己有点儿委屈,别人不理解那也罢了,可她为什么也不理解自己。

李亚男走得很快,步履要比平时大得多,她的脚步仿佛不是落在地上的,而是砸在地上的。她明显地带着情绪,而且是极其郁闷,随时都可能爆发的情绪。陈光大神色平静地看着渐渐走近的李亚男,然后把目光落在那匹刚刚叫过的马身上。

李亚男开始从马的身边经过,按照她平时对马的感情,她肯定要停下来用手去抚摸马的鬃毛,可她的目光一直看着陈光大,好像这匹马根本不存在一样。

陈光大已经意识到李亚男是绝不会跟他善罢甘休的,他也一直在为此事担心,现在单从李亚男气势汹汹的态度上,他知道这一切也许都无法挽回了。

李亚男在距离陈光大两步远的地方站住了,她开始控制自己的情绪,竭力心平气和地看着他,直到她觉得她可以了,又向前踏出一步。

陈光大看着李亚男慢慢低下头,没有说话;李亚男一直看着陈光大也没有说话,她只觉得陈光大本来是她习惯了的一河水或者一匹马,现在她发现自己错了,她根本不了解这河水究竟有多深,这匹马究竟能跑多远。

陈光大知道李亚男看上去虽然很平静,但那都是装出来给他看的。此时此刻,他觉得心里很痛,是那种牵肠挂肚不小心把最美的希望丢失了,而又无法找回来的痛。

他面对李亚男真不知说什么好了，可如果什么也不说就这样沉默下去，显然又不合适，所以他只好说了一句对不起，然后又把头低了下去。

李亚男说，陈光大，我不是来听这句的。

陈光大说，可我现在只有这句了。

李亚男说，我只想问你一句，你为什么要装死？我不敢相信这是真的，你知道吗！

陈光大说，这不明摆着吗？我贪生怕死！陈光大已经懒得解释太多了，他不想别人以为他是在找借口。

李亚男几乎不敢相信自己的耳朵，这句话就像一颗子弹一样射进李亚男的心脏。李亚男先是特别震惊，接着是惋惜，最后只剩下痛苦了。她表情复杂地看着陈光大，终于明白那个和她心心相印的八路军指挥官已经死了。

陈光大觉得长痛不如短痛，她不想让李亚男活在痛苦之中，所以又雪上加霜地补充一句，其实，你不知道我这人天生胆小。

李亚男说，你真是一棵歪脖子树！

陈光大说，对，这回你说对了！我还真是歪脖子树，自己成不了材，但能帮人上吊！

这句话太伤人了，李亚男气得指着陈光大，半天也没说出话。待李亚男走后，陈光大躺在草地上想，她肯定是要说，我真是瞎了眼，怎么会爱上你这种男人！

陈光大在心里回答，我这种男人怎么了？不就是装一回死吗？我又不是真怕死。看着李亚男，他第一次有点后悔，当时不应该和丁胜利把自己的想法说出来，直接做就完事了！就当是重伤昏迷了！免得这许多麻烦！

秋天的水有些凉，陈光大想忘了李亚男和跟她有关的一切。

陈光大躺在水里想，我现在就是一株芦花，即使开了，李亚男恐怕也不会欣赏了。

刚才嘶鸣的那匹马站在河边一直看着陈光大洗澡，陈光大觉得它好像明白自己心事儿，有什么话要和自己说。

陈光大开始上岸，那匹马看着湿漉漉的陈光大扬起前蹄，再次大声地嘶鸣起来，其他的几匹马受了它的感染也跟着叫起来。

陈光大确实有些感动，现在所有的战士们都瞧不起他这个伪英雄，可马没有，它们还在用这种最简单也最友好的方式欢迎他。

陈光大用手拍拍带头儿嘶鸣的黄马的脑袋，准备穿衣服，可是黄马绕着陈光大稀溜溜地一个劲儿地叫唤。陈光大想了半天才明白，他穿着裤头翻身骑上马背。黄马一下子蹿出去，开始顺着河岸跑起来。

他的头发被吹起老高，一路驰骋，嘴里灌满了秋风，他只觉得身上的每个毛孔都张开了，一股男人的血性撞击着灵魂，他觉得自己还是英雄。尽管没有人理解他，而绝不是李亚男说的歪脖子树。

现在的丁胜利顶了陈光大的缺儿，已经被任命为三营营长，他的事迹虽说没报到师里，可也小范围内代替了陈光大的位置成了独立团的英雄。

李亚男在认识陈光大的同时，也重新认识了丁胜利。她没想到丁胜利的革命意志这样坚决，宁肯刺刀加身也不去装死。

两人在一起的时候说得最多的自然还是那场战斗，而说到那场战斗陈光大便是节点，所以不能不说陈光大。

两人的谈话一般都是这样开始的，在李亚男对丁胜利表示过崇敬之后，丁胜利会说，在那种情况下，要搁你，你也会和我一样。

李亚男连连点头，丁胜利说得没错，她无论如何都不会像陈光大一样装死。

接下来丁胜利会说，你不怪我吧！

李亚男说，我为什么要怪你？像陈光大这种逃跑主义思想，不但害了自己，到头来也会害了我们的同志，是坚决要不得的！

丁胜利说，可是，看着光大现在的处境，我心里还是不好受，也许我不应该上报。

李亚男说，你要不向组织汇报，你心里会更不好受！

这回，该轮到丁胜利连连点头了。共同的革命信仰和对装死的清醒认识，让两个人的心似乎贴近了，可他们除了谈这次战斗，批判陈光大的逃跑主义，就再没什么话说了。

尽管丁胜利竭力地寻找话题，想引起李亚男的兴趣，可他们的谈话总是太平淡。李亚男崇拜英雄是一个情结，但她更需要来自心灵上的相互理解、相互抚慰，那是一种亲情，没有隔阂的两颗心的自然渗透和交融。李亚男喜欢陈光大那样漫无边际、亲切的聊天方式，看似轻描淡写又充满乐趣。

丁胜利说话的时候太认真，好像每一句话都经过深思熟虑了。可说出来之后，李亚男又没什么反应，所以两个人在一起的时间虽然多了，可话反而说得少了。

夜已经很深了，马厩里面一个堆放杂物的屋子里，陈光大手里拿着木鸽子正在呆呆出神。白天，李亚男在临走的时候把木鸽子还给了他。陈光大虽然知道，他和李亚男已经没有可能，但没想到她会和自己切割得如此彻底。

屋里一灯如豆，飘散着檀香木特有的香味儿，陈光大用手轻轻地抚摸着木鸽子，想着李亚男也和自己一样在昏暗的油灯下对着木鸽子抒情，神情便有些恍惚，他使劲儿摇晃一下脑袋，想赶走这种不合时宜的想法，可李亚男的影子依然在自己眼前晃动……他再次晃晃脑袋轻轻地亲了一下木鸽子。

正在这时，马厩里传来了脚步声，他赶紧把木鸽子塞在床铺下面。

丁胜利手里拎着一瓶酒走进屋里，看着陈光大说，我早就想来看你，可现在招了很多新兵，训练太紧，你不怪我吧！

陈光大看着丁胜利笑了，然后说，我知道。

丁胜利用牙咬开瓶盖儿，陈光大接过酒瓶子咕嘟咕嘟地喝了一大口，然后看着丁胜利笑了。

丁胜利说，光大，你是不是觉得我不该向团长汇报？

陈光大说，没有，你做得对！要搁我，我也得汇报，不能欺骗组织嘛！

丁胜利使劲儿地拍一下陈光大的肩头，抢过酒瓶子，也像陈光大一样咕嘟咕嘟地喝了一大口，然后说，你也别想那么多，以你的作战能力再加上政委给你说话，我敢说要不了一年半载，你还得官复原职，到时候你来当营长，我给你当教导员怎么样？

陈光大说，你真是这么想的？

丁胜利说，谁撒谎谁是孙子。

陈光大说，你以为我真想当官吗？跟你说一句真话，我就是心里憋屈。

丁胜利说，这样的结果已经很好了，你还想怎么的？

陈光大说，丁胜利，你跟我说一句真话，咱们到独立团打了多少仗了，我是那种贪生怕死的人吗？

丁胜利说，你是不怕死，可你不该装死！

陈光大怔怔地看着丁胜利，半天没有说话。

丁胜利看着发呆的陈光大接着说，光大，如果我们独立团都像你一样，负伤了就装死，那我们还是共产党的军队吗？战士们一旦有这种思想，我们还能打多少胜仗？这种想法很危险！

陈光大知道丁胜利对这件事儿的看法和团长是一致的，再说下去已经没有必要，所以，他接连喝两口酒说，胜利求你一件事儿！

丁胜利说，怎么跟我还客气上了？

陈光大说，李亚男是个好姑娘，这你是知道的？

丁胜利说，我明白你的意思，她还是你的。

陈光大摇摇头笑了，接着说，这件事儿对她伤害很大，我们已经没有可能了。我是想让你以后多照顾她！

两人最后把一瓶白酒喝光了，丁胜利用空酒瓶子指着陈光大说，我告诉你，现在你必须深刻地反省你的逃跑主义思想，好好改造，至于李亚男嘛！还有我呢，你就别惦记了！

虽然是酒话，但陈光大知道丁胜利说的是真话。因为他喜欢李亚男也不是一天两天了，现在一下子有机会了，他又怎么能错过呢？

油灯的火苗儿越来越小，终于熄灭了。月色隔着仅有的一块窗玻璃泻进屋里，照在两人的身上，陈光大看着丁胜利摇摇晃晃地走出屋子，仰面再次躺在床铺上。马厩里传来几匹马嚼食的声音，一下一下很有节奏，也很好听，这让陈光大想到一把镰刀在草原上闪动，在清幽的月色下露出一片黑色的土地。他觉得自己此时就像一棵草，不论是倒在刀光下，还是被马直接吃到肚子里，都是一种必然。

陈光大喜欢上了喂马,可又不安于自己的命运。他本来是一名优秀的战士,去和小鬼子拼命才是自己的职责。

这时他想到了丁胜利临别的时候说的一句话,他不会这样看着陈光大喂马的。

可现在他不喂马又能干什么?哪怕是当一名普通的战士,现在都成了奢侈的梦想。

丁胜利确实在为陈光大奔波,他首先想到的是去找团长,只要团长答应了,政委肯定会同意。结果是不但团长没答应,政委居然也没同意,这倒有点儿出乎他的意料。

他疑惑地看着政委说,政委,现在是战时,随时都可能有战斗,陈光大又是一名优秀的指挥员,你们不能老让他放马吧!

政委说,放马怎么了?放马也是革命工作!

丁胜利说,政委,我觉得你这是浪费作战人才!

政委说,他要真是人才,总有一天他会证明给我们看的,就怕他不是。

丁胜利知道政委一向对陈光大挺器重的,所以赖在政委那儿给陈光大说了一箩筐的好话。

最后政委说,既然陈光大这么好,你为什么还要向团长汇报呢?你这不是自相矛盾吗。

丁胜利的脸立马有些难堪,他看着政委小心翼翼地说,发生这样的事儿,难道我不该汇报吗?

政委神色严厉地说,你既然汇报了,还给他讲什么情,翻来覆去都是你,合着我们这些当领导的思想觉悟都没你高吗?

丁胜利知道政委这是变着法儿在谴责自己不仗义,他不敢再说,赶紧告辞出来。

他忽然觉得有些对不起陈光大,自然也不敢把结果告诉陈光大。

陈光大依然在河边放马,没事儿的时候手里拿着木鸽子发呆……

时间流逝很快，独立团又打了几次胜仗，抗日战争已经到了最后阶段。这时独立团接到师部命令，要攻打一座县城。

团长和政委研究来研究去，最后决定先派人到城里侦察，摸清敌人的情况，然后再拟定具体的作战计划。

由于最近一年的时间，丁胜利经常去县城执行任务，比较熟悉县城的情况，所以这项任务落在了三营身上。

丁胜利决定由自己亲自出马，为了掩人耳目和李亚男假扮成小夫妻，他的这个行动计划很快得到团里的批准，但在临行的时候丁胜利又提出一个条件，让陈光大当自己的随从。

团长知道丁胜利这是为陈光大争取机会，可一想到大战在即，陈光大又经过一年的改造便征求政委的意见。

政委说，他究竟是骡子是马也该拉出来遛遛了。

可陈光大听到这个消息半天没吱声，目光一直看着河边儿吃草的马出神。

丁胜利说，你还想让我怎么的？

陈光大说，我现在就是一马夫，喂马伺候马是我的工作，你还是找别人去吧！

丁胜利说，你再这样我可真瞧不起你了！

陈光大说，不用你瞧得起我。

两人说着说着吵了起来，吃草的几匹马都停下来抬头看着两人，后来还是政委出面了。

他看着陈光大说，怎么你装死还有理了？

陈光大说，我没理儿，可我不是孬种！

政委说，我相信你不是孬种。

陈光大说，可我心里难受！

政委说，怎么你还想让我给你平反昭雪啊？赶紧，收拾一下，丁胜利他们还等着你呢！

三人出发的时候，政委一直把他们送出村外。

陈光大心情特别激动，尤其是摸着自己胸前插着的二十响大肚匣子，真想立即和小鬼子面对面地打一仗，然后血溅沙场，以此来证明自己不是孬种。

政委自然明白陈光大的心思，他看着三人，然后独独把目光落在陈光大的身上，伸手拍着陈光大的肩头说，其实我不说，你也明白我要说啥？

陈光大说，政委，我不是孬种！

政委说，我相信你！

陈光眼里含着泪光，向政委敬了一个军礼，丁胜利和李亚男也跟着给政委敬礼。

三人走出很远，陈光大回头发现政委还在原地站着，在薄凉的秋色里，政委的影子，已经模模糊糊得不甚清晰，可陈光大心里却特别地沉重。

他觉得对不起政委，是他让政委难堪了。可政委还这么信任他，让他去执行这么重要的任务。

丁胜利回头看着陈光大说，你也不用感动，这是我应该做的。

陈光大说，可是营长，我还是要谢谢你！

丁胜利说，叫我少爷！

陈光大说，你给谁当爷？

陈光大说，我不是跟你说了吗，我现在跟亚男扮的是夫妻，你呢，是我的跟班，我们这次是去县城做茶叶生意的。

陈光大看一眼李亚男说，我知道，可这还没到地方吗？

丁胜利说，你现在就得叫着，培养习惯，要不到地方了，你再叫我营长怎么办？

陈光大瞪一眼丁胜利，不再说话。

丁胜利看着李亚男，用手一指陈光大说，你看！

李亚男走到陈光大身边说，我觉得三营长说得没错，我们现在就得进入自己的角色，千万不能出错儿！

陈光大说，行，少奶奶，我知道了！

李亚男摇摇头无奈地笑了，她知道陈光大心里不舒服，明确一点说，是她现在跟丁胜利的掩护身份，让他心里不舒服。

她心里也不舒服，这一年的时间，丁胜利做了很多的努力，但他仿佛一线星光和一团灯火也能让她感受到明亮和温暖，可还是没法照进她的心里。

李亚男觉得自己曾经打开的心扉，随着陈光大的装死也彻底关闭了。她曾经在无数个夜晚想起和陈光大在一起无话不谈、心心相印的美好情境，他们各做各的梦，对未来向往的细节虽说不尽相同，但大体内容是一致的。

不知为什么她不喜欢丁胜利，即使他是人人仰慕的英雄，她也不喜欢。

陈光大尽量离开两人一段距离，走在后边。这样丁胜利不得不回头招呼陈光大，让他快点儿。

陈光大说，现在你们俩一个是爷爷，一个是奶奶，我就是一跟班的仆人，你觉得我的身份合适跟你们走在一起吗？

丁胜利说，光大，我们这是在执行任务，你差不多行了！

看陈光大不吭声，丁胜利又从兜里掏出一根烟给陈光大点着。

陈光大接过来深吸一口烟说，丁少爷，看你也不容易，我就不跟你一般见识了。

丁胜利说，得，还是我管你叫爷吧！

太阳刚刚偏西，三人来到城门跟前。守城的皇协军对他们例行进行检查，对他们的身份并没有怀疑。

接下来他们很顺利地找到接头的杂货铺，和地下交通站取得了联系。在详细地了解完城里情况后，三人简单地吃过饭，便连夜在交通站的配合分头展开了侦察。

丁胜利不得不佩服陈光大，不到两天的时间，他已经摸清了日军的兵力部署和火力配备情况，还简单地绘成了图纸。

三人把得到的所有侦察信息汇总整理以后，开了一次会，丁胜利对陈光大说，看来还是你摸得清楚，数据嘛，我觉得也可信，和我事先预料的基本是一致的。至于我和亚男的侦察，可以做个补充，然后由你绘成图纸，咱们这次的任务就算完成了！

这时，李亚男拿自己的侦察数据和陈光大一比，发现自己有的，陈光大都有，自己没有的陈光大也有，而且每一个火力点儿他都标注了具体的位置。

她向陈光大投去一缕欣赏的目光，想和陈光大说一句话，可想想又觉得没什么好说的，便索性又把目光转向丁胜利。

丁胜利看着陈光大说，光大，你没听见我跟你说话吗？

而此时陈光大的目光却不知为什么看向了李亚男，丁胜利只好使劲儿一拍桌子。

陈光大说，有话你就说，拍什么拍？

丁胜利说，我说你能听见吗？

陈光大说，我有啥听不见？可你是少爷，是这次的主要负责人，凭什么让我一个跟班去绘图纸？这不是你的工作吗。

李亚男看着丁胜利说，我觉得陈光大说得没错儿，人家是跟班的，要不我试试？

陈光大怎么能让李亚男去绘，他上前把三份资料拢在一起，铺在桌子上，意味深长地看了丁胜利一眼，然后开始专心地绘图纸。

丁胜利用眼色向李亚男示意，李亚男会意地跟着丁胜利来到外面院子里。

丁胜利说，我能理解，他心里憋屈。

李亚男说，我心里还憋屈呢，跟谁说去？

丁胜利看着李亚男，这时一只麻雀叽叽喳喳地叫着，落在房檐上，午后的阳光把它的翅膀和暗红色的脑袋都涂上了一抹金黄色，它在房檐上蹦着，低头觅食，看上去好像很满足。

丁胜利摇摇头说，一只鹰只有飞到天上去，才不憋屈。

李亚男凝视着丁胜利，看了一眼房檐上的麻雀，然后说，这明明是一只麻雀嘛！什么时候变成鹰了？

丁胜利说，可它在我的眼里就是一只鹰！

李亚男说，你什么时候看到过装死的鹰了？

午后的阳光虽然消减了热度，但李亚男的脸上还是生出一层细密的汗珠，她神情专注地看着丁胜利，显然陈光大装死这件事儿在她心里留下的痛还没有过去。

丁胜利看着李亚男青春四溢的脸，摇摇头说，我相信光大只是一时糊涂了，人生一辈子谁都难免有发昏的时候，可发完昏了，他该啥样还是啥样！

李亚男刚想反驳丁胜利，一个交通员神色慌张地跑进院里，气喘吁吁地看着丁胜利说，不好了，小鬼子奔这里来了，你们赶紧转移！

丁胜利迅速拔出手枪一步跨进屋里，让陈光大赶紧把还没有绘完的图纸藏好。随后，院外传来了砰砰的砸门声。

交通员立即带着三人来到后门，刚一出去，一队荷枪实弹的鬼子便向他们冲了过来。

几个人顺着街道边打边撤，后面的鬼子一直紧追不舍。

丁胜利大声说，光大，你赶紧带亚男走，把情报送回去，我留下掩护你们！

陈光大说，扯淡，我现在是跟班的，还是我掩护你们吧！

形势相当严峻，双方的距离也越来越近。已经可以清晰地看见敌人拉动枪栓举枪瞄准的样子。

交通员大声说，你们再争下去，谁也走不了！

这时丁胜利说，亚男还是你回去，我跟光大留下掩护！

李亚男说，凭什么我们三个一起出来，遇上敌人就得我回去？

丁胜利说，这是命令，你必须执行！

她好不容易参加一次战斗，心情特别兴奋。虽然独立团参战机会很多，但她是女人又是宣传干事，在一般的情况下领导是不会让她参加战斗的。所以说，她尽管有崇拜英雄的情结，又跃跃欲试这么多年，可真正和敌人面对面地交战的机会简直是太少了。

李亚男神色坚毅地咬着嘴唇，青春四溢的脸上焕发出一种神圣迷人的光辉，驳壳枪的子弹接连地射向敌人，弹壳不断地弹出散落在地上。

陈光大一把从兜里掏出图纸，递给李亚男说，战争不是让你杀敌过瘾的，赶紧回去！这个更重要！

李亚男不情愿地接过图纸，目光看向丁胜利。

丁胜利说，看我干什么，赶紧走啊！

李亚男知道再坚持下去已经没有任何意义了，这两个大男人无论如何都不能让她留下。即使没有这样一个冠冕堂皇回去送情报的理由，遇到危险了，他们还是会掩护她的。

接下来在这次兵员不对等的追捕战中，交通员牺牲了，而陈光大和丁胜利也被俘了。

他们被关在一间牢房里，小鬼子的情报机关当天便对他们两人进行了审问。

一切都在意料之中，该受的刑罚和折磨一样都没少。陈光大怀里揣的木鸽子在进监狱搜身的时候，已经被小鬼子取走。

他有些后悔，为什么不把木鸽子交给李亚男，让她替自己保存，但一想到李亚男能够及时把情报送回团部他又释然了。毕竟与情报相比，木鸽子寄托的是自己的情怀，而情报寄托的却是胜利的希望。

他做梦也没想到在自己受完刑罚以后，小鬼子的情报课长居然把他的木鸽子拿了出来。

他看了一眼绑在柱子上的丁胜利，摇摇头走到陈光大跟前，举起手里的木鸽子问，这个是你的？

陈光大点点头。

他又接着问，是你亲手刻的？

陈光大又点点头。

情报课长笑了，他意味深长地看看陈光大，然后又把目光定在木鸽子上，并且不断地用手拂拭。

此时的丁胜利鼻子里流着血，神情疲惫，也在看着木鸽子。他也觉得陈光大的木鸽子雕得好，不但李亚男喜欢，他也喜欢。可再好，说到底那也不过是一个物件儿，小鬼子为什么又怎么会对它感兴趣呢？

情报课长眯着眼睛看着陈光大再次笑了，然后说，如果我没有猜错儿，这是你送给一个姑娘的礼物吧！

陈光大心里一惊，表情也就有了变化，他不想回答，所以低着头闭上了眼睛。

情报课长说，看来我猜对了，你的手艺很好，我看过很多木质雕件儿，做工上也都不错儿，可就是缺少一种神韵。如果你不是喜欢这个姑娘，那这木鸽子也不会有神韵，是这样吗？

陈光大睁开眼睛看着情报课长，嘿嘿笑了，然后说，这就是一个再普通不过的雕件儿，你没有必要把它想得那么复杂。

情报课长的目光和陈光大对峙了许久，他在仔细玩味陈光大这句话的含义，从雕件儿的手艺上看，陈光大是一个思想感情极其丰富，耽于梦想而又心思缜密的人，通常这样人的意志都比较坚强，是很难攻破的。

他想进一步了解陈光大，走近他的内心，在精神上打开一个缺口。可陈光大在说了这句话后又把眼睛闭上了。

情报课长只好说，有些问题其实我们情报机关早已经掌握了，问你不过是想核实一下。现在我就告诉你，你们是八路军独立团派出的侦察人员，目的是来城里侦察我军的兵力部署和火力配备，为攻破县城做准备，我说得没错儿吧！

陈光大说，你还知道什么？

情报课长说，我还知道情报已经被那个女人送出去了，如果我没说错的话，她应该就是你喜欢的那个女人。只是我不明白，既然你已经把鸽子雕好了，为什么又不送给她？

说他们是独立团派出的人，这不奇怪。可他仅凭一个物件就能推论出李亚男和木鸽子的牵连，这的确让陈光大感到震惊，心想这个小鬼子不简单啊！

他见陈光大不说话，又接着说，只要你们把独立团现在的具体位置和火力配备情况告诉我，我可以放你们一条生路。说完这句话，他向两个行刑人员一挥手，两个行刑人员立即把陈光大和丁胜利从柱子上解下来。

情报课长看着陈光大最后说，今天算是热身吧，你们俩好好商量一下，别挑战我的耐心！

陈光大被扔到牢房里，浑身的骨头都在疼，他用手摸了一下干枯的嘴唇，看着委顿在墙根儿的丁胜利，有气无力地说，哎……你没事儿吧！

丁胜利抬起头爬到陈光大跟前，用手擦着流出的鼻血说，不是你怎么回事儿？

陈光大疑惑地看着丁胜利说，有什么不对吗？

丁胜利狠狠地瞪着陈光大，说，你跟他说那些干啥？

陈光大说，不说怎么能知道他的底细？我就是想了解一下他，心理上好有个准备。

丁胜利说，进来了我就没想出去，还有什么准备的？不是我就奇怪了，他们是怎么发现我们的？

陈光大说，这有什么好奇怪的，肯定是我们出去侦察的时候，哪个环节出了问题，被他们发现了。

丁胜利说，要不是这个交通员及时来报信，我们三个今儿就都撂这儿了。

陈光大说，可惜他牺牲了，我们连他的名字都不知道。

丁胜利说，也不知亚男怎么样了？

直到半夜李亚男才回到独立团驻地，她立即把图纸交给团长，并详细地汇报了这次侦察的具体情况。

团长说，听你这么说，丁胜利和陈光大回不来了？

李亚男说，那么多鬼子，他们俩肯定是牺牲了！

说到这里，李亚男哽咽着哭出了声音。

团长说，你先别哭，我立即和政委研究作战方案，给他们俩报仇！

可两人研究的结果是，政委不同意立即攻打县城，理由是独立团的意图已经暴露，敌人肯定会就近调集兵力加强防范，这样就失去了主动性。团长为此和政委吵了起来。政委只好把自己的意见上报到师。最后，师部采纳了政委的建议，命令独立团暂缓攻打县城。

第二天，小鬼子的情报课长又审问了陈光大和丁胜利。他们两个人被带到审讯室以后，情报课长一摆手，两个行刑的鬼子立即向外面走去。

情报课长说，你们商量得怎么样？

两个人神色平静，都没吱声。

情报课长看着陈光大说，你是个聪明人，应该知道沉默的后果！我再说一遍，只要你们说出独立团的具体位置和火力配备，我可以保证你们的生命安全。

陈光大说，太君，你肯定是误会了，我们真是来做生意的，根本不知道什么独立团啊！

情报课长走到丁胜利跟前说，既然你是少爷，你说，做什么生意？

丁胜利说，茶叶。

情报课长说，你的茶叶在哪里？

陈光大说，我们这次是来订货，等和买家签订完合同，下次就带茶叶过来了。

情报课长，买家是谁？

丁胜利说，这不还没找到买家嘛！

情报课长说，我在中国待了十几年，虽然算不上中国通，但也了解现在根本不是做茶叶生意的时机。

陈光大神色一凛，赶紧说，这不是在打仗吗？交通也不便，所以耽搁了时间。

情报课长摇摇头向外面走去，跟着两个鬼子冲进屋里，开始对陈光大行刑。两个鬼子轮番用鞭子抽打，把陈光大的衣服抽裂了许多的口子，而且露出了斑斑血痕。

丁胜利亲自见证了陈光大受刑，他觉得每一鞭子都像抽在自己的身上，作为一名八路军的指挥员，他曾想到过牺牲，在噩梦里也实现过。可还真没想到有一天落在小鬼子手里，被这群没有人性的畜生肆意地摧残。

陈光大神色平静，不管什么刑罚他都挺着，一声不哼。

此时丁胜利觉得还不如打在自己身上，那样也许比看着战友受罪要好受一些。

小鬼子的目的很明显，他们就是想让丁胜利全程看着陈光大受刑受折磨，借此一点一点地摧毁他的意志，直到陈光大昏了过去，才轮到丁胜利受刑。

在这间审讯室里鞭刑是再简单不过的刑罚了，既没有什么技术可言，也缺少必要的威吓力，昨天丁胜利已经领教过一次，所以今天再重复一次。丁胜利还是咬着牙熬过来了。

可轮到烙铁冒着烟触到他前胸的那一刻,他还是没有忍住大叫一声。陈光大在昏迷中被这一叫声惊醒过来,眼神看向丁胜利皱了一下眉头。

这时,情报课长走进审讯室,看着拿烙铁的行刑鬼子,一摆手,小鬼子赶紧把伸出去的烙铁撤了回来。

丁胜利大喊,来啊!接着来,老子不怕!

情报课长说,你急什么,我们有的是时间,慢慢来!

陈光大和丁胜利遍体鳞伤被拖回了牢房,天已经黑了。丁胜利先是趴在地上缓缓抬起头,然后撅着屁股拱了起来,他想看一眼陈光大怎么样了。

此时的陈光大一直趴在地上没有一点儿动静,好像已经死过去一样。丁胜利缓缓爬到陈光大身边,费力地把他的身子翻过来。

陈光大的身上都是血迹,嘴唇上也布满了暗黑的血渍。丁胜利摇晃着陈光大的脑袋说,哎,你醒醒,醒醒!

陈光大缓缓睁开眼睛,神色平静地看着丁胜利。

丁胜利说,你没事儿吧?

陈光大嘿嘿笑了。

丁胜利说,你还笑得出来?

陈光大说,胜利,你是不是害怕了。

丁胜利说,谁说我害怕了?

陈光大说,那你喊什么?

丁胜利告诉陈光大,他当时也不想喊,可不知为什么就喊出来,但这肯定不是他的本意。

陈光大说,你喊也没关系,只要心里不害怕就行。

几天以后他们被俘的消息,通过我党的内线人员传到了独立团。团长和政委也曾在交通站的配合下策划过对他们的营救,但是因为日本人的情报机关早有防备,所以还没等营救小组接近监狱就已经被发现了。

经过一场激战,营救小组长和两名交通员都牺牲了。李亚男回到团里,再次请缨要独自进城去营救陈光大和丁胜利。

政委狠狠地批评了她这种个人主义思想，直到李亚男哭得没完没了，像个孩子一样的伤心，政委才话锋一转地说，你的心情我们都理解，陈光大和丁胜利不但是你的战友，也是团里所有人的战友，大家的心情都和你一样，你放心，我们一定想办法营救！

李亚男说，政委，我听你的，可你得答应我一个要求！

政委说，又开始跟我讨价还价了！

李亚男说，我这个要求一点儿都不过分。

政委说，我还不知道你，又想下连队是吧！

李亚男说，你就说你同意还是不同意吧？

后来也不知政委是怎么说通团长的，让李亚男去三连当了指导员。

在这期间，日军的情报机构加大了对陈光大和丁胜利的审讯力度，他们不断花样翻新地折磨两人，但两人依然什么也没说。

后来丁胜利被提走，单独地关在一间牢房里，和陈光大分开了。他受尽了折磨，最后情报课长居然偷偷把海洛因装在香烟里给他抽。他的意志终于崩溃了，他忍受不了毒瘾，他想到了死，可又死不了。

当丁胜利忍着生不如死的感受，把自己的身份和独立团的情况说出来以后，像狗抢骨头一样把带着海洛因的香烟抓在手里，他的脸上已经泪水涟涟了。

情报课长对他的表现很满意，他把一盒香烟举起来在丁胜利的眼前晃了一下。丁胜利立即把香烟抢过来，揣进兜里。

情报课长说，我给你准备了很多，只要你好好与我们大日本帝国合作，你就是我们的朋友。

小鬼子已经有几天时间没有提审陈光大了，这让陈光大有了喘息和修养的时间，他半倚在墙壁上闭着眼睛，思维又回到了自己的家乡，回到了独立团。他神情放松地躺在河边，几匹马儿正在安闲地吃着草，咻咻地打着响鼻儿。

他好像听到了李亚男的脚步声，闻到了一股类似于花香又类似于草香，好像还有那么一点儿人体的味道。

他想象着李亚男微笑的样子，和她第一次看木鸽子的惊喜，还有阳光树林草地和秋色勾画的温馨场面，接着他便看到李亚男挺着一个大肚子向他步履蹒跚地走过来，他一把抱住李亚男，想亲她一下，可怎么也够不到她的嘴唇……

直到陈光大看见牢房的门打开了，才知道自己又做了一个梦。可当他看到丁胜利站在自己面前，以为又回到了梦里，于是揉揉眼睛。

丁胜利蹲在地上拍一下陈光大的肩头是，说，哎，怎么又做梦了？

陈光大晃了一下脑袋，看着现实中的丁胜利，不知为什么忽然觉得丁胜利好像和以前不一样了，不唯是他的气色，比自己好之前的那身伤好像也没了，主要是他的眼神缺少自信，躲躲闪闪，更重要的是他的态度也好像在讨好自己。

陈光大没有回答，他的目光一直在丁胜利的身上上下游动，眼神带着明显的审视意味。

丁胜利说，你这么看我干啥？

陈光大长长地嘘了一口气，然后说，怕看吗？我怎么忽然觉得你好像变了呢？

丁胜利低头晃着脑袋左右看看自己说，没有啊！我哪变了？

陈光大说，我怎么看着你不像从前的丁胜利了？

丁胜利说，那你说我像谁？

陈光大说，我看像叛徒！

丁胜利吓了一跳，神色一怔，刚想辩解。陈光大说，看把你吓的，我这个战场装死的都没叛变，你又怎么会是叛徒呢？

丁胜利干笑了两声说，哎，你别说，现在我倒觉得你当初装死，其实也没什么不对。是……有一定道理的。

陈光大凝视着丁胜利，然后用手摸着他的额头说，也没发烧啊！

丁胜利说，我说的是真的！

陈光大说，你不说我是孬种吗？

丁胜利说，此一时彼一时，被小鬼子俘虏以后，我就想咱俩就这么硬扛着死在这里，是不是太冤了？

陈光大狠狠地瞪着丁胜利，然后十分肯定地说，你果然叛变了。

丁胜利急急地解释道，我的意思是，咱们何不假装跟他们合作，然后找机会脱身。

陈光大严厉地说，你这是投降，你知道吗？再说小鬼子又不是傻子，你不为他们提供情报，他们能相信你吗？

丁胜利说，那就随便给他们提供点儿，光大你别忘了，我们现在不能死，这可是你说的？

陈光大看丁胜利的目光是困惑的，其实从丁胜利那一声嚎叫开始，他已经开始担忧。让他不能理解的是丁胜利既然刺刀加身都不怕，可为什么会害怕烙铁？陈光大从他的声音里感受到了他的恐慌和绝望，那是来自心里深处的，是一个人最真实的想法。这几天夜里，他经常梦到丁胜利受刑的样子，而这声嚎叫也不止一次地在梦里和现实的思维中重现，叫得他心惊肉跳，担心不已。但丁胜利毕竟是一名坚强的战士，而且是久经考验，陈光大对丁胜利寄予的希望是，敌人的酷刑虽然可以在瞬间对他的心理造成压力，让他有短暂的犹豫和恐慌，但最终还是无济于事。这就像一只老虎在精神疲惫的时候不注意打了一个盹，等它醒来以后，它的雄风依然还在。

现在看来，陈光大觉得自己想错了，丁胜利这声嚎叫也许是完全发自内心的恐慌，而根本不是自己想的什么老虎打盹。

此时的丁胜利也在揣摩陈光大的心思，他自己叛变了，也希望陈光大叛变。即使情报课长不给自己压力，他也一样会来说服陈光大。同样不光彩的事儿如果两个人都做了，那就是秃子看和尚，谁也别笑话谁了，更重要的是他不仅可以得到心理上的平衡，还可以保住陈光大一条命。

两人对峙了许久，最后丁胜利不自然地笑了，然后说，你不会真把自己说过的话忘了吧！

陈光大说，不会，但我不能为了活命出卖战友！

丁胜利说，谁让你出卖战友了，他们已经答应了，只要我们说出独立团的位置和兵力配备就行，怎么说还不在我们自己。

陈光大说，原来你已经叛变了！

丁胜利说，你别把话说得那么难听行吗？你不是也为了活命装过死吗？

陈光大说，我那是保存实力，你这是贪生怕死，是叛变，你知道吗？是完全不同的两回事！

丁胜利说，别给自己擦胭脂了，还不都是为了活着？

陈光大喊道，那怎么能一样！

陈光大狠狠地瞪着丁胜利，忽然一把掐住丁胜利的脖子，直到狱警走进牢房才把两人分开。

丁胜利从牢房出来，把说服丁胜利的情况向情报课长做了简短的汇报，然后用手捂着被陈光大掐得红肿的脖子，不好意思地低着头。

情报课长说，你不是他的长官吗……噢，对，我想起来了，你们共产党的部队要叫首长，难道你这个首长还不能命令一个士兵吗？

丁胜利说，我们共产党的部队讲究官兵平等，再说我现在已经是你们的人了，他也没有必要听我的。

情报课长说，从我看到他的第一眼我就知道，他这个人的感情极其丰富，心思缜密，而且又是一个为梦想活着的人，要瓦解他的意志恐怕很难啊。

丁胜利说，课长你不知道，其实他也是贪生怕死的。

情报课长疑惑地看着丁胜利笑了，然后说，这我倒没看出来！

丁胜利只好把陈光大装死的事儿说了出来，介绍完具体情况以后，他看着有些惊讶的情报课长又补充一句：他要是不怕死，你说他能装死吗？

情报课长说，这就对了，我怎么看他都不是一个普通的士兵，可我还是不明白，他既然装死，你们为什么不枪毙他呢？

两人对陈光大讨论了很长时间，情报课长对陈光大越来越感兴趣。他想一点儿一点儿地折磨他，研究一种新方法瓦解他的意志。

此时的情报课长仿佛一头野狼，忽然发现了猎物，它还不想马上把它吃掉，只想好好陪它玩玩儿，给自己找点儿乐趣。这种挑战十足地吸引了他。

丁胜利并不知道情报课长此时的心态，他犹豫一下谄媚地说，我看课长也不用麻烦，只要给他抽几根烟，不怕他不跟我们合作。

情报课长看着丁胜利无声地笑了，然后用鼻子哼了一声，说，同样的方法用在不同人的身上，产生的结果也是不同的，你放心！我有更好的办法让他屈服。

陈光大躺在潮湿的地上，听着狱警的皮鞋声在牢房门前经过，心里特别压抑，刚才掐丁胜利用力过度，他太累了，把这几天残存的一点儿体力都用没了。他也知道掐不死丁胜利。他现在已经叛变了，他们的一举一动肯定都受小鬼子的监视。这就像忽然遇到一条疯狗，虽然对你还没构成威胁，但你也不能无动于衷。

屋里的光线越来越暗，陈光大连睁开眼睛的力气都没有了。他觉得自己的身子好像悬浮在空中，一点一点儿地在向下坠落，直到四周溅起无数的水柱，他才发现自己的身子已经落在波涛汹涌的海面上。

他拼命地划着水向岸上游着，可海岸好像离自己越来越远……这一夜，陈光大的神智一直处在半梦半醒中，丁胜利的叛变对他的刺激太大了。

忽然，政委、团长、李亚男，还有许许多多他叫得出或叫不出名字的独立团战士都涌到他的面前，把他从海水里托起来，质问他丁胜利为什么叛变。好像丁胜利叛变了这个责任就该他来负，谁让他装死了来着，给丁胜利带来了错误的导向。

团长从腰间拔出手枪说，丁胜利叛变该死，你更该死！

陈光大想申辩，可不知为什么说不出话来。接着，一声枪响融进喧嚣的海水中，陈光大眼看着自己的殷红的鲜血汩汩流出，猛然一惊，人一下子从地上坐了起来。

他用力地摇晃一下有些惊骇又混沌的脑袋，只有对着黑暗静寂的牢房发呆。

丁胜利作为一名营级指挥员，他知道得太多了，这势必给独立团带来不可估量的损失，陈光大不敢想下去了……

情报课长把丁胜利交代的情报经过甄别，在确定了它的价值后，上报给了城里的最高军事主官，但这位商人出身的军事主官权衡利弊后，认为他们现在的守军兵力有限，只宜在城里坚守而不该出击。

情报课长说服不了军事主官，丁胜利的情报实际上已经没有任何价值了。但他还是把丁胜利安排在情报课下辖的侦缉队当了队长。

丁胜利心中暗喜，觉得自己虽然不得已当了叛徒，可并未给独立团带来实质性的损失，这让他心安了不少。

但让他想不到的是，后来情报课长还是根据他提供的线索，打掉了共产党在城里隐藏多年的地下交通站。

丁胜利的手上终于沾上了自己人的鲜血，这时他才明白，自从上了小鬼子这条船，就已经没有退路了。

直到丁胜利带着侦缉队在城里明目张胆地活动，我党的内线同志才把丁胜利叛变这个准确信息辗转地送到独立团。

团长根本不信丁胜利会叛变，而且还当上了侦缉队长。他看着政委一脸困惑地说，是不是搞错了？丁胜利宁肯死都不装死，这样的人怎么能叛变呢？

政委长吁了一口气，说，我也不愿意相信这是真的，但事实就是这样，你不信也得信。

团长说，我还是想不通想不明白，一个装死的人都挺住了，他为什么挺不住？

政委说，我认为看一个人的革命意志是否坚决，不仅要看他的行动，还要看他的内心。你就拿陈光大来说，我觉得他的内心就比丁胜利强大，他装死并不是怕死，只是当时觉得死得无意义。这和叛变投降是不一样的！

团长连连叹气，不说话了。

陈光大捂着胸前的伤口，忽然吐出一口鲜血。他已经做好牺牲的准备，可连续几天情报课长也没提审他。陈光大知道，丁胜利既然已经叛变了，他自然也就没什么价值了。

死对于他来说，从参加革命的那天起不知已经想过多少次了，可他还真没有想过有一天会死在敌人的监狱，而不是战场。早知这样，还真不如在那次阻击战中死在敌人的刺刀下来得悲壮⋯⋯

陈光大凄然地一笑，拿起破瓷碗里的一个窝头吃了起来，刚咬了一口，后槽牙一阵剧烈疼痛。拔下来的牙齿上带着暗红的血丝，被他放在掌心上看上去有些丑陋。

这时他忽然想起母亲，她不知为什么会把掉下的牙齿，埋在院子里，像埋一粒种子那样认真。现在他似乎明白了，一切和生命有关的东西即便脱离身体，但也要心存敬畏并且抱着美好的愿望。也许只有这样，它才能够重生。

想到这里，陈光大心底顿时涌起一股情愫，那是一种风雨过后又见阳光和亲人久别重逢的温馨，仿佛六月的朝露晶莹透明，又好像秋凉的夜里掠过的一阵暖风……

他小心翼翼地用手轻轻地把牙齿拂拭干净，然后又小心翼翼地把他揣进内衣的口袋里，当他做完这一切的时候，他好像也被自己感动了，居然不知不觉地掉下一滴眼泪。

陈光大一个窝头还没吃完，牢房的门被推开了，情报课长走了进来。陈光大好像没有看见他一样，继续嚼着窝头。

情报课长目光柔和地看着陈光大说，看来你身体恢复得不错，胃口也很好。

陈光大说，我就是胃口不好的时候，也一样能咬碎人骨头。

情报课长说，光大君，我今天不是来跟你斗嘴的，现在你对我们大日本帝国已经没有任何价值，这一点你应该清楚！

陈光大说，那又如何！我早已经做好准备。

情报课长说，对于视死如归的勇士我是钦佩的，在这场战争中我看到很多的共产党人都和你一样，在面对死亡的时候没有丝毫的犹豫，我只是不明白你既然能装死，为什么就不能和我们合作呢？

陈光大看一眼情报课长低下头闭上眼睛。

情报课长微微一笑，从兜里掏出木鸽子在陈光大的眼前晃动。

陈光大闻到檀香木味儿，睁开眼睛。情报课长说，这是你的东西，我想把它还给你。

陈光大伸手去接木鸽子，情报课长把木鸽子又收了回来，然后意味深长地看着陈光大说，不过你得回答我刚才的问题。

陈光大淡淡地笑了下，说，这很简单，我装死是为了还有杀你们的机会！可我如果叛变了那就什么机会也没有了！

情报课长凝聚的目光逐渐变得犀利，他直直地看着陈光大，显然已动了杀机。

陈光大说，如果你现在就把我杀了，这个木鸽子也就不用还给我了，它有时很重要，有时也不重要。

情报课长的目光闪烁着，渐渐柔和起来，也渐渐复杂起来。他盯着陈光大看了许久，然后微微一笑，把木鸽子递给陈光大。

陈光大双手接过木鸽子，心里立即升起一丝柔情，脸上也就有了些许不易察觉的笑意。

情报课长说，光大君，你太没礼貌了！

陈光大抬起头说，只要你放下屠刀，向所有的中国人谢罪，我倒是可以谢谢你。

情报课长知道再说下去也不会有任何的结果了，他今天来的目的只想把木鸽子还给他，对他怀柔一下，让他放松心理上的戒备，然后再慢慢想办法瓦解他的斗志。他不相信自己二十年的特工经验和智慧，还对付不了一个年轻的八路军战士。

是人总有软肋，而情报课长认为陈光大的软肋就是李亚男。他已经从丁胜利的嘴里知道陈光大和李亚男的恋情，只要抓住李亚男，陈光大的意志肯定会不攻自破。

但要想抓住李亚男谈何容易，情报课长和丁胜利先后策划了几条方案，后来都被他一一地否定了。

小鬼子的战线压缩得越来越短，为了保障县城守军的粮食供给，侦缉队被派遣协助皇协军到乡下征粮。

丁胜利的良知毕竟还没有完全泯灭，他看着在水深火热中挣扎的乡亲仅有的一点儿粮食被抢走，心里的确很不好受。这时他忽然想到了陈光大兜里揣着李亚男给他的玉米饼子，接着又想到了后来发生的事情。他顶替陈光大当了营长，而陈光大却当了马夫。

难道当时他真是出于一个共产党员的责任举报陈光大？难道就和李亚男没有一点儿关系？恐怕在心里的潜意识里……他开始怀疑自己当初的动机了。

可现在想这些还有什么用？他已经是一个叛徒。对他而言，李亚男仍然和从前一样还是镜花水月，而陈光大也将永远地把他丁胜利的名字打入十八层地狱。

他们不可能再是战友更不可能再是哥们！

他觉得有点儿对不起陈光大。虽然整日地生活在花天酒地里，可总是直不起腰来。如果可能，他倒真想和陈光大调换一下位置，到那间阴暗潮湿的牢房去啃窝头。

在丁胜利想陈光大的时候，陈光大也在想丁胜利。说真的，他一点儿也没怨恨丁胜利举报自己，他本来把这件事儿已经向政委做了汇报，虽说自己装死看似合乎情理，可毕竟不光彩。要不然团长也不能那么生气要毙自己，李亚男也不能和自己决裂。

他甚至想过用生命去证明，自己不是贪生怕死之徒，也曾经把李亚男托付给丁胜利。他觉得这是最好的结局，一个李亚男完全可以接受的结局。他甚至还有些浪漫地想到李亚男在自己死后，抱着自己的身体痛不欲生而又楚楚可怜的样子。

现在看来这一切都无法实现了，事情的走向让陈光大猝不及防，他现在唯一能做的就是在诅咒丁胜利的同时，必须保持一个八路军战士和共产党人的气节。

他下意识地用手拂拭着木鸽子，这个动作绝不是为了包浆。从情报课长手里接过来以后，他也不知拂拭多少遍了，可总觉得这上面还遗留着小鬼子身上腐臭的气味儿，这是他不愿意的。

现在木鸽子比刚送给李亚男的时候光滑多了，在隐约可见的黄褐色木纹上，不但记录着一段让他黯然伤神的感情，也记录了一名真正的革命军人被俘后的心脉历程。他知道自己随时都可能死去，唯一的希望就是把这个木鸽子重新送给李亚男。

他用手拄着地挪动身体，感觉浑身的骨头都痛。他在牢房里前后左右地撒眸半天，然后把目光收回在自己的身上。他想给木鸽子刻几个字，可他根本没有工具。这时他忽然把手伸向内衣口袋，掏出那颗牙齿，在用拇指和食指碾压两下以后，便在墙壁上磨了起来。

太阳刚刚偏西，丁胜利押着几车粮食，无精打采地刚转过山坳便中了李亚男的埋伏，在一阵密集的枪声中，他带领的侦缉队死伤殆尽，侥幸活着的纷纷举手投降。丁胜利一看大势已去，赶紧顺着一片荆稞林向山里跑去。

李亚男拎着手枪在后面紧紧地跟着丁胜利，眼看丁胜利已经要进山了，忽然前面出现十几个端枪的战士。

原来在这次伏击之前，李亚男早已经勘察好了地形，堵死了丁胜利的退路。丁胜利看着走近的李亚男默默地低下了头。

这时一名战士上前缴了丁胜利的手枪，用手使劲儿一推，丁胜利咕咚一声跪在了李亚男面前。

李亚男狠狠地瞪着丁胜利，十分痛心地说，我真没想到……你居然能叛变！

丁胜利缓缓地抬起头看着李亚男说，是我对不起组织，你现在就毙了我吧！

李亚男用枪顶着丁胜利的脑袋说，你连敌人的刺刀都不怕，难道还挺不过他们的刑罚？

丁胜利说，我什么都挺过来了，可他们让我吸食海洛因……那玩意……唉！

说完这句话，丁胜利一下子撕开自己的衣服。

人们不禁惊呆了，但见他的胸上有无数条的鞭痕和烧灼的烙铁印儿，另外还有三处刺刀留下的伤疤。在触目惊心中让人明白，这是曾经受过怎样的酷刑才会留下的疤痕，而且不止一次！

李亚男说，你以为这些就能成为你犯罪的理由吗？

丁胜利说，我只想说，我不是个孬种，我真的没办法啊……

李亚男和所有的战士心情都挺沉重，她们都没见过也没听过海洛因是什么东西，但能让一个曾经的英雄成为叛徒，这简直太可怕了。

接下来，丁胜利为了讨好李亚男，向她详细地汇报了陈光大被俘后的表现，李亚男也没想到陈光大能这样坚强，可一想到他装死给自己留下的心理暗伤，还是没法儿释怀……

后来丁胜利在押解途中逃跑被李亚男枪毙了。

接下来几天，独立团解放了县城，当李亚男率领一班战士来到小鬼子监狱的时候，看守和犯人已经跑光了。很多牢房的门都敞开着，纸屑儿纷飞，遍地狼藉，空气中飘着一股腐烂的霉味儿。

李亚男挨个检查牢房也没见陈光大，心里很急。这时两名士兵押着一个看守来见李亚男。

在这名看守的交代和指引下，李亚男终于找到了陈光大。

这是一间地下水牢。李亚男打开铁门，一股腥臭味儿扑面而来。飞蛾在水面上来回飞舞，在陈光大的脸上起起落落。李亚男毫不犹豫地跳进水牢里，用手托起陈光大的脑袋。这时，飞蛾也在李亚男的脸上盘旋缭绕。

陈光大紧紧地闭着眼睛，看上去很安详，就好像刚刚结束了一场战斗，他正躺在绿草如茵的草地上享受片刻的安宁。

李亚男费了很大的劲儿才掰开陈光大的手，让她惊讶的不是木鸽子还在陈光大手中，而是那上面刻着的一行小字：

我不是歪脖子树！

李亚男立即把木鸽子按在自己的胸口，就像当初接受木鸽子一样……

地下的光

父亲去世以后剩下母亲一个人,屋子里有些空。她拽过烟笸箩,撕下一条报纸准备卷烟,这时一只苍蝇嗡嗡地叫着,落在炕上,她顺手拿起拍子把苍蝇打死,然后用手捻了,把尸体扔在地上。一点苍蝇血印在炕席花儿上,她擦了后再想卷烟,大儿子德才进屋了。

早晨刚过,天还不那么热。德才穿一件前胸露洞的老头衫,手里拿把破扇子挨母亲坐下。母亲用吐沫把烟卷粘好递给德才,德才接了烟,点上火吸起来。母亲又卷了一支烟,德才赶紧凑过去给母亲点火。

这时苍蝇又嗡嗡地叫起来,母亲抽着烟目光便跟着苍蝇飞,德才赶紧拿过拍子去打苍蝇。但这个苍蝇只是在空中飞半晌也没落下,这就让德才无从下手。德才举着拍子在屋子里摇晃半天,苍蝇忽然向外间屋飞去,德才只好把拍子撂在炕上。

母亲说,你爹走了,那头牛你牵去吧!德才把烟屁股扔地上,没吱声。母亲又说,回头我跟德明说一声。

德才看着母亲说,娘,我来不是跟你说这事儿的,也不是要东西的,我是想让你跟我们一起过。

母亲看着德才说,这是你媳妇儿的主意?

德才说,你管她干啥?我是咱家长子,我爹不在了,按理儿你也该跟我们住一起。你自己怎么行!

母亲盯着德才老头衫上的窟窿看了半天,然后面无表情地说,你媳妇也是,衣服破了怎么不寻思给你补上。

德才知道母亲这是不同意跟自己，便叹息一声说，娘你咋还糊涂了？我爹活着还好，你们俩过，别人不说啥，现在我爹走了，你一个人过，别人会笑话我们的，而且我们也不放心啊。

母亲也不说话，下炕开始拿抹布东擦擦西抹抹的，老式的柜子和碗橱泛着暗红的光，照在母亲弯腰隆起的后背上。

德才赶紧蹲在地上想再劝劝母亲，但母亲却忽然站起来向外屋走去。德才知道母亲这是在拒绝自己而且是不容反驳的，他又坐了一会儿，卷了一支烟便走了。

母亲隔着窗子看着德才的背影摇摇头，又重新坐在炕上。日光射进屋里碎碎的，好像有大团的颗粒在空中滚动，看来真到热的时候了。母亲下意识地用手抹了一把汗，呆呆地想了一会儿，便想起了死去的老头。她恨他走得早了，把她一个人撇在这尘世间。

菜园里种了很多的蔬菜，母亲推开门便听到了蝈蝈的叫声。她拎着半桶水来到黄瓜架下，蝈蝈的叫声还在继续。母亲听了一会儿开始舀水浇地，蝈蝈不叫了。母亲把两根活动的竹竿扶直了绑好。忽然听到了小儿子德明叫她，她抬头望过去，德明正站在窗下冲她笑呢。

母亲问，你有事儿？德明说，没事儿，我就是过来看看娘。德明说着话已经推门进来了。母亲在黄瓜架上撒眸着，摘一根黄瓜递给德明。其实黄瓜还没长成呢，只有一拃长，很青涩。

德才媳妇玉环在园里摘菜，看见德明进了母亲的菜园子，赶紧招呼德才过来。两家紧挨着，园子中间只隔着一道秫秸编的障子。所以很容易看见母亲那边的动静。

德才几步来到媳妇跟前，媳妇用手一指，德才便看见了弟弟德明。一根黄瓜已经被德明咬去一半了，他好像和母亲在说什么，但听不清。

德才赶紧凑到障子跟前，笑嘻嘻地说，德明吃黄瓜呢？德明看着哥哥笑了，说，大哥你也过来，让娘给你摘一根儿。

德才饶有兴趣地看着德明说，不了，还是留给你吃吧！

哥俩相差十几岁，平时没啥事儿也不怎么说话，可一旦有事儿也说不到一起去。德明见德才话里有话，只好也凑到障子跟前。

德才说，娘答应跟你了？

德明说，没有，我刚来，还没来得及跟娘说呢。

德才审视着德明，在确定他没有撒谎以后接着说，我看咱娘想一个人过呢。

德明说，那可不行，娘都多大岁数了，眼看奔七十的人了，她一个人过，我们怎么放心？再说还不得被吐沫淹死啊！

德才说，就是就是，我也是这么想的。

哥俩都想让母亲跟自己过，而且理由都很充分。末了德才说，德明，我是你大哥，又比你大十好几岁，这事儿你得依我！玉环用胳膊肘儿碰了一下德才，说，这又不是一句两句能说清的，屋里说去！

德明不想去，回头看了一眼母亲。母亲摆摆手说，你大哥叫你去，你就去吧！德明跟着哥嫂来到屋里。德明掀开柜子拿出一盒过滤嘴香烟，拆开了递给德明一支。德明抽着烟看着哥嫂半天没说话。

德才说，德明，你咋不说话了？

德明说，还是你们说吧，我听！

玉环说，你们俩也说半天了，我呢是个外姓人，要说你们哥俩商量事儿，我本不该插嘴。可给娘养老是大事儿，要我看既然我们两家挨着，把院墙一推就是一家了，多省事儿啊！

德明看着嫂子没有吱声。

德才说，只要让娘跟着我，那头牛也归你了。玉环赶紧用胳膊去碰德才，见德明正盯着自己，赶紧把目光从德才身上移开。

德明又点了一根烟说，大哥你能跟我说一句真话吗？

德才说，我说的都是真话。

德明说，你为啥非得让娘跟你？

玉环说，这不明摆着吗，那些年日子不好过，咱对娘也没尽过啥孝心，心里有愧啊！

德明嘿嘿笑了，笑过以后说，既然咱们都想尽孝心，我看不如这样，让娘自己决定吧！她要愿意跟你们，我没意见。

但母亲的决定早在哥俩的意料之中，她认为自己还不老，只要帮她把那几亩地种了，她完全可以自个儿过。从母亲的老屋回来，德才没有直接进屋而是进了园子，他不想听媳妇玉环絮叨。

母亲园子的蝈蝈又叫了起来，而且一串一串的声音越拔越高，德才心烦地朝空中吐一口吐沫，便蹲在地上抽上烟了。阳光仿佛一个透明的玻璃罩子，毫不吝惜地挥洒着热度把德才罩在中间，他吐出的烟雾，很快就不见了。

玉环推开园门也斜着德才，一巴掌拍在德才的后背上，德才咧着嘴刚要急，玉环捏起蚊子说，你看！

德才不耐烦地瞪了玉环一眼，把烟屁股扔在地上。玉环也蹲在地上说，要我说，娘是不放心跟咱们！

德才说，也怪咱平时对娘不够好，现在冷不丁让她跟咱，心里不犯嘀咕才怪呢！玉环故作神秘地推了德才一下说，哎……德才回头看着玉环没吱声。

玉环问，你说的那事儿准吗？

德才说，啥事儿？

玉环使劲儿地揉了德才一把说，你说啥事儿？

德才终于醒悟过来，赶紧连连点头。

玉环说，那你还是赶紧去找海城吧！他的话咱娘肯定听！

从前海城是大队长，现在大队变村，他也就成了村长。分产到户以后农民种啥自己说了算，村上的干部平时也没啥事儿。德才在村子里找了半天，问了几个人才找到海城。海城正在打麻将，看见德才进屋问，怎么也来打麻将？德才摇摇头凑到海城跟前，从兜里掏出过滤嘴香烟递给海城一支，然后沉吟一下，又给屋里每人一支，等把烟发完了烟盒也空了，德才便把烟盒扔在地上站在海城背后看热闹。

海城的手气不错，接连和了几把，这才想起身后的德才，于是趁码牌的空儿回头说，德才找我有事儿？德才说，也没啥事儿，你先玩儿吧！海城说有事儿你说。德才一直候着，直到麻将散场了才跟海城一起出来。这时天也要黑了，海城说，啥事儿？说吧！

玉环已经把菜炒好了，干等德才也不回来，便给刚放学的小儿子双林拨了菜，让他先吃。双林见只有咸黄豆和土豆丝，就趁母亲出屋的时候把锅掀开拨了半盘摊鸡蛋。

德才带着海城进屋，玉环恭维两句海城，赶紧往桌上端菜。

德才看着半盘鸡蛋问，怎么回事儿？

玉环不好意思地说，准是刚才我出屋让双林吃了！

海城说，没事儿，半盘就半盘，这不还有别的菜嘛！

德才说，那哪行，玉环再炒一个！

玉环也没犹豫，利落地走进厨房，不一会儿又端出一盘菜。几个人有说有笑地边吃边聊着。

母亲的屋里没开灯，德才和村长海城摸着黑来到屋里，德才顺手把灯开了，说，娘，村长看你来了！母亲赶紧从炕上下来给海城倒水，但晃荡了半天壶已经空了。

海城一摆手说，婶子你也别忙乎了，我喝凉水就行！说完海城打了一个响亮的酒嗝，然后向德才一摆手。德才赶紧到外间屋给海城舀了半瓢凉水。海城咕嘟咕嘟地喝完了，用手一抹嘴说，婶子，你看我叔也去了这么长时间了。你自己在这也不是长久的事，你是咋想的？跟我说说呗。

母亲立马明白海城是来做说客的，这些年海城没少帮他们老两口儿，她还真不好驳他这个面子。所以母亲低头沉吟着半天也没接话。

海城说，婶子，不管你咋想的，我叔走了，你都不能一个人过。这一路上我也给你思谋好了，你干脆跟老大德才，把两家的院子一通，你还住这边，至于德明那边我去说！

母亲说，海城，我知道你是为我好，可德明也是我儿子，我要是就这么跟了老大，他心里肯定不舒服。

德明被德才着急忙慌地叫过来，他一看屋里的海城就知道大哥已经势在必得了。所以看母亲的目光也没那么热了。

母亲说，德明，这不村长也来了，你说两句吧！

德明说，还有啥好说的，你们不都商量好了吗！

海城说，我们是商量一下了，可婶子还想听听你的意见。说怕你心里不舒服。

德明说，我说让我娘跟我，你们能同意吗？

德才说，德明，村长刚给娘说通了，娘已经愿意跟着我们了，你这是咋了？

德明说，咋也不咋，我就是想让娘跟我。

母亲看着小儿子德明，然后又把目光移到大儿子德才身上，几度地转换之后长长地叹了一口气。

海城说，别人家都不愿养老人，你们俩倒好，争起来了，这是好事，无论老人跟着谁都是你们的娘，到时候勤过来看看不就行了嘛。看来过去我还真看错你们了。

德才有点尴尬地看着海城嘿嘿地笑，德明抬头看着海城也不自然地笑了。海城说，这好办，既然你们俩都想要老人，你们的娘又不好决定，那干脆抓阄得了。

海城说，这个办法公平。德才赶紧用目光示意海城，他是怕万一自己抓不到那可就便宜德明了。海城假装没看见，一伸手从橱柜里拿出一根筷子撅折了攥在手里，然后漫不经心地看着德才说，来吧，长的赢。

德才上前一步刚要伸手，德明挡住哥哥说，慢着！

海城说，又咋了？

德明说，还是把筷子给我娘吧！

海城说，也行。

母亲握着筷子把手背到后边，再伸到前边的时候，哥俩的眼睛便紧紧地盯在母亲握紧的拳头上。

德才看着德明说，谁先来？

德明说，你是大哥，还是你先来吧！德才看了一眼海城闭上眼睛，把手伸到母亲握着的拳头上……

母亲不愿意跟德才走,可偏偏德才赢了。她无奈地看向小儿子德明,深深地叹了一口气。

德明也不说话转身向外边走去,他知道这个时候他说啥都没用了。

德才兴奋得一夜没睡,翻过来调过去地折腾,还不时地呵呵笑出了声。玉环跟着也睡不着,气得说,你还有完没完?

德才说,我这不是高兴吗?你急啥呀?

玉环一伸手把被子拽了拽说,我告诉你,要是啥也没有,你看我咋收拾你!

德才笑着说,怎么可能啥也没有呢,我是听爹亲口说的,错不了,而且那种情况下爹也不知道我听见了,所以没错。

母亲也是一宿没睡,一想到要跟大儿子在一起过,她心里就堵得慌。她不知道在以后漫漫的日子里,怎么和他们相处,想着今后还要跟大儿媳天天着面就闹挺,吃一锅住一块的,说不上有什么事呢。德才毕竟是自己的儿子,深了浅了的还好说,可玉环行吗?虽然这个媳妇脸上总带着笑,不笑不说话。可她的笑明显地带着别的意思,让人心里不舒服。

母亲是很勤劳的,天刚亮就起来把饭做好了,然后开始喂鸡喂鸭。德才和媳妇来到这边招呼母亲过去吃饭。

母亲说,她已吃过了。

玉环说,娘,现在咱们是一家了,你怎么还一个人做饭吃呢?

德才说,是啊是啊,以后你不用做饭,到时候就去那边吃。

母亲说我一个人也习惯了,你们一天也够忙的了,该干啥干啥,我还能照顾自己。

玉环赶紧说,娘,你这可不行,咱不是说好了跟我们过吗?那就得跟我们一起吃啊!不然别人会说闲话的。

玉环开始早起,把饭做好了去招呼母亲。她的笑虽说还掺着假,可看上去比过去舒服多了。到农闲季节了,白天也没啥事儿,玉环便陪着母亲聊天收拾屋子,把一面玻璃镜擦得能照见人影儿。母亲说,你也该歇歇了,这些活儿我都行。

玉环说，你是行，可你要是啥都干，让别人看见我的脸往哪儿搁？以后啊！你要是想吃啥就吱声，别跟德才说，直接跟我说就行。要是待得无聊了就过我那边去。

母亲看玉环的目光已经没有疑惑了，她不明白这媳妇是咋了，好像一夜之间说好就变好了。

那天刚吃完饭，母亲起来要收拾碗筷，玉环赶紧摁着母亲的手说，娘，我来。母亲看着德才笑着说，玉环行！

德才卷上一根烟递给母亲说，要说玉环除了嘴碎还是蛮孝顺的。这时玉环趁母亲低头点烟赶紧用目光向德才示意。

德才看着母亲说，娘，你来来回回地折腾也挺麻烦的，干脆搬过来得了！

母亲说，我那屋咋办？

玉环说，我和德才商量过了，你和孙子双林住一起，我和德才去你那边住。

母亲说，这还不一样吗？玉环说，不一样，我们是怕你搁那边孤零零地想起我爹心里该难受了。

母亲还能说啥，媳妇把啥事都料到了，而且理由充分，如果自己不同意那就说不过去了。双林本来喜欢奶奶，见奶奶搬过来和自己住，而父母又去了奶奶那边，乐得搂着奶奶的脖子半天也不撒开。这让母亲更加不能拒绝了。

夜很静，大西岭好像睡着了，只能听着菜园子草虫的叫声。德才和玉环互相看着，然后嘿嘿地笑了。玉环说，没想到咱娘说搬就搬了，我这心里反而不踏实。德才说，你放心！我是亲口听咱爹说的，肯定错不了！玉环说，我在想你说的要是真的，娘能这么轻易地离开？德才神色一怔，也觉得媳妇说得有理，正在沉吟着，德明悄没声息地走进屋里。

德才和玉环看着德明都愣住了。

德明说，怎么还没开始呢？

玉环说，你说啥呢？我不明白？

德明说，你们两口子可真能装，你以为咱家那点儿事能瞒住谁啊？我早知道了！

德才说，你都知道啥了？你说！

德明看了一眼嫂子坐下来，然后从兜里掏出一盒烟撕开了，递给德才一支，说，其实我比你们都知道得早，是爹亲口对我说的。

德才显然不信，他不明白同样是儿子，爹为啥单单告诉了弟弟，而不告诉他。

德明说，你也别怨咱爹，他是说走嘴了，又不是真想告诉我。

德才说，这就对了。

德明说，现在想想爹当时说话的口气，我敢断定这院里肯定埋着东西。

玉环说，你得了吧！要真有东西爹还不早挖出来了，搁那儿等你们啊？

德明说，这也是我想不通的地方。

德才说，那你知道这东西是谁埋的呢？

德明说，当然是我们的老祖宗，具体是谁我也不知道。

其实德才是无意听到的，他本来以为德明不知道，没想到德明比他知道得还清楚。他目光闪烁地打量着弟弟说，德明你记住，要真挖出东西，也不能落下你！德明根本不信德才，但现在这个院子已经归大哥了，这是事实。所以他嘿嘿地笑着说，反正我是你弟，按理儿祖宗留下的东西也有我一份儿，我呢也不强求你，看着办吧！

德明的话柔中有刚，软中带硬，让德才半天也没回过神来，以至于德明出去半天，他还搁那儿发呆。

玉环使劲儿推一把德才说，纯粹是放屁，还祖宗留下的东西他也有份，等着吧，毛儿也没有。

两人又仔细地分析了一下，觉得这院里有东西，那是肯定的，要不德明今晚也不会来了。但究竟是什么东西却猜不透，他们首先想到的当然是金子，因为他们也听说了从前金子广泛地在市面流通，而被当作家私埋起来并不是传奇，再说了金子值钱也符合他们贪婪的本性。

德明媳妇桂香听说母亲去了大哥家，这两天心里一直不得劲儿。她本来觉得母亲跟自己比较对劲儿，要跟那也是跟德明。

德明就对桂香说，你以为娘愿意跟他们？不是，娘也是没办法。

桂香说，你是说娘怕得罪大嫂？

德明说，现在木已成船，还说它干啥！关于母亲院里有东西这事儿，桂香也是知道的，可她压根儿没信。她想让母亲来家里，倒是出于一片孝心。

德才和玉环都出去了，母亲正在淘米准备做饭，金黄色的小米浸泡在水里被勺子搅着，浮起一层浅浅的泡沫，母亲弯着腰把水篦掉，一抬头看见进屋的桂香笑了。

桂香说，娘，淘米呢？

母亲点点头赶紧把米下到锅里，盖上锅盖说，德明都跟你说了？

桂香说，我以为你得跟我们呢！

母亲说，还不都一样。

桂香近距离地看着母亲，和母亲的目光碰在一起了，母亲有些不好意思地赶紧低下头。桂香觉得母亲这是在逃避自己对她的谴责，所以也不好再说什么。

母亲把玉米秆儿填进灶膛，对着锅顶蒸腾出来的热气呆呆出神。桂香看一眼母亲进屋卷了一支烟，递给母亲。

母亲就着灶膛的火把烟点着了，说，其实，你大哥他们对我也挺好的，不用惦记我。

桂香说，就怕他们的心思不在你身上。母亲说，我年纪大了，只要有口吃的就行。两人说着话，桂香觉得母亲跟以前不一样了，她的心好像忽然离自己远了。

桂香正捉摸着说点啥安慰安慰母亲，玉环手里拎着篮子进屋了，她一看桂香以为她是来撺掇母亲去她那里呢，脸立马撂下来了。桂香笑着说，嫂子你别多心，我就是想让咱娘去我那里，娘能去吗？

玉环把篮子重重地撂在地上，一穗青玉米滚到了篮子外，她捡起玉米使劲地摔进篮子里，说，我知道咱娘和你对心思，那香客和菩萨还对心思呢，可烧完了香还不是得回家。

桂香说，你要真把咱娘当菩萨，我倒宁可不烧香了。

母亲看着媳妇俩为了她明枪暗箭的，也不知说什么好了。要不是双林放学喊着要吃饭，两人指不定还能说啥。

玉环想着桂香饭也没吃好，等母亲把碗筷收拾下去德才也没回来。母亲看着玉环说，她也是路过，没事儿到这儿看看。玉环说，娘，现在咱是一家人，不管桂香说啥你都别往心里去。母亲点点头不再说话，她跟这个大儿媳以前就没什么话。心想，跟你们过了怎么我还不能搭理二儿子和儿媳了呗！

天越来越热了，连夜空中的星星都好像着火了，看一眼身上都是汗。玉环手里摇着一把破扇子凑到德才跟前。德才回头看一眼媳妇，用手抹一把额头上刚刚浸出的汗水说，看来东西没在屋里。玉环说，按理说要是金子的话，应该在屋里啊！德才说，可是咱犄角旮旯地该找的找了，该挖的也挖了，没有啊！玉环说，你琢磨一下，要是让你把一坛子金条藏起来，你会藏哪儿？德才说，那还用说，肯定是藏屋里。玉环说，一看你就是二货，屋里是保险，可你能想到的别人自然能想到。这个理儿我也是才想明白的，我觉得东西肯定不在屋里。德才说，那你说能在哪里？玉环说在哪儿我不知道，反正肯定不在屋里。德才从媳妇手里抢过扇子使劲儿地扇了几下，然后用手一指仓房说，我知道了。

两人来到仓房屋里，黑漆漆的，啥也看不见。玉环用力把仓房的门敞开了，门轴发出一阵吱吱嘎嘎的响声，听着有些瘆人。德才说，你轻点儿，别让咱娘听着！两人就着暗淡的月光四处地撒眸着，仓房里堆着一个大草囤子，里面盛着的米糠散发着一股霉味，还有锄头、镰刀及扬场用的木锹，或挂在墙上，或堆在墙角儿。德才拿起墙上的镰刀用手拂拭一下刀口说，哎，拾掇拾掇还能用。玉环刚要挖苦德才两句，忽然一只老鼠吱溜儿一声从棚顶掉了下来，砸在玉环的脑袋上，玉环妈呀一声腿一软坐在了地上。德才赶紧去扶媳妇，说，你也没啥尿啊，一只老鼠把你吓这样！玉环用手一推德才从地上起来，不满地说，敢情你是男人了。德才在屋里转了一圈儿，也没发现啥可疑的地方，便蹲在地上点上一根烟抽起来。屋里嗡嗡地开始有了蚊子的叫声，玉环用手划拉着蚊子说，咋地你还搁这儿抽上了？德才说，你还不得让我想想，东西究竟埋在哪儿。玉环转身出屋说，那你慢慢想吧！我可没闲工夫跟你受罪了。

德才见媳妇出去了，也跟着出了仓房。园子里的蝈蝈又叫了，先是一串串地响，清清亮亮很像是流水声，接着便是几个单音儿，好像有人往水里扔石子，听着舒服极了，德才忽然觉得天也不那么热了。

玉环已经脱光了摸黑躺在炕上，正在拿扇子不停地扇着。德才拉亮灯，看着玉环白花花的身子，一下子就扑了过去。玉环用手使劲儿地推着德才说，你是疯狗啊，见着腥就上？还是先寻思那玩意在哪儿吧，这一天天的。一句话把德才的火熄灭了。德才坐起身叹了口气，埋怨道，你说，爹也是，藏着掖着的，早早把话说利索不就好了，何必现在这么费劲！玉环冷笑着说，你爹就是没想告诉你，要我说没准偷偷告诉德明了，要不之前德明为啥也非得跟老太太一起？这就是咱动作快找了村长说和，不然说不上现在是咋回事呢！之前德明媳妇还来看妈，我寻思没准是来套话的。

园子里的蝈蝈沾了露水又开始叫起来，声音越来越大，也越来越清脆，而且还有了节奏，德才愣一下然后说，爱聊啥聊啥，反正娘现在搁咱这儿，光明正大！这房这屋这地现在都在咱管辖的范围内，她要是有个风吹草动也逃不过咱的眼，你怕啥！玉环说，我怕啥？我啥也不怕。不过你没看她那样，娘跟了咱们好像咬了她一块肉似的。跟我鼻子不是鼻子，脸不是脸的，好像欠她八百万似的。要我说，咱得抓紧把东西挖出来，别夜长梦多出啥岔子。德才回头搂住媳妇说，等咱有了钱你想干啥？玉环说，别灶王爷还没到，你就开始烧火了！德才说，你看你一点都不知配合，我是想让你高兴一下。玉环忽地一下坐起来薅着德才的耳朵说，起来！德才说，哎，你撒开，疼！玉环说，我这不是配合你吗？赶紧起来，我想起来了，老爷子活着的时候仓房门经常锁着，没准东西还真在里面。

折腾了一天德才身子有点儿乏，但架不住玉环撺掇，只好从炕上起来和玉环又返回仓房，桂香端着煤油灯站在仓房中间，德才说，还看啥？挖吧！玉环找了一块木板放在米糠囤子上，然后把煤油灯放好。这时德才已经拿着铁锹对着一个角落挖起来。玉环说，你倒是好好看一看，省得白费力气。德才也不说话只是一个劲儿地挖。土堆得越来越高，坑也越来越深了。德才站在坑里往上撮着浮土，玉环蹲在土堆跟前看着德才说，哎，德才你别说，你夜里干活的样子倒是挺稀罕人的。德才故意将锹一歪，把土扬在了玉环身上，玉环探着头使劲掐一把德才的肩膀说，我让你不长眼睛。德才用手抹一把汗说，我要是长眼睛，能把土扬到你身上吗？

这时村子里传来了狗叫，德才说，该叫的不叫，不该叫的倒叫了。玉环说，还庄稼人呢，蝈蝈喝饱了露水还能叫吗？德才又挖了一会儿，坑子已经齐腰深了。玉环说上来抽口烟吧！

德才光着膀子来到外面，满天的星光，摸一把连空气都是湿的。他卷了一根烟刚叼在嘴上，玉环拿着两根黄瓜从小园出来，德才伸手接过黄瓜又把烟夹在耳朵上。玉环说，我知道你渴了！

两人接连挖了几天，把一个仓房挖遍了，铁锹终于碰上一个硬物有了响动。两人兴奋得眼冒金光，互相看了一眼，玉环赶紧握住德才的铁锹说，用手扒！别把东西碰坏了！两人都很兴奋，用手扒拉半天，从土里抠出一块黑不溜秋的东西。德才只看了一眼便一屁股坐在地上。玉环捧着半截铁铧看了半天，说，怎么是这玩意儿呢？她开始不相信自己的眼睛了，用水把它洗了，然后又拿磨石蹭起来。德才说，别费劲儿了，那明明是一块铁铧犁。玉环说，我怕万一要是金子呢？

铁铧犁就是铁铧犁，怎么能是金子呢？半截铁铧犁已经擦得不能再亮了，玉环用手捧着左右端详了半天，然后失望地把它扔在地上。这一晚两人谁也没睡着，即便是躺在床上也寻思着、想着、回忆着，希望能找出点蛛丝马迹。

玉环说，要我看，这院里啥也没有，你爹和你娘就是闲来没事儿扯淡呢！德才回头狠狠地看着玉环说，你爹和你娘才没事儿扯淡呢！玉环用鼻子哼一声，我不是这意思，我是说，这院里根本啥也没有。德才也觉得没有，可又不甘心，更主要是这事儿的背后牵着娘，他怕媳妇因此和他没完没了地闹腾。所以只好说，能不能挖出东西来我不敢说死，可我听爹和娘当时说话的语气肯定不是假的。玉环说，这样你再把当时的情况说一下，我帮你琢磨琢磨。德才说我不都跟你说好几遍了吗？当时晚上我去爹那里，爹和娘都躺下了，他们正在说着院里埋着东西，我赶紧趴在窗户根下偷听，就听娘说，这都多少年了，你咋才想起来？爹说，这可是宝啊！到我这儿已经传了三代了。娘说，那怎么不把它挖出来？爹说，老祖宗留下话了，不到万不得已不能挖！娘说，这什么时候是万不得已啊！这以后要怎么跟孩子说，是说还是不说啊，真是的。然后爹就嘟囔了一句，是啥没听清，再以后他们俩就睡着了，我是等了半天确定真的睡着了才走的，我也怕他们俩再说点啥错过了，等了好半天呢。

玉环说，听这意思还真有啊！我一开始还寻思是不是他们玩的手段，想让咱对他们好一点，或者是爹去了之后让咱对娘好，才使的套。德才说，净扯淡，不可能，我也不是傻子。而且你知道咱爹从不说假话，他说有，那就肯定有。再说了能传三代……不，到我这儿已四代了，能让你轻易找到吗？玉环说，听你说倒也有理儿，可你说咱把堂屋和外间屋该挖的地儿都挖了，仓房也挖了，咋啥也没有呢？德才说，我也琢磨过了，看来东西不在屋里。玉环怔怔地看着德才用手指着外边，德才点点头。

好在小院也不大，和园子紧紧地连着，中间的空场也就几铺炕大。依然是夜里动手，就着月色也不用点灯。母亲起夜看着两人在院里折腾，叹息一声还是悄悄地过来了。玉环说，娘你起夜了？母亲说，你们这大半夜也不睡觉，干啥呢？德才抬头看着母亲说，这不，我看这院里猪蹬狗刨的，寻思把它起了当肥用呢。母亲说，前几年你爹已经起过一遍了，还行？德才说，行，我闻了味儿挺大的。母亲不好再说什么，站了一会儿便走了。玉环说，看来咱娘已经知道了。德才说，你以为呢？从跟咱那天搬过来开始，她就啥都知道了。

这中间德明来过几次，都是晚上来的。德才对这个弟弟好像比从前客气多了，玉环看着他们哥俩聊天问起桂香。德明说，她昨天还跟我提嫂子了，只是这几天太忙，又得上地干活儿又得薅猪菜的。她说了等过这阵子，要跟嫂子去庙里给菩萨烧香呢！玉环说，行啊！我这正寻思着要许个愿呢！

德明抽着德才递过来的过滤嘴香烟，说，你看她们妯娌俩处得多好，跟亲姐妹似的。德才说，要说你嫂子这人有嘴无心的，谁要跟她好，她恨不能把心扒给人家看。德明说，我知道嫂子人好，咱村谁不知道。玉环说，德明你也不用恶心我，我啥样自个儿知道。德明嘻嘻笑了，说，你咋还听不得真话了呢？哥俩有一搭没一搭地聊着，德明站起来说，屋里太闷了。

德才跟德明来到院里，园里的蝈蝈又叫上了。德才说，你听蝈蝈又叫了！德明在院里四处撒眸一遍，蹲在地上看着一个角落说，哥，你觉得老祖宗能把东西埋在院里？德才有些不好意思地看着德明，然后蹲在德明跟前没吱声。德明说，这阵子你也没少折腾，该挖的地方都挖了吧！要我说，咱爹没准真是逗咱玩呢。德才的目光停在德明的脸上很久也没离开，德明也看着哥哥，和哥哥的目光对上了。德才嘿嘿一笑说，德明我知道你鬼点子多，你给哥参谋参谋这东西能埋在哪儿，等挖出来咱俩一人一半。德明说，你真这么想？德才说，我是你哥，我还能怎么想？德明满脸是笑地盯着哥哥，他不相信哥哥说的是真的，在东西没挖出来之前怎么说都行，可一旦要挖出来呢？德明的神色慢慢暗下来，他告诉德才他也惦记这院里的东西，可既然大哥都没找着，他恐怕也不行。

不知什么时候蝈蝈不叫了，德才使劲儿地拍着身上的蚊子。夜静了，只有细弱的蚊鸣毫不间歇地摩擦着哥俩的听觉。桂香悄悄地站在哥俩的身后已经半天了，还是出来倒水的玉环发现的。桂香跟在玉环身后回头招呼道，也不怕蚊子咬，进屋啊！哥俩站起来，德才弓着腰半天也没动地方。德明上前扶住德才的后腰说，不碍事儿吧！德才说，等会儿，腿麻了。

桂香坐在炕上，德明站在地上，两人一时都没有要走的意思。玉环看向德才，德才看着德明说，要不咱们打牌吧！正够手，反正也没啥事儿。德明说好。四人坐下，玉环从炕席底下摸出一副扑克，可把牌抓完了却发现少一张大鬼。桂香说算了算了，白抓一把好牌了。玉环说，牌好也不一定赢。

德明和桂香走的时候，桂香忽然提出要过去看看娘。德明说算了，这都啥时候了，娘早睡了。桂香回头看着玉环说，嫂子我看你们也挺忙的，我想接娘到我们那儿住几天，你看成吗？玉环说，怎么不成？可是娘这刚跟我们没住几天，就到你那儿住，我怕别人说闲话啊！桂香说，也是，我也没想那么多。桂香说，都在一个村住着，一抬脚的事儿，你要真想娘了，就过来啊！不一定非得去你家住。

离开德才家，德明脚步匆匆，走得很快。桂香小跑着跟在德明身后喊，有鬼撵你啊！德明停下回头看着桂香说，没事儿你来干啥？看把他们两口子吓的。桂香说，我干啥，我是惦记娘！

德明没事儿了晚上总来德才家，说是看娘，却赖在老院子不走，和德才天南地北地神聊。带的烟没了，便卷纸烟一根接一根地抽。德才和玉环也没辙，只好等德明走后再琢磨正事儿。玉环说，德明这是咋了，没完没了的，合着他还真惦记上院里的东西了？德才说，惦记就对了，不惦记那才有鬼哩！玉环说，你是哪伙儿的？咋还为你弟说话了？德才说，你也不想想，要是娘跟了德明，你还能让我消停搁家待着？老房子后院种着西葫芦和倭瓜，长长的瓜蔓儿纠结在一起险些把玉环绊倒，玉环趔趄着身子被德才伸手扶住。夜色忽然暗了下来，一只蛤蟆蹦到倭瓜上还没等德才看清楚，已经消失不见了。玉环说，是一只癞蛤蟆。

德才磕磕绊绊地在西葫芦和倭瓜地里走一遍，也没看出啥究竟。玉环跟在德才身后说，要我看东西不会在这儿。德才也觉得这里没有可能，因为这是后院，眼睛根本顾不过来。两人又待了一会儿，靠墙有一棵老杨树，怕是有几十年了，德才忽然从地上捡起土疙瘩扔向树冠，接着扑啦啦的一声响，一只猫头鹰叫一声飞向了夜空。玉环说，你招惹它干啥？这玩意儿不祥呢！德才说，我又不知道它在树上。

两人因为猫头鹰出现，心情都不怎么好，所以回到屋里半天谁也没吱声。玉环看一眼德才从炕席底下摸出扑克开始摆八门。德才叼着烟凑到玉环跟前看着扔在一边的大鬼说，这不有大鬼吗？玉环说，是我不想跟他们玩儿，故意藏起来了。德才偷着瞪玉环一眼说，我就知道是你整事儿！玉环说，这一天不够闹心的，谁有闲工夫陪他俩玩呀。玉环连着摆了两把也没摆开，生气地把扑克划拉到一边。德才说你看我的，德才接着摆居然也没摆开。玉环说，看来咱俩今年不顺啊！德才说，这玩意儿就是消愁解闷图个乐呵，你还真信啊？

双林很淘气，说是出去打鸟，结果一弹弓把海城小儿子后脑勺子打了一个包。海城带着儿子找到德才家，德才把双林摁在炕沿上好顿削。海城一看打得差不多了，就说，这是打后脑勺上了，要是打眼睛上，你说怎么办？玉环赶紧连连赔着不是，并且喝一口白酒喷在孩子的头上，小心翼翼地揉着。本来德才这几天心烦，这下可找到发泄的理由了。

双林挨了一顿揍，哼哼着只有趴着睡，可怎么也睡不着，就央求奶奶讲故事。奶奶说，咱老张家以前不在黑龙江住，在山东。奶奶的故事总是从这一句开始，双林不知听多少遍了。他不耐烦地看着奶奶说，又是这个，你能不能换一个新鲜的！都听腻歪了。奶奶说，可我就会这个啊！双林说，那还是我给你讲吧！我都会了！双林一边哼哼着说，你祖爷爷，也就是你爷爷的爷爷很能干，愣是起早贪黑地拿一把镐头刨出十几垧地，日子渐渐地过好了，又是买马又是拴车的，后来还在镇上干上了买卖……双林讲到这儿，奶奶看着双林一个劲儿地笑。双林说，奶奶，我讲得对吧！奶奶说，一点儿不错，这孩子记性真好！双林得意地笑了，继续讲着……

也不知什么时候德明进来了，母亲说，没睡呢？德明说，睡不着，寻思过来看看娘。母亲说，我挺好的，没事儿，别惦记我！德明又和母亲聊了一会儿，双林已经睡着了，母亲用手摸着孙子的脑袋说，这孩子聪明，记性也好，就是太淘了，真不省心。德明说，我们小时候不都这样吗？母亲说，德明你来有事儿。德明说，也没啥事儿，就是想问问娘，咱老房子里真埋着东西吗？母亲说，我就知道你们都惦记上了，哎，你让我咋说呢！你爹是这么说的，老祖宗在镇上做买卖挣了钱，后来被胡子砸了，就关了买卖，把钱埋了起来，这也只是口头传的，可是你爹一直到死也没找着。德明说，这么说这是真的？母亲说，啥真的假的，我不知道，你爹是信的，不然也不能找了那么多年。不过现在地是咱自己的，你要下力气还愁挣不到钱吗？

德才跟玉环折腾一夏，眼看入秋了啥也没找着。两人心里都憋着气，对母亲的态度明显不如从前了。母亲说，你们要是不想让我跟你们，也别为难，我还回到那院去！德才说，娘你说啥呢？我们没这意思。说着话德才赶紧给玉环使眼色。玉环假装没看见只顾低头摘菜。母亲说，其实你们心里咋想的，娘知道，娘是老了，可心不糊涂。

德才看娘出屋了，回头看着玉环说，你咋回事儿，我跟你说，娘一走，德明一准把娘接过去，咱顶个不孝的帽子不说，东西可就归德明了，他就是找到了，说没有，你能咋的。玉环说，你少吓唬人！德才只好又把那天晚上听到的话重复一遍，接着和玉环商量了半天，两人都觉得搭上这么多工夫，不该放弃，毕竟老爹也找了一辈子，也还没找到。

小园里的蔬菜都清理干净了，靠障子跟前的葵花杆子也被德才连根拔了，蝈蝈早已经不叫了。在月色下德才挥着铁锹又开始挖起来，玉环主要做些辅助性工作，等德才累了撮撮浮土，或者给德才卷根烟啥的。两人悄没声息地恐怕别人知道。小园很快被德才挖了一遍，两人一无所获，可还是不甘心。后来陈年堆积的柴火垛也被他们挑开了，几只老鼠吱吱地叫着满园子窜，把玉环吓得跳着脚躲到德才身后。德才累得筋疲力尽，坐在坑沿上，手里拿着烟不住喘气。这是一项很大的工程，坑子挖完了，还要把土填进去恢复原状，失望无数次地重复着，德才心里的愿景再也不那么美好了。

玉环蹲在德才跟前揶揄道，还挖吗？德才说，我倒是想挖，可不知道挖哪儿？玉环说，哎，我倒是有个主意，咱不如回家问问娘，她肯定知道地方啊！德才说，娘要是肯说早说了，还用你去问？玉环说，你还跟我来劲了，我可不跟你受这个罪了，玉环说着话向屋里走去。

那天双林放学回来挺早，玉环特意站在老房子窗下摆手招呼双林。双林背着书包走到玉环跟前说，啥事儿啊？我都饿了。玉环满脸含笑地看着双林说，你奶奶没跟你说啥吗？双林说，妈，你别笑行不？我看着不得劲儿。玉环说，你这孩子说啥呢？你奶到底跟你说啥没有？双林说，说了，她跟我说她要过这边住，问我跟不跟她过来。玉环说，就这？双林说，那还能说啥啊？玉环从兜里掏出一个火腿肠递过去说，先垫一下，等会儿妈给你烙饼煎鸡蛋。双林接过火腿肠要走，被玉环一把从后边拽住了，她又问了半天，可是一点儿有价值的信息都没有。

玉环养了很多的鸡，母亲刚过来的时候，她每天都给母亲冲一碗鸡蛋水。母亲本来不想喝，可又不好拂她的心思。现在不但鸡蛋水没了，早饭也只有小米稀粥和咸菜条子了。双林说，妈你这是咋了？我奶可在咱家呢，你就不能改善一下伙食？玉环说，我想给你包饺子，可你挣来了吗？母亲自然听出了玉环的言外之意，可又不好说啥，早饭谁也没吃好，德才使劲儿地把碗撂在桌上，下炕拿起镰刀下地了。

连着下了两场雨，好不容易算是把秋收完了。晚上德才心不顺，没少喝酒。等玉环收拾完去老房子那边，德才已经睡着了。玉环照德才的屁股上就是一巴掌，德才吧唧吧唧嘴没醒，鼾声比刚才还响了。她只好又照德才的屁股上拧了一把，德才醒来睡眼蒙眬地看着玉环，不停地哼唧着。玉环冷冷地瞪着德才，恨不能再使劲儿地拧他一把。德才终于醒过来，说他要喝水。玉环把水给他舀了，德才喝完了才觉得不对味儿。玉环看着德才一个劲儿笑，德才说，敢情你他妈给我舀的是泔水啊！

挨了打的玉环一气之下回了娘家。母亲说，德才你平时不是挺能忍吗？怎么我来了反倒不能忍了？知道的是她让你喝泔水，不知道的还以为我挑唆你打媳妇呢。德才说，娘，你不知道她是贱货，不打行吗？母亲说，你说啥呢，哪有那么说自己媳妇儿的。两口子过日子都是往好了奔，吵吵闹闹是常有的事，但动手打媳妇，咱家可没那个家风。德才说，知道了，妈，你放心吧，没事。

双林放学听说妈走了，对奶奶说，这下好了，奶奶，以后你做饭我爹干活儿，省得她在家唠叨。德才瞪着双林说，有你啥事儿！该干啥干啥去！双林把书包撂在炕上，趴奶奶耳朵上悄声说，奶奶晚上咱烙饼！母亲抬头看一眼德才点点头。

屋里又剩下母亲和儿子俩了。德才从烟笸箩里撕下一条纸，开始卷烟。母亲说，德才啊，不是娘说你，现在地是自己的，想种啥自己说了算，只要好好干，以后的日子还能错了？咱农村人只要人不懒，还能困难着？不一定非得指着啥。德才只顾低头卷烟也不吱声，母亲又说，当年你太爷闯关东来黑龙江有啥啊？就一把镐头……德才把烟点着不耐烦地说，我知道他一把镐头刨出了十好几垧地，可娘你也不看看，现在是啥时候，就是给你一把镐头你上哪儿刨地去啊？母亲被德才噎得半天没说话。德才把烟笸箩推给母亲又说，娘，你以为我不想好好过日子，可一人就那么几亩地，你就是种金子，怕也打不满斗啊！咱有捷径为啥不走呢！

母亲心里不是滋味，把烟笸箩扯过来也不卷烟，只是看着德才呆呆出神。德才说，娘，眼看双林要上中学了，将来他要是那块料儿还得上大学，这哪儿都得花钱，你就不能帮帮你儿子吗？母亲神色黯然地低下头，还是没有说话。德才说，娘！你倒是说话呀！母亲抬头看着德才说，要是没这事儿，你是不是就不要娘了？德才说，娘，你想哪儿去了？你是我娘，有没有东西我都该给你养老。母亲叹一口气说，德才，我真不知东西埋在哪儿，连你爹也不知道。德才审视着母亲，觉得母亲没说假话。他也叹了一口气，又问，那你知道是啥东西吗？母亲摇摇头，说，怕是金子吧！德才说，真是金子啊！母亲说，我也是猜的。当年关了买卖把钱埋了起来，是为了给子孙以备不时之需，不是金子就是大洋。

晚上德才躺在老房子里想着母亲说的话，玉环进来的时候，他正一根接一根地抽烟。德才抬头看着玉环说，没用。玉环说，让娘看出来了？德才说咱俩打架的事儿娘倒是信了，可她也不知道东西埋在哪儿？玉环使劲儿地掐一把德才说，我不能白挨揍。德才说，是你让我打你的。说完这句话，德才把玉环摁在炕上想发泄一番。玉环说，我得赶紧走，别让娘发现了，你再好好套套娘的话，我不信她不知道。德才说，我快点儿还不行吗？玉环用手使劲儿推着德才说，等把东西挖出来我可你折腾。德才只好把手撒开，兴味索然地看着玉环离开。

德才白天把提留交到村上，去麻将馆看了一会儿热闹，到家已经响午了。母亲已经把饭做好。德才说，双林咋还没回？母亲说，平时早回了，今儿不知咋了。德才拿过碗盛饭，韩老二的媳妇拎着一个死鸡进屋了，德才就知道双林又惹祸了。母亲赶紧把韩老二媳妇推到院里，让她自己抓鸡。

晚上双林肚子饿得实在不行了，翻墙跳进院里，他本来以为父亲吃完了饭已经去老房子了。可德才好像算准了他回来的时间，一直在院里候着。双林脚一落地，德才拎着棍子便过来了。双林赶紧跑，德才一着急被猪槽子绊了一个跟头，等他爬起来，双林已经跑到老房子那边去了。德才拿着棍子在老房子门前撑了半天，气喘吁吁地说，小兔崽子，你给我站住！双林回头看着父亲嘻嘻笑着说，爹，小心点儿别再摔坏了！德才一直把双林撵到后院，实在累了，便蹲在地上喘气，双林也蹲在地上看着父亲乐。这时一只癞蛤蟆蹦过来。双林说，爹，你看癞蛤蟆！德才说，我看你就是癞蛤蟆。双林说，这不对呀！我要是癞蛤蟆你不成癞蛤蟆它爹了。

癞蛤蟆一路蹦下去，双林觉得好玩儿，便一路地跟下去，到老杨树跟前癞蛤蟆忽然不见了。双林四处撒眸着忽然一只脚陷到土里，他赶紧喊爹。德才举起棍子刚要打双林。双林说，爹，这儿的土怎么松了，下面是不是有东西啊？德才心里一怔，赶紧把双林的脚拔出来，然后看着地面上的窟窿，让双林去找铁锹。

对着窟窿挖下去，土越来越松，挖到齐腰深的时候双林问，爹，地下真有东西啊？双林也不说话，一锹一锹地把土扬到坑子上面。天有些凉了，月光似乎更亮了。浓浓的月色穿透深夜的秋风挥洒下来，老杨树上最后一片叶子也落了。德才的头发因为汗湿打着卷儿粘在脑袋上，地下的湿土散发着一股臭脚丫子味儿，可德才却觉得很好闻，直到铁锹碰上了东西他才停下来。

坑子已经有一人深了，德才一米八的个子站坑里也只露出半个脑袋。双林赶紧问，爹，是啥？德才也不说话，蹲下身子小心翼翼地把双手抠进土里，双林趴在坑沿上紧紧地盯着爹的后脑勺，这让他不由想到，要是站在二十步开外也能一弹弓击中目标。只见德才的脑袋左右来回晃动，晃了一会儿又向后挺起，随着吭哧一声，德才在坑子里站了起来，由于太突然了，脑袋好悬没碰上双林的鼻子。双林赶紧向后一缩脑袋，便见父亲把坛子放在坑子沿儿上。

两人回屋，德才小心翼翼地把坛子搁炕上，让双林去挂门。可双林挂上门以后，他不放心又出去检查一遍。德才没有马上打开坛子，而是卷了一根烟抽起来。双林看着父亲被越来越多的烟雾包裹起来的脑袋，不知为什么忽然又想到了他的弹弓。双林的目光一直盯着坛子，灰褐色的坛子肚腹上好像隐约刻着花纹。德才凑到跟前仔细看也没看出什么，便对双林说，你看看这上面有字吗？

双林转着脑袋看着坛子说，没有啊！德才又抽了一根烟，说，双林，你说这坛子里装的会是啥？双林说，打开看看不就知道了！德才瞪着双林说，我让你猜！双林说，不会是一坛子泥球吧！德才说，你猪脑袋啊，就是用脚后跟想它也不能是泥球啊！

整整一坛子大洋，虽说不是金子，可也足够让德才的脑袋晕上一阵子了。记得前两年去县城有收大洋的，一百元一块，这玩意儿是很值钱的。双林不认识大洋，用手摸来一块对着灯光看了半天，说，爹这是啥玩意儿啊？德才说，儿子这回咱家发财了，以后你就是念到大学爹也有钱供你了。从坛子里倒出来的大洋散着湿重的金属味，而且在灯光下泛着蒙蒙的光泽。德才对着大洋吹一口气放耳朵上，双林也学爹的样子，德才说，听到了吗？双林说，爹，还真有声啊！德才说那是，这说明咱的东西是真货。

两人把大洋倒出来数一遍，整整五百块。德才说，双林你算一下要是一块一百，这是多少钱？双林说，一百乘以五百……爹，五万块啊！德才用手使劲地拍一下双林的脑袋说，行，算数学得不赖！

夜深了，德才又抽了两根烟说，双林你困了先睡，爹再待一会儿。双林说，爹，我饿了！德才从兜里掏出两块钱说，双林伸手去接，德才又把钱揣兜里了。双林说，爹，你都有五万块了，还在乎这两块钱吗？德才说，都忘了，这都啥时候了，小卖店早关门了，明天吧！双林说明天也行，你今儿得把钱给我，要不我怕你变卦。德才只好又把钱掏出来递给双林。

双林接过钱嘿嘿笑了说，爹，你还没打我呢！德才说，去吧！留着你皮子慢慢梳。双林说，那你还是现在打吧，省得我惦记着睡不安生。德才转过身照双林的屁股上踢一脚，说，小王八蛋，来劲儿了，是吧？双林赶紧向外面跑去。德才眼看双林要出去了，又叫住双林说，双林，你记住，这事儿当谁也别说！双林说，我奶奶也不能说？德才说，对，谁都不能说！跟奶奶不能，跟你叔、你婶不能，谁都不能说。

德才折腾半宿也没睡，它先是把坛子搁柜子里了，但柜子没锁，他有些不放心，又把坛子搬出来了。他站在屋地中间撒眸一会儿，决定把坛子放进装米的缸里，可后来还是不放心，最后他干脆把坛子放被窝里搂着睡。现在这大西岭村儿虽说有几家过得比较好，可也不是万元户。想不到一夜之间他成就了五个万元户。坛子凉浸浸地挨着皮肤滑丝丝的，这是一种说不出来的美妙感觉。德才晕晕乎乎地仿佛在云端里飘着，他忽然想干那事儿，可想的却不是玉环，而是村东头刚死了男人的小寡妇。

天已中午，玉环是接到德才捎的口信，回到了老房子。两人曾经有过约定，当捎信人说出暗号，玉环一刻也没停便着急忙慌地赶回来了。德才好像没看见进屋的玉环，嘴里叼着过滤嘴香烟，态度完全变了。玉环凑到德才跟前说，哎，真找到了？德才慢条斯理地吐着烟雾没吱声。玉环又接着说，赶紧给我看看是啥玩意儿？德才说，你猜？玉环看着德才脸上的表情说，金子！德才说，你再猜！玉环说，你赶紧告诉我是啥？德才一挥手把炕头儿的被子掀开。玉环一看那么大一个坛子埋在被子里，就知道东西肯定少不了。她是怎么上炕的，又是怎么把坛子盖儿掀开的，事后她已经记不得了，反正这些动作一气呵成，中间没有停顿。她也是认识大洋的，小时候家里曾经有过两块，被爷爷藏在柜子里轻易不拿出来，德才呢又半拉胡片地给她普及过这方面的知识，所以她对大洋一点儿也不陌生。她眉飞色舞地赶紧拿起一块吹一口亲气，然后放耳朵上去听。德才说，我都试过了是真的！

玉环开始数大洋，德才说，我已经跟双林数过了，是五百。玉环说，可是我想再数一遍。德才不耐烦地一把拽过玉环的胳膊说，来，我一晚上没睡，现在困了。玉环说大白天的你想干啥啊？德才说，干啥，我一宿没睡觉，给你捎完信也没敢睡，担心德明他们过来发现，现在就想睡一觉。你看着啊！

玉环赶紧给德才盖上被子，她知道一宿没睡的滋味，说，你放心，今天我谁都不放进屋来。她一骨碌爬起来接着去数大洋，德才顺势在她肥嘟嘟的屁股上拧了一把，玉环哎呀一声，回头说，你咋还捎上我了。德才嘿嘿地笑，也不吱声，但那意思再明显不过了：平时净你捎我了，现在该轮到我捎你了。

玉环也不跟他一般见识，一边数着大洋说，哎，掌柜的跟我说说，你是咋找着的？德才就把经过说了一遍。玉环说，你别说这小王八蛋还真有点用。德才根本睡不着，他先是闭着眼睛想事儿，想有钱人该想的事儿，接着便翻身凑到玉环跟前抽烟。

双林手里拿着半截火腿肠，一边吃着又来跟德才要钱，德才说，我昨晚不是给你两块吗？双林瞅一眼数钱的母亲说，你们有这么多大洋，还差我两块？玉环只好掏出两块钱把双林打发走了。德才说，你看见没，这小王八蛋还来劲儿了！玉环也不说话接着数钱，可由于刚才一耽搁，忘记了数，所以只好重数。

德才又抽了一根烟，看着玉环说，是五百吧！玉环说，咋少一块呢？德才说咋会呢？我昨晚跟双林一起数了两遍呢！玉环满脸疑惑地看一眼德才又接着数，可还是少一块。德才赶紧把被子抻起来抖落，然后又在窗台根下寻找。玉环说，行了，别装了，趁我现在没发火赶紧拿出来！德才说，你有病吧！我要真想藏也不能藏一块啊？接着德才心里就有点后悔，他为什么不藏几块呢？以后自己花起来也方便啊！玉环看着德才一脸无辜的样子呵呵笑了，说，谅你也不敢。

两人又找了半天，德才忽然若有所悟地说，对了，是双林，肯定是这小王八蛋拿走了！玉环说，你别啥事儿都往孩子身上赖，这钱他又花不出去。她说是这样说，可她晚上还是问了双林，并答应给双林五元钱。双林说，妈，那玩意儿又不能花，我拿它干啥？玉环审视着双林说，真不是你拿的？双林赶紧举起手说，我发誓……玉环说，行了，妈信你，看来准是你爸又不想好道儿了。双林走的时候，玉环又嘱咐一番，千万别把这事儿说出去。

德才和玉环去了一趟县城，在一个收古钱币的摊子跟前踅摸一晌午，摊主一看他俩那样就知道他们兜里有货，可为了杀价故意不搭理他们。德才实在绷不住了，便主动上前打听大洋的收购价格，摊主说，现在大陆上的古钱币行情不好，这个数！摊主说着话伸出两根手指比画一个八字。玉环激动地说，是八百？摊主漫不经心地说，抹去一个零。八十元一块也不少了，德才想出手把媳妇拽到一边商量。玉环说，你没看他故意杀价吗？德才说，他又不知道我们有货。玉环说，你自己不觉得，可脸上都带出来了，这事儿你得听我的！再度来到摊子前，玉环故意漫不经心问了几句行情，然后开始跟摊主讨价还价。摊主说,我刚才说了只能出这个价了。玉环说,我们又不是卖一块,如果你给的价格公道,我们就不去省城了。摊主的脸色明显有了变化,他问玉环有多少,玉环伸出五根手指。摊主略显失望地说,五块啊?玉环说加一个零。摊主的态度立马变了,因为搁这儿摆摊几年了还没遇到这样大的主呢。两人又聊了几句,摊主说你这样,我再加十块你也不用去省城了。玉环说,可我听说省城是一百二十块兑一块呢,摊主说没差那么多,再说你也不能让我白忙乎吧!玉环看着摊主有些急迫的神情笑了,然后从摊位上站了起来。摊主说,行了我再给你加十元。

　　两人一下子有了五千元,买了很多东西,末了依德才要买一台彩电。玉环没同意,她说咱家啥样大家都知道,你一下子看上彩电了,别人还不得眼热,再说你能瞒过德明那两口子?他们可都是巴眼盯着呢,咱们得一点点置办。德才想想也是,便和玉环商量着给母亲买了一身新衣服,又给双林买了一个书包。从县城回来的时候天已经黑了,德才进村的时候挺胸抬头,完全和过去不一样了,看人也充满自信。

　　德明这些天一直觉得不对劲儿,大哥好像忽然变了一个人,无论走道儿还是说话都带着男人的硬度,尤其是说话的语气更是跟过去不一样,而且兜里始终揣着过滤嘴香烟。德明立马想到老祖宗埋在老房子里的东西。他没有去老房子而是把大哥约出来了,其实德才也知道德明肯定是有所怀疑了。他从兜里掏出一根烟递给兄弟说,抽着!德明点上烟看德才半天没说话。德才说,有啥话你说吧!哥听着呢。德明说,我也没啥说的,只是觉得你最近有点儿不大对劲儿呢!德明上下左右地打量着自己说,没有啊!我还不那样吗?德明说,哥,我觉得你更像男人了,现在嫂子要是惹你了,你肯定得削她!德才说,你也别拐弯抹角了,有啥话直说!德明说,你在老房子里究竟挖出啥了?德才皱一下眉,然后指着德明说,咋到现在你还信这事儿?我跟你说我挖是挖了,可白搭一夏的工夫啥也没挖出来,不信去问你嫂子。德明说连你都不说实话,我嫂子能告诉我吗?德才说,反正实情我也跟你说了,你不信我也没法儿。可是你也不想想,要是真有东西,咱爷咱爹不早挖出来了,还能轮到咱们啊!我都不止一次问咱娘了，娘说咱爹找了一辈子也没找到，你以为我是谁，一下子就顶咱爹一辈子？一下子就找到了？

德明心想，老祖宗留下的东西凭啥让你独吞了，可他又拿不出有力的证据，他生着闷气翻来覆去一宿也没睡好。每年这个时候他都到附近的村子收粮，然后送到县城的粮店。虽说挣不来大钱，可总比在家待着强。他赶着马车走了几个村子发现烟没了，便把车停在一家小卖店门前。

店主找钱的时候把钱盒子撂在柜台上，德明一眼就看到了盒子里的大洋，他把大洋摸在手里说，现在这可是稀罕玩意儿了！怎么还有人用这个买东西？店主说，是一个孩子非要用它换火腿肠，我也没办法。德明说，是你们村的？店主说，不是，我们村的我还能不认识，好像是大西岭的。

德明马上想到了双林，他也没心思收粮了，立刻赶着马车去找德才，可德才出去了还没回来。玉环说，噢，我家是有一块大洋，那是我爷走的时候留给我的念想，是我娘家的东西，谁知道怎么让这个小兔崽子拿出去了？德明说，嫂子你得了吧！双林把什么都告诉我了，我也不是来跟你分大洋的，就想听你一句真话。

德才回来听说德明已经知道了，要打双林，双林说，我是拿它换火腿肠了，可我跟老叔啥也没说，他压根就没来找过我。这时玉环才知道自己上当了，德明原来是在诈她。

德才说反正这事儿也瞒不住了，干脆分给德明几块吧！两人又商量一番，决定还是把这事儿先告诉母亲。两人当天晚上把一个腌咸菜的小坛子找出来，装上湿泥巴埋在地下一夜，然后早上又挖出来做旧了，再装进去五十块大洋，用原来的黄绸布封上。

母亲从坛子里拿出一块大洋说，难得你们想着弟弟，这我就放心了！德明分了二十块大洋再也没话说了。德才把德明送出院子跟媳妇回到老房子，玉环吐一口吐沫说，这个德明要我看也是二货！德才使劲儿瞪一眼媳妇说，啥叫也是？你还不如干脆说我也是二货得了！我告诉你以后说话注意点儿，别拿村长不当官儿使！两人又调侃几句，德才觉得饿了，让玉环给弄点儿吃的，玉环说，都说官儿升脾气长，你咋没当官儿也摆上谱儿了？德才说别整没用的，赶紧地！玉环给德才擀一碗面条，又卧了俩荷包蛋。德才吃着面说，反正咱也不用瞒了，来年开春就把房子翻盖了。玉环说，可别人要问你哪来的钱，你咋说？德才说，爱咋说就咋说，反正咱不偷不抢的，没犯法。玉环说，那不行，咱还是得想法把大家伙的嘴堵上。

德才是第一个在大西岭盖全砖铁皮房子的，大家都夸德才能干。玉环说，靠他我下辈子恐怕也住不上这房子，于是大家渐渐都知道她有个弟弟在广州做生意发了。德才没事儿的时候也开始去玩麻将，而且大小不在乎只是图个乐呵。

母亲自然什么都知道，她觉得亏了小儿子德明，心里很是过意不去，所以一有机会总是对德才说，你们现在日子好过了，也帮帮你弟！德才说，娘这都是玉环家里人帮衬的，我哪有啥钱啊！母亲目光犀利地审视着德才说，你还真把娘当傻子了，你以为你弟也不明白？其实你娘啥不知道？

德明自然也知道大哥和大嫂所谓有亲戚帮衬，都是狗屁谎言。他心里憋着一股劲儿要把日子过好，正好县城有家粮店的老板要到省城发展，德明回家跟桂香一商量，桂香到娘家抬了一笔钱把粮店盘了下来。自己收粮自己卖，自己给自己当老板。不到一年时间，两人便连本带利地还清了贷款。这时大哥家买了一台长虹牌彩电，一到晚上左邻右舍都去看，乌烟瘴气的，十分热闹。玉环呢便事先把水烧好了沏上茶，享受大家的恭维。德才一般不看电视，闲下来总是叼着过滤嘴香烟去打麻将，要是一旦人家玩上了，他就站在后边指挥别人打牌，悠闲自得的，完全是一副指点江山的样子。大家都烦德才，可抽着他的烟又不好意思说他。

无论多忙，过一段时间桂香总是叮嘱德明去看母亲。因为大洋的事德明对母亲有了看法，即便是和母亲对面坐着，他也觉得没啥话说。母亲一直想跟小儿子解释，可又不知从哪儿说起。如果恰好德才在家，哥俩也会简单聊几句，一般是德才先开口，问德明生意咋样，好做吗？德明的回答多半是不好做也得做，他又没有好亲戚帮衬。德才讪讪，只好给德明递烟，来掩饰尴尬。德明每次来看母亲，桂香都让他多少都带一点东西，诸如老式的糕点或水果什么的。

德才说，还带啥东西？母亲搁这儿不缺嘴。德明说，她就是天天吃猪肉炖粉条，也有想小白菜蘸酱的时候。母亲听着哥俩明枪暗箭，你来我往的，自己也没办法，只有心里不住地叹气。

母亲住不惯德才新盖的大房子，也不喜欢新式家具的油漆味儿。她经常在晚上烧完开水以后，悄悄地过老房子那边待上一会儿，抽两根烟想想从前的日子。但这样的时光很短暂，她必须在电视散场大家离去的时候回去，要不然玉环该不乐意了。

又是盖房子又是买电视的，德才和玉环卖了两次大洋，钱差不多都花光了。两人就商量着再去一趟省城，可第二天早晨玉环忽然说，浑身没劲儿去不了。德才只好一个人上路。等他从省城回来才两天的时间，玉环已经躺在炕上起不来了。他只好找人帮着开车把玉环送到县医院。德才忙得一宿没睡，等确诊下来，主治医生把他叫到诊室，他赶紧问，我媳妇得的是啥病？医生严肃地看着德才说，你要有心理准备。德才说，没事儿，你说吧！咱不差钱。医生把病情详细地跟德才说了，德才半天没缓过神来。医生说白血病，目前还没有特效药，只能定期输血，反正你有钱。德才没有告诉玉环实情，说她这是慢性病，要在医院住一段时间了。玉环说，我怎么觉得不是啥好病呢？你可别有事儿瞒着我！德才又给玉环解释一番，然后便走出病房，到外面抽烟去了。

德明和桂香听村里人说玉环住院了，他不想来，可还是被桂香拉来了。桂香说，不管你对他们有多大怨气，可现在她病了，我们都该去看看。玉环一看德明和桂香来了，赶紧强撑着从床上坐起来，说，你说你们挺忙的，来看我干啥？德明说，嫂子，你别过意不去，我们也是顺路。桂香回头瞪德明一眼，对玉环说，嫂子，不是我说你，咱关起门可是一家人，我们又在城里住，你有病怎么不告诉我们一声呢？桂香说，咋？你哥没告诉你们？他准是忙乎忘了。德明和桂香知道嫂子在说假话，可也没计较。桂香把一束康乃馨放在床头说，也没啥买的，城里人都兴这个。玉环说，你学得还挺快，中看不中用，白花钱。桂香说，我寻思嫂子爱美，一看这花心里一高兴，没准病就好了。接下来桂香又安慰玉环几句，说，你放心养病，你要是想吃啥吱声，我回家给你做！

玉环在医院一住几个月，输一次血几百元，德才心疼地真想从楼上跳下去。这种情况自然瞒不住玉环，玉环知道了自己的真正病情后大哭一场，然后拿枕头去砸德才。德才只好躲到病房外面去抽烟，等抽够了回来，玉环还在哭，只是声音比刚才小多了。德才说，你现在哭顶啥用！玉环用手抹了一把泪，看着德才说，你为啥不早告诉我？德才说，现在你也知道了，又能咋的？玉环用手使劲儿地捶着床铺，忽然一缕阳光射进屋里，她的脸显得愈发地白，而且两腮已经塌陷了。德才赶紧上前抓住玉环的手，玉环趁势把脑袋歪在德才怀里说，德才，你说我咋会得这病啊？德才心说，你问我，我问谁，可话说回来，你也别担心，医生说了这病死不了人，按时输血就行。玉环说，德才你他妈王八蛋啊！是死不了人，可这得多少钱啊？德才也心烦了，于是狠狠地说，那就回家等死吧！玉环说，德才，你个没良心的，白瞎我跟你过这些年了，白天伺候老的小的不说，晚上还得伺候你，你说我有闲着的时候吗？德才说，那你说咋办？住院你怕花钱，不住院你又怕死？得病又不怨谁，这不是没办法吗。

其实，玉环说的大部分都是实情，德才也觉得她挺不容易的，所以只好耐下心来听她数落，等她数落累了，哭声也停了。德才说，要我看回家也行。玉环说，你这是不想给我治了？德才说，可一旦我们没钱了，你还拿啥治病？到那时候不但你的命保不住，我跟双林咋办？你还想不想供他上大学了？玉环拿起枕头刚要砸德才，一想到双林便颓丧地把枕头撂下了。德才说，哎，这就对了，你得看清形势，还是丢卒保车吧！玉环说，行，我不治了！把钱给你和孩子留着吧！德才说，你真这样想的？玉环点点头说，咱现在就回家，反正我这病也治不好，别再糟蹋钱了。德才上前一把搂着玉环，把脸贴在她的额头上说，我还真看错你了，其实我就是想试探你一下，看你心里究竟有没有我跟双林。玉环用手不停地擂打德才的后背，又哭了。

玉环出院以后，德才按照医嘱定时去给她输血，钱流水一样地流进了玉环的血管，又流走了。这个表面看上去还算风光的家，看来也维持不了多久了。德才本来去省城卖大洋的时候预留了一笔钱，准备去勾搭女人，可现在他已经没那心思了。母亲呢，几乎包揽了全部的家务，邻居渐渐地也不来看电视了，而德才也有很长时间不去打麻将了，德才只觉得压抑。

玉环出院以后，桂香经常拉着德明来看玉环。还特意给玉环买了一身新衣服。玉环说，你这是干啥？我有钱。桂香说，我知道你有钱，可这是我的心意，现在你有病，穿得漂漂亮亮的，心里一高兴，没准病好得也快了。都说病人最主要的是心情好，只要心情好了，抵抗力就强，那病啊啥的就弱了，人就好了。玉环只觉心里堵得慌，干咳了几声，想和桂香说几句心里话，可还是没有说出来。

德才只顾蹲在院外抽烟，烟已经不是过滤嘴的了，可冒的烟清清淡淡的，缭绕着德才一颗硕大的脑袋，还和过去一样。德明凑到德才跟前也蹲下，然后从兜里掏出一盒过滤嘴香烟，慢条斯理地打开了递给德才一根。德才瞅了一眼烟盒，把烟夹到耳朵上没说话。德明说，换牌子了？德才侧脸看着弟弟说，你不会是来看我笑话的吧！德明说，大哥，你说啥呢？我是你弟弟！德才说，你还知道是我弟弟？德明嘿嘿一笑说，就怕你不知道是我哥哥了。两人说的轻松，可话锋所指都是对方要害之处。在长时间的沉默之后，德才说，我这家算是完了，谁架得住这无底洞啊！德明说，赶紧给你小舅子拍电报吧，他是大老板，有得是钱！还能看着他姐姐死啊？德明说，得了，你心里明镜似的，不用糟践你哥了。又是很长时间的沉默，德明点上一根烟说，哥，你当时就不该糊弄我。德才把头低得更低了。

桂香走了以后，玉环扑在炕上哭了。母亲说，你现在有病，别想那么多了。玉环说，可我心里难受，你说她给我买衣服干啥？我现在这个鬼样子穿啥能好看。还不如骂我两句呢！

夜里玉环起了两次夜，怎么也睡不着了，屋里忽然响起蟋蟀的叫声。德才起来披上衣服说，这玩意儿咋还进屋了。

玉环说，也不知我还能不能见到下个秋天了。

德才说，想那么远干啥？活一天算一天吧！

玉环说，我知道咱没钱了，再这样下去大家都得完蛋。

德才说，我已经想好了，先把那院的老房子卖了吧！

玉环说，可是卖完老房子呢？这病是填不满的窟窿啊！

德才不说话，只顾抽烟。蟋蟀一声一声地叫着，声音越来越近，好像来到了炕下。

玉环说，赶紧把它哄走，太烦人了。德才下地顺炕根儿找了半天啥也没有，又不耐烦地回到炕上。

玉环说，德才，这两年也真难为你了，我要是没病多好，哪怕还住旧房子，没电视没钱，啥也没有……玉环还想唠叨下去。德才一伸手拉灭电灯，背对玉环躺在了炕上说，说那干啥，睡觉吧，医生说你要休息好才有免疫力。屋里黑漆漆的，蟋蟀又叫了起来，玉环轻轻地叹息一声，眼睛瞪得大大的，在漆黑里头一眨不眨。

桂香听说德才要卖老房子，便跟德明商量，要把老房子留下。德明说，现在东西已被大哥大嫂取走了，你还留它干啥？桂香说，我是想过一段时间，和大哥商量商量把娘接到咱家，算是给娘留个念想吧！德明虽然对母亲有意见，可媳妇这样说了，也不好再说啥。

但德明已经把房子卖给村长海城了。德明说，哥，你卖房子咋不跟我说一声呢？德才说，你也没说你要买房子啊，再说了，你乡下有房子，在县城又买了楼，还留房子干啥？德明知道有些事儿跟大哥说不清楚，如果把桂香的意思告诉他，他也不会相信。德明沉默，抽了一根烟，又进屋和母亲聊了两句，便走了。

玉环烧了一锅水，把家里所有的衣服都划拉到一起泡在盆子里，母亲要洗，被玉环推开了，她看着玉环把一双手插进洗衣盆里不知干啥好了。玉环柔声说，娘，这两年你也没少挨累，也该歇歇了！

德才又托人到省城给玉环买了一盒补血用的阿胶，他回来的时候，玉环正在往院里的晾衣绳上搭衣服，德才赶紧把手里阿胶放窗台上帮玉环抻衣服。玉环说，回来了？德才点点头说，你咋还洗上衣服了？玉环说，我待得心里难受，干点活感觉身上轻巧不少。

母亲看着进屋的德才说，我要洗她不让。德才也不搭话，把阿胶放在柜盖上，扯过烟笸箩开始卷烟。母亲还想跟儿子解释，不是她不干活儿，而是玉环不让她干，可一看儿子耷拉着脸也不好再说什么。

　　吃完晚饭，双林拎着弹弓又出去了，母亲在外间屋收拾碗筷。德才把阿胶用锤子凿碎了，擀成细面，然后倒进碗里用水冲了递给玉环。玉环看着德才缓缓地说，看把你忙的，来坐下抽根烟吧！玉环说着话，用手敲着炕沿。德才凑到玉环跟前坐下。玉环卷了一根烟用唾液粘了递过去。德才点上烟说，趁热喝了，大夫说这玩意儿补血。玉环说，我知道我这病，以后别买了。德才把电视开了，也没心思看，回头看一眼玉环，玉环已经躺被窝里了。德才又把电视关了。月亮还没出来，屋里黑漆漆的，德才轻轻地叹息一声，躺在被窝里。玉环悄悄地钻进德才被窝，用手在德才的身上轻轻抚摸，德才一翻身把脊背甩给玉环，然后说，睡吧！玉环也轻轻地叹息一声，屋里再没动静，又过了一会儿月光射进屋里，玉环用手推了一下德才，但德才已经打起了呼噜。其实德才根本没睡，玉环也知道他没睡。

　　每天母亲都是第一个起来，接着是德才，但今天因为没睡好，德才起来得有些晚了，双林吃完饭已经上学走了。德才也不洗脸，凑到桌子上问，玉环呢？母亲说，出去有一会儿了。德才端起碗喝粥，吃完了便把碗一推，开始卷烟。他一根烟还没抽完，母亲神色慌张地进来了……等德才跑进仓房，把玉环从房梁上卸下来，玉环已经不行了。尼龙绳把玉环的脖子勒了一道深深的血印，好像鞭子抽的一样。德才一把抱起玉环的尸体，接着便哭了起来。

　　其实卖了老房子，玉环知道自己也该走了。她把所有的衣服都洗了，说明她还在留恋这个家，还想为这个家做点儿什么。她想亲热是在跟德才做最后的告别，可这所有的一切都被德才忽略了。在很长的一段日子里，德才都被痛苦和悔恨笼罩着，他当时是想回身抱一下玉环的，可是他没有。他烟抽得更频了，夜里经常一个人坐在院里发呆。母亲知道德才的苦，可这种时候她也只能陪着他一起伤心。

　　仿佛一夜之间，母亲的腰伛偻了，说话的声音也苍老很多，而且还不停地咳嗽。桂香心疼母亲，跟德明商量，要接母亲过来。德明把自己的意思跟德才说了，德才盯着德明也不吱声，德明只好掏出一根烟递给德才。德才点上抽了一口，眼泪就下来了……

母亲到德明县城的家行动越来越迟缓，已经不能干啥了，所以只有看着桂香收拾屋子的时候不停地叹气。桂香说，娘，我们接你来是让你来享福的，不是让你来干活儿的。母亲说，话是这么说，可我心里难受啊！接着桂香停下手里的活计坐在母亲跟前，聊起嫂子玉环。母亲说，其实她也挺可怜的。桂香说，谁说不是啊！日子刚好过了，她却走了。母亲说，你跟德明不记恨他们两口子？桂香说，没有，他们也不容易，再说了，老祖宗留下再多钱也有花完的时候，还是自己挣钱好，心里踏实。你看大哥他们不就是个例子？说实话我还得感激大哥他们呢，不然我和德明也不能下死心往死了干，这不就有收获。这样挣的钱多踏实！

母亲走了以后，双林考上初中住校了。每天只有德才一个人住在大房子里，这就不能不让他想起玉环在的日子，想起玉环对他的好。他心里越来越不好受，便想到要是没挖出大洋，还过着穷日子也许玉环就不会走了。他觉得这就是报应。

德明的生意越来越好，店里已经雇了两个人，可还是忙不过来，桂香便过去帮忙。母亲又做饭又收拾屋子的，可能是累着了，夜里发起了高烧，德明只好送母亲去医院。

转年春天到了，可母亲的病依然不见好转。那天德明给母亲喂粥，忽然想起小时候他有病的时候，母亲也是这样喂他的，他一直在床上躺了两天两宿，母亲连眼皮都未合一下。德明的勺子停在半空深情地看着母亲，只觉眼睛湿湿的，母亲仰卧在床上看着德明说，明儿，还记恨你娘吗？德明用手抹了一把眼睛说，娘……德明说不下去了。母亲强撑着从床上坐起来，用手给德明擦泪，德明一把攥住母亲的手说，娘，是我对不起你，这些年我不应该……母亲说，在这世上，只有娘对不起儿子的，哪有儿子对不起母亲的。母亲的精神很好，和德明聊了很长的时间，后来她告诉德明，老房子里还有东西，德才没挖出来。本来母亲是想告诉德才的，可德才已经把房子卖给海城了。

这是母亲跟德明的最后一次谈话。母亲去世以后，海城村长落选了，也要到县城做生意，又把老房子卖给了德明。

德明回村的时候已经是春天了，大家都在铲头遍地，树叶儿已经全绿了。德明先到茔地给父母亲烧了纸，然后又把烧着的纸用棍子挑到嫂子的坟头。这是桂香特意嘱咐的，其实桂香不说，他也会这样做的。人死为大，再说了要是没有大洋这事儿，他还不一定能发财呢。看来一切都是天意，得到的也会失去，而失去的也会得到。现在德明也想明白了，心里很感激自己媳妇。

老房子后院的杨树已经枯了，干干巴巴的枝条伸向天空，一片叶子也没有，在风声里很像一个垂死的老人在苦苦挣扎。这让德明立刻想到了父亲和刚刚离世的母亲，接着他又想到发了财的太爷爷把一坛子大洋埋到这棵树下……他怎么看怎么觉得这棵老杨树别扭。德明连着抽了两根烟，当天便找了几个人帮忙把老杨树伐了。

德才晚上干活回来，看弟弟在老房子忙乎，就问，你把它伐了干啥？德明说，你没看它已经死了吗？不然我也不敢伐呀。德才蹲在地上看着光秃秃的树墩子说，这树可有年头了，听爹说还是咱太爷爷种的呢。德明点一根烟抽着了回头看着哥哥说，娘走的时候跟我说，这院里还有东西，当时想告诉你了，但是你已经把房子卖了。德才一伸手，德明把烟盒递过去。德才抽出一根烟叨在嘴上说，你也信。要真有东西，娘为啥没告诉我。德明说，娘一直病歪歪的，这事才不久告诉我的，估计娘也是知道自己要不行了。不过有啥东西我也不惦记了。德才使劲儿把烟蒂从嘴里吐出来，说，我看你是闲的！还能有啥！

月色有些清凉，狗叫声由远及近地传过来，听着十分亲切。德明把树根刨出来，扯到老房子墙根下，蹲在地上抽烟。他又想起了和母亲的最后一次谈话，母亲除了告诉他老房子还有东西以外，还说让他帮帮德才。他答应了母亲，即便母亲不说，他也会的。这几年哥俩因为那一坛子大洋没怎么好好相处，才想明白，又怎么能再留遗憾呢。

德才屋里的灯已经灭了，德明敲着窗户说，哥你出来我有话说！德明叫了半天德才才把门打开。德明说，哥我想在后院栽一棵树，你帮我吧！德才仿佛不认识德明了，看了半天才说，这大半夜你把我叫起来就为这个？德明本来是想好好和哥哥聊聊，问他以后有什么打算，可德才却把弟弟关在外面又回屋里睡觉了。

德明挖了整整一宿树根，坑子越挖越大也越来越深。当他把坛子捧到地面把里面的东西拿出来的时候，他一点儿也没意外，觉得一切本来就该如此。

一把镐头黑黝黝的，泛着坚硬的光泽，德明仿佛看到了太祖爷爷刨地的身影被蒙蒙的曦光笼罩着，越来越清晰。他使劲儿地揉了一把眼睛，结果却把眼泪揉出来了。

房前屋后

我家茔地在大西岭村后的草甸子上，爷爷死后没过几年，我老叔埋在了这里。从村后的杨树林望过去，草甸子和各村的麦地连成一片，绿晃晃地一直向天边铺展，好像永远也没有尽头。

几十个坟包平塌塌的，散乱地相挨着长满了荒草，唯有老叔的坟上什么也没有。老婶使劲儿地吸一下鼻子，然后便闻到了老叔身上的气息。一只蜻蜓落在老婶撅起的小辫子上，可稍做停留又飞走了。老婶把篮子里的黄纸拿出来刚要点火，背在后面的锦儿忽然哇的一声哭了，老婶用手照锦儿裹着的被单轻拍几下，小声说，锦儿不哭，锦儿不哭，可锦儿哭得更厉害了。老婶也不顾锦儿了，还是跪在地上把纸点着了。

一缕青烟在我家的茔地匆匆升起，经过的鸟群飞得似乎更快了，几只蜻蜓已经离开，只有老鹰依旧在天空盘旋。我到茔地的时候，老婶正在敞着怀儿给锦儿喂奶，她赶紧把衣服掩上，对我微微一笑。

我假装漫不经心地看向天空，然后低头拿棍子扒拉着纸灰。老婶又在茔地待了老半天，她很认真地看我，也看老叔的坟头。

我觉得她是在找我和老叔的相似之处，于是就问，你看像吗？老婶只是点头，也不说话。

青烟已经散尽，几只蜻蜓陆续地回来，在草尖儿上微微晃着翅膀，要落未落。老婶很平静，犹如无风的河面没有一丝涟漪。我开始认真地看她，老叔刚死，她不该是这个样子啊？这时我才发现她穿了一件红色的外套，虽然风纪扣系死了，可还是露出了里面花格子衬衣的领口。刚才我已经觉得不对劲儿了，原来问题出在她的衣服上。多年以后，每当我想起老婶，她的红衣便会遮住我的目光，在安息祖先的茔地晃动。草甸子、麦田及头上的天空完全被它笼罩了，让我只想去亲近这种颜色，想哭。

如果我没记错的话，这件外套是老婶从辽宁盘锦老家带来的，和老叔结婚穿过一次，这是第二次。当时我只有十四岁，还是个孩子，可我还是看出了老婶隐藏在内心的感情，她是想告诉老叔，他虽然不在了，但她生活得很好，让老叔尽管放心。

麦穗的清香甜甜地流进草甸子，和草味儿混合在一起，很好闻。老婶居然缓缓地闭上眼睛，一副没心没肺的样子，怎么看也不像刚死了男人的女人。

婚前，老叔根本没瞧上老婶，当老婶坐着村里到县城拉农具的三轮车来到村上，老叔正好放学夹着教案回家，老婶一脸灰尘，走在路上，问老叔到高学义家怎么走。

我老叔叫高学文，高学义是他大哥，也就是我父亲。

老叔上下打量一番老婶，把老婶领回了家。当天晚上老叔连饭也没吃，和我爸发生了有生以来最大的一次争执。我爸怕老婶尴尬，赶紧把我老叔拽到外面。

老叔说，哥，你又不是不知道，我的心早死了，没办法再接受一个人了，你还是赶紧把人打发回去吧！

父亲说，你别以为我不知道，这人和庄稼一样，旱了，它当然要死，可一旦得了雨水还不是疯长？

老叔说，这都哪儿跟哪儿，你根本不懂，根本不理解我！人和庄稼能一样吗！

父亲说，别整那没用的。我有什么不懂的！男人女人就那么回事，别多念两天书就觉得啥都变了！

两人急赤白脸地又说了很久，结果是老叔连屋也没回，又返回了学校。

老叔已经三十挂零，本来和邻村的一个姑娘自由恋爱，而且已经谈婚论嫁了，可临了，这个姑娘去了大城市的表舅家，再也没有回来。是她辜负了老叔，可老叔偏偏又忘不了她。父亲为这事儿特别生气，可又拿老叔没法儿。老婶是父亲托远方的亲戚寻的媳妇，而且还花了五百元的彩礼。如果父亲毁约老叔不娶老婶，那这五百元也就白瞎了。父亲既心疼钱，又觉得对不起死去的爷爷，我半夜上茅房，他还搁那儿一根接一根地抽烟。

老婶一觉睡到天光大亮，起来的时候，我母亲已经下地薅猪菜去了，我和两个弟妹也上学走了。她喊了一声见没人应，便匆匆地洗了一把脸，然后从锅里把饭菜端出来毫不客气地吃了。

学校在村子西头，当时老叔正在给学生讲柳宗元的《江雪》，老叔的声音很有磁性，也能做到声情并茂。老婶趴在窗台上一直听了很长时间，一些学生老早看见了老婶，所以一下课便出去把老婶围在中间。老叔只好有些无奈地问老婶，来这里干什么？老婶告诉老叔，她啥事儿没有，就是想听听他是怎么讲课的。老叔说，那你认为我讲得还行？老婶说，行是行，只是咱就事论事，你在讲解中没有把诗人当时的心境表达出来。老叔盯着老婶看了半天，明显有些不乐意了，目光冷厉而且陌生。老婶说，我认为这首诗主要说诗人寂寞的情怀，不因为要去钓鱼而去钓雪，让人心生悲凉。老叔说，要不我跟校长反应一下，你把这首诗重新给学生讲一遍怎么样？老叔这是明显在讽刺老婶，可老婶偏偏以为是真的，她说不用了，她只想把自己的想法告诉老叔，没有别的意思。

当天晚上，父亲以哥哥的名义，先是简单地介绍了我老叔的情况和我们家的情况，然后说学校现在工作很忙，等过一段时间再给他们操办婚事。

父亲是想先让老婶待在我家里，通过老婶的存在，慢慢去渗透老叔。老叔显然也明白我父亲的意思，所以回来吃完饭就走，从来不在家里耽搁。

时间长了，大西岭村都知道老婶是老叔寻来的媳妇，这让老叔很烦恼。他也曾经跟老婶说过，他和她不合适。可老婶却说，又没在一起过，你怎么知道不合适呢？老叔只好很直接地说，我这辈子不想结婚了，还不行吗？老婶先是很吃惊地看着老叔，然后便一脸委屈地低着头又不说话了。

刚刚挂锄，老叔回来吃早饭的时候，父亲到公社开会已经走了，母亲也不在家。老婶见老叔进屋，赶紧把碗筷收拾到桌子上，转身要出屋。老叔说，小米！老婶立即回头看着老叔呵呵地笑了，这还是老叔第一次叫她的名字，她的笑容很纯净地凝固在脸上，老叔也曾经有那么一瞬间的心动，可老叔还是把老婶骗到三轮车上，把她带到了县城。

老叔亲自带老婶去饭店吃了饭，然后从兜里掏出二十元钱递给老婶说，小米，这些日子我也看出来了，你是个好姑娘，越是这样就越不能耽误你。你还是回去吧，别在我身上浪费时间了！

老婶说，高学文，我不是非得嫁给你不可。要不是家里穷，为了给我母亲治病，要了你家五百元，我会千里迢迢地跑这儿来受你的气？是，按理你不同意，那五百块钱我家可以不还，但那也不是我们家能做出来的事！

老叔说，你放心，小米！这事儿我们理亏，那钱我们不要了！你不用不好意思，也不用心里觉得怎样的。

老婶狠狠地瞪着老叔，因为激动，脸忽然涨红了，她告诉老叔，这钱他们老高家可以不要，但她不能不给。说完这句话，老婶也不看老叔就离开了饭店，自己径直奔着车站方向去了。

老叔赶紧把三轮车起着了，赶紧追了出去去送老婶，可是老婶半路上忽然从车上跳下来把腿摔折了。老叔也顾不上埋怨，只好把老婶送到医院。

我父亲当着老婶的面儿把老叔好一顿训斥。老婶说，这事儿也不能怨他，他也没错儿，是我不想让他送自己非要跳车的。

父亲看看老婶又看看老叔嘿嘿笑了，然后说，看来是我错了！

老婶说，你也没错，他也没错儿，错的是我。放心，那五百元我会想办法挣来还给你家的。咱们就两不相欠了。

老叔开始对老婶刮目相看了，老婶从医院被父亲接回来以后，老婶是要立刻回家的，可是我父亲说，来时好好的，怎么也得把伤养好了才能走，不然不是那个理。老婶还想反驳，老叔赶紧说，这样回去让娘家人怎么说怎么看，更何况还有那么多的邻居看着呢。还是养好了再走吧。老婶不吱声了，看来是同意了。

打那以后老叔回来得也勤了，在家吃晚饭也不再返回学校了。他总是没话找话地跟老婶说话。

老婶说，高学文你别这样，我又不是为你跳的车。

老叔说，可我总觉得对不住你哩。害你伤了腿，看你疼得直流汗，我心里也特别不得劲，还不如我自己伤了呢。

老婶很严肃地说，咱俩也没什么，谈不上对住对不住的，我当时就是特别生气，不愿意坐你的车，所以跟你没什么关系，你不用自责。

老叔小声说，我不是自责，只是觉得应该和你说说话，应该对你好点。

老婶瞪了老叔一眼，不再说话。

锦儿又哭了，老叔的坟头被老婶插了一把野花，红的、黄的、白的，什么颜色都有，一律散着淡淡的香味儿。

老婶用手掂着孩子，神色平静地看着坟头，脸上居然有了浅浅的笑意。

我不知道她是喜欢花儿，还是单单为了祭祀我老叔，总觉得她的笑蕴含了很丰富的感情，而且肯定也有很多种解释。她的额头宽宽的，特别光滑，把一张脸衬得细腻而精致。我忍不住问她，是不是在想我的老叔，她看着我的目光很快融进了这个夏天，让我只觉得热。

这时锦儿的哭声从开始的断断续续到连在一起了，仿佛在跟老叔说着什么委屈。是啊，没爸的孩子怎么能不委屈呢！

头顶的老鹰不知什么时候已经飞到麦地的上空，只剩下一个模模糊糊的黑点儿。老婶忽然说她渴了，要喝水。

甸子边儿每个村子都有一口水井，专门用来给牛羊饮水。井壁上长满了绿色的苔藓。水很浅，趴在井口便可看到里面的青蛙和长脚水蚂蚱在跳动。

老婶背着锦儿抄起了辘轳，我轻轻地把老婶推到一边，随着辘轳嘎吱吱地转动，一个榆条儿编的柳罐缓缓升到井口，我一低头发现我的脑袋和老婶的脑袋都映在了柳罐里，我呵呵地笑，老婶也跟着笑。

我双手提起柳罐放在木板搭的水槽子里，老婶看我一眼，把柳罐倾斜了倒水洗手，然后便用手捧了水喝。她的脑袋不断地在水槽子上晃动，小辫子顺着脖子耷拉下来沾上水珠儿,被她用手一推粘在脸上了。

我静静地看着老婶在水槽子上喝水,像牛羊喝水一样,老婶的鼻子脸上也都是水。我只觉得遗憾,老叔要是活着多好,他看见老婶现在的样子肯定会更爱老婶的。

老婶的腿恢复得很快,她虽然还不怎么搭理老叔,可老叔要是哪天有事儿耽搁了没按时回来或回来得特别晚了,她就不住地往外边看。

母亲忍不住呵呵地笑。

老婶说,你只当我是看他啊?我才没那么贱呢!我这腿马上就好了,好了我就走!

母亲把老婶的话原封不动地偷偷告诉了老叔,我老叔对我老婶说,我知道你心里憋着气!你要对我还有意见,干脆骂我一顿,打一顿也行啊!

老婶说,高学文,我知道这事儿也不能完全怨你,可我又不能只当什么也没发生。再说咱俩啥关系啊,我还骂你打你的。我怎么也是念过书的,不是不讲理的人。

老叔说,我知道。但你心里总是别不过劲来。那你还想怎么样?大不了我娶你呗!

老婶说,可是我这腿要是瘸了呢?

老叔说,那我就娶一个瘸子。

老婶说,高学文,你真贱!你说娶就娶啊,等我把钱还上,咱们就没这一说法了。

老叔说,别说赌气的话行吗!其实贱的又不是我一个人,表面冷若冰霜的,可人家要是不回,又巴巴地盼着。

老婶立马拉下脸来,说,谁盼你了,只是恰巧那个时候伸伸脖子活动活动筋骨,你大嫂就误会了,真是的!

老叔哄小孩似的,赶紧说,是,是我盼着赶紧回来。

老婶和老叔经常打嘴仗,打累了,老叔便扶着老婶在屋里锻炼,说这样好得快。老婶开始觉得很别扭，很不配合，可渐渐地也适应了，身子还是靠在老叔的胸前。两人的关系一天比一天亲密。

等老叔要娶老婶的时候，父亲对老叔说，他老婶这人哪儿都好，还有文化，就是有点儿野性。老叔恰恰喜欢老婶这一点，两人结婚以后，也经常吵吵，可吵吵过后，感情反而比从前更深了。

老婶喝完水，用衣袖擦擦嘴要走，回头一看我趴在井口，又站住了。我连连向老婶招手，老婶就背着锦儿走过来也趴在我跟前，看着井底的青蛙说，还真是坐井观天啊！苔藓绿绿的，湿湿的，看上去滑不溜秋的，由于刚刚打过水，淋漓着几颗水珠儿，凉凉的寒意从井底漫着升上来，我心里特别舒服，回头看老婶。老婶的额头宽宽的，好像有一层亮光，这让我一下子就想到了生铁的光泽。

我和老婶回村里的时候，太阳已经偏西了。头顶的老鹰不见了，但却传来了一声接一声布谷鸟的叫声，让人困意顿时就上来了，只想睡觉。

老婶走得很慢，还没走出一节地，她几次回头，但老叔的坟丘已经远了，模模糊糊地，只能看见一片绿。

我以为老婶是累了，要抱锦儿。可锦儿到了我怀里忽然哇的一声哭了，我只好又把锦儿还给老婶。

回到家里，母亲问我怎么去了小一天才回来，我说，老婶不走我有啥招儿？

父亲说，看来小米对他老叔还真用心了。

母亲叹一口气说，人都走了，说这些还有啥用？小米第一天来咱们家就相中他老叔了，好不容易两人有了感情在一起了，可他老叔终究还是对不起人小米了。

父亲说，怎么没用呢？这说明人家有情有义，这样咱以后更得对她娘俩好点儿了。

母亲也不搭理父亲，拿一条用白布缝的口袋到仓房舀了半袋子小米，让我赶紧给老婶送过去。

老婶家在村西头紧靠边儿,当初父亲给老叔在这儿盖房子的目的很明显,是想离学校近点儿,老叔上下班也方便。可没想到老叔住了还不到一年就走了。剩下老婶孤零零一个人带着锦儿,两间土坯房子显得有点儿大。

老婶的饭还没做好,看我进屋赶紧把口袋接过来说,又是你妈让你送的?

我点点头。

老婶说,回去告诉你妈,我够吃,我们娘俩吃不多,不用老惦记我!

其实老婶说得没错,老叔走了,两个人的口粮变成一个人的了,她还真不缺吃的。后来我才渐渐懂得母亲当初的意思,她是想让老婶明白,别看老叔走了,高家人还想着她呢,都拿她当亲人呢。

锦儿太小,老婶不能到生产队出工,于是养了两头猪,还有一些鸡呀鸭的,反倒比老叔活着的时候热闹了。鸡是几只芦花鸡,身上的花纹好像是刚刚涂上去的,很新鲜。冠子窄窄的,红红的,总是不停地在头顶晃动,它们和鸭子争着到猪槽子啄食,被老婶用棍子拨拉到一边儿,可一旦老婶离开了,便又回来抢。

母亲曾经交代我,老婶一个女人家的,顶门过日子不容易,没事儿了就过去多帮老婶干点活儿。可老婶总对我说,她一个人行。我经常看她背着锦儿手里拎着篮子去大西河,有时也会在草木间听到锦儿的哭声,被惊的鸟儿在天空盘桓,而蚂蚱没蹦多远又落入草丛。

老婶的一双手仿佛是安上了弹簧的机器,有规律而又有节奏地不断在草地上攒动,拱起的后背上锦儿在哭,这让我很容易想到犁地的母牛和跟在它身后的犊子。

天太热了,正午的太阳仿佛一个大火球吊在空中一动不动。大西河的水很静,河面上浮着一层淡紫色的水锈,没有波澜,连一丝的涟漪也没有。岸上更静,锦儿已经哭睡了,只有老婶的汗珠儿落在地上的声音。

这几乎是老婶生活中的一个固定画面。当我无声地走到老婶身后,蹲在地上把猪菜放到篮子里,老婶便坐在草地上喘一口气。我喜欢帮老婶干活儿,尤其是喜欢听锦儿的哭声。我经常在想,小时候,我也像锦儿一样趴在母亲的后背哭,使劲儿地哭,哭得昏天黑地,直到睡着了。锦儿现在无意识,我那时也无意识，可现在我已经有意识了，所以我看老婶的目光一定是充满柔情。

老婶把装满的篮子往跟前拽拽，然后用袖口给我擦汗。

我说，老婶你怎么不笑了？我可有日子没见你笑了。

老婶说，有啥好笑的？

我说，可是老叔活着的时候你总笑，而且一笑起来没完没了的，那样子可好看了。我想说好看到像天上的仙女一样，可是又觉得不妥，于是咽了回去。

老婶怔怔地看着我，把一绺青蒿苫在篮子上说，好看啥，那是没心没肺哩。语气多少有些怪怪的。

我想看老婶笑，特别是她笑容背后含蓄的野性让我十分着迷。村子里的很多男人背后都说老婶笑得好看，当然也有人说老婶不懂规矩，一个新媳妇儿哪有那么笑的？

老婶的目光始终盯着大西河水，我跳到河里的时候老婶抱着锦儿一直坐在岸上。阳光把草晃得有些发黄，天空也黄，老婶的脸被一圈儿黄色的光晕罩住了，在水里看模模糊糊，好像有了笑意，我用手捧水扬到岸上，老婶开始向我招手。我游到岸边看着老婶说，赶紧下来啊！可凉快了！老婶还是有些犹豫，一副欲言又止的样子。我说，在这里洗澡又没人看见，你怕什么？有我呢，我给你看着人。

锦儿被老婶放在了河岸阴坡的草丛里，可她还是不放心，又回头薅了一把草盖在锦儿的身上。一只脚踩到水里老婶正在看着河水，被我一下子推倒在河面上。老婶大叫一声，整个身子很快被溅起的浪花裹住了。

我冲老婶一个劲儿地笑，然后游过去不断地往老婶身上扬水，老婶的布衫紧紧地贴在身上，她双手使劲儿地抹着脸上的水珠，很放松地大口喘着气。被我们掀起的浪花涌动着，由近及远地向四外扩散，很快变成了一圈儿一圈儿的涟漪。老婶不识水性，总是撩着水站在一个地方不动，更不敢往深处走。我说，大西河水浅，你只管往里去，没事的，老婶信了我的话，可是没走几步又站住了，我赶紧用水扬她，她也用水扬我。被河水荡着的笑声很纯净，也传出去很远。岸上草木间的鸟又飞了起来，河面不再平静了，也比刚才白了，那淡紫色的水锈好像也沉进了河底。

闹够了，洗累了，老婶开始坐在河床上，我便把河底的淤泥抠出来帮老婶洗头发。用河泥洗的头发很透，也很散，而且还有一缕类似青草的香味儿。我开始不信。

老婶说，你闻，真的很香啊！

我凑上前把鼻子凑到老婶跟前可什么也没闻到。

老婶说，你把眼睛闭上再闻一闻！

这次我果然闻到了。

老婶说，有的香味儿不是你一下子就能闻到的，很淡，你得慢慢地用心体会。

一个夏天我和老婶总要洗几回澡，在她眼里我还是个孩子，而且是一个还算听话的孩子。她拧衣服的时候背过身子，蹲在草丛里，我是不能看的。可万一我要看了，而又恰好被她发现了，她会假装很生气，半天也不跟我说话。其实我也只是看见一个脊背，光溜溜地在眼前一晃，那时候我的记忆只停留在老婶光滑的额头和精致的脸上，对她身体的其他部位我根本没想过。

老婶只比我大四岁，我虽说嘴里喊她老婶，可心里却是把她当姐姐的。我说，老婶，我又不是故意要看你，再说了你也比我大不了几岁。老婶说，你这叫什么话？我就是比你大一岁也是你老婶！辈分在那呢！该避的嫌得避，不然又都是说闲话的！唾沫星子能淹死你。咱们影子正，更犯不上让别人怀疑这个怀疑那个的。

我不再说话，想起了母亲说的话：寡妇门前是非多。我这个时候才开始意识到老婶有点不容易。

我帮老婶干活儿，除了有母亲的因素，最大的原因是老婶能帮我辅导作业。那一年我刚上初中，不爱写作业，尤其是对作文很头疼。老婶高中毕业，数理化很好，尤其擅长写作文。所以很多的时候我帮老婶干活儿，老婶帮我指导写作业。我们是换工，谁也不耽误事儿。我觉得在老婶的心里，她未必没把我当成她弟弟，从她看我的眼神里，我就知道她的这种感情，还是缘于一个姐姐。

果然，随着时间的流逝接触得多了，我们俩可以说是无话不谈了，她告诉我她老家也有一个弟弟和我同岁,一看见我她就会想起弟弟。我说,可我是你侄子。她说,这我知道,我又没让你当我弟弟,再说你妈也不干。于是我俩就开始你一句我一句地闹了起来,这让我感觉到了家里有个伴的欢乐。以至于后来我跟我妈说,要是能再给我生个姐姐就好了,结果被我妈好顿嗤,说就是生也只能是妹妹。

等她作业都检查完了,我也把猪和鸡什么的都喂完了。这时候如果赶上锦儿哭了,我会抱着锦儿在院里玩会儿,她会去挑水抱柴火为明天做准备。我喜欢看老婶挑水的样子,一根竹扁担横在她瘦削的肩上,颤悠悠地随着吱吱呀呀的声音走在街上,在夕阳的余晖里我真希望她就这么一直走下去,而我呢也抱着锦儿一直地看下去……

母亲对我很满意,曾当父亲的面儿不止一次地夸过我,说我懂事了。父亲说他要真懂事倒好了。父亲说完这句话没几天,我把一只死耗子抹上狗屎放在了大萍的书包里。当时我是看她挺能嘚瑟的,想惩治她一下。没想到她反应得太强烈了,指着我的鼻子骂,而且还告诉了老师。父亲很生气,因为大萍是队长的女儿,父亲是会计,正好那几天父亲和队长闹点儿矛盾,在他看来我整治大萍,等于是他间接地整了队长。父亲在学校并没动手,这让我反而更害怕。因为在学校有老师挡着,他下手总会轻点儿。可万一到了家里母亲要是不在家,那我可真完蛋了。我背着书包胆突地走在前面,被父亲押着,在经过老婶家门前的时候,我故意使劲儿咳嗽一声,老婶果然从院里出来了。我不敢说话,赶紧给老婶使眼色。老婶看着父亲说,大哥,上跃进学校了?父亲哼一声没有回答,却用手使劲儿地推了一下我后背。我一看这下完了,转身想跑,却被父亲一把攥住了胳膊。

老婶来得还算及时,我已经遵照父亲的命令脱下裤子趴在炕沿上,他举起柳条棍子还没等落下来,老婶上前一把擎住父亲的手腕儿。接下来两人发生了争执。父亲说,像他这样的混账王八蛋不打是不行的,不然说不定将来能闯出什么样的大祸。

老婶死死地擎着父亲右臂,但父亲把棍子换了左手还是奔我的屁股抽了下来。老婶赶紧趴在我的后背上，我是没挨着揍，可老婶却结结实实挨了一棍子。

事后，我觉得对不起老婶，想着问问老婶挨棍子的地方疼不？不疼也想跟老婶表达一下我的谢意；可同时也觉得挺难为情的，因为当时我是光着屁股的，老婶肯定啥都看见了，可却毫不犹豫地趴在了我身上。

连着好几天我也没到老婶家去，在路过老婶家门前的时候，我故意放慢脚步，我是想引起老婶的注意，让她招呼我，然后再顺理成章地进去。老婶好像很忙，我隐约听见了院里的猪叫声，接着是锦儿拉长音的哭声，我下意识地走到门前，老婶一抬头看见我，大声说，你个小没良心的，也不知过来帮帮我，这几天干啥去了！我赶紧进院儿接过锦儿。老婶什么也没说，只顾从大缸里用盆子把沤过的猪菜捞出来放进槽子，盆沿上淋漓的菜汁滴在老婶的胳膊上，她高高挽起的袖管粘着两片菜叶，猪抢食的哼哼声，还有鸡、鸭的叫声，在视觉和听觉上混合了，让人觉得格外亲切。

老婶伺候牲畜和母亲不同。母亲总是显得很匆忙，目的性也很明确，她只想让它们尽快吃饱，好做别的事情，哪怕没事做待着也是好的，所以着急忙慌的。而老婶呢，无论是动作还是目光都很从容，都带着女性的柔情。很多时候我觉得老婶不是在喂猪，而是在一种特殊的场合等老叔回家吃饭。

锦儿趴在我怀里睡着了，老婶的一天也结束了。她从我手里接过锦儿在额头上亲了一口，然后轻轻地放在炕头上铺着的小被子上。我忽然想到了老叔，刚刚死去的老叔好像还跟我笑了一下。我觉得老婶亲的不是锦儿，而是老叔。

当老婶的目光射到我身上的时候，我忽然想到了院里的两头黑猪，她看它们的时候也和看我一样。

老婶问我就没有什么要跟她说的。

我说，我恨我爸！

老婶说，谁让你跟我说这个？

我说，那你想让我跟你说啥？

老婶说，你一个大男生把老鼠放人家女生的书包里还有理了？你放也放了，可不该抹狗屎啊？也不嫌恶心。

我扑哧了。低头不说话，我也不知道当时是咋想的了。

老婶说，别说你爸了，连我都想削你一顿！这样斤斤计较哪是一个男子汉应该干出来的事啊！这样还觉得自己对的话，今后也没啥大出息。男子汉大丈夫要有胸襟！

老婶说着，我不住地点头。这个时候我才觉得自己做的确实有点过了，确实不像老婶说的男子汉应该做的。

在我们大西岭村有好几个跑腿子惦记老婶，老叔刚死的时候他们还不敢太放肆，再加上父亲是生产队会计，多少有些威严。可时间长了，随着老婶在村里活动得多了，这些跑腿子便开始打老婶的主意。老婶也说不上有多好看，可是脸白额头宽，个子高高瘦瘦的，看上去很文静，虽说生了一个孩子，但梳着两条辫子，不知底细的人还以为她是大姑娘呢。

那段时间，母亲总叮嘱我注意点儿，别让老婶吃亏。开始我还不明白母亲啥意思，后来才知道她是怕这些跑腿子勾引我老婶。所以只要有男人跟老婶说话，我总是很反感。我觉得老婶只能是老叔的，老叔死了她也还是老叔的。我觉得看着老婶不让那些男人打她的主意是我的职责。

在这几个跑腿子里，陶四旺年龄最小，长得也还说得过去，只是一笑露出的门牙发黄，让人觉得有点儿恶心。可我没想到正是这个陶四旺后来和老婶走得很近。

那天我放学以后去老婶家没见着老婶，天已经很晚了，社员也收工了。大西河的水起着微微的涟漪，大野一片老黄，秋风瑟瑟，吹着枯黄的草木，有落叶在空中飘着，缓缓地落进大西河。

我把手圈成喇叭状大声喊老婶，几只晚归的山鸟飞起来，无数的蚂蚱在草里蹦跶，我顺着飘飞的芦花望过去，老婶手里拎着篮子缓缓地在草丛里站起来。

我跑到老婶跟前，看着她手里的篮子说，现在也没猪菜了，你还来这儿干啥？老婶说，我知道。老婶从篮子里拿出一把打籽的车前草说，我来看看草药，这玩意儿能卖钱呢！

我和老婶正说着话，陶四旺手里掐着一把车前草走过来。

我的警惕性一下子就上来了，问，陶老四你搁这儿干啥？

陶四旺把车前草放到老婶的篮子里，有些不自然地说，我是路过，这不看你老婶采药嘛，就想着帮忙采点，不然天马上黑得看不着啥了！

我盯着陶四旺看了半天，然后把他的车前草拿出来扔在大西河里说，陶老四，以后离我老婶远点儿！

老婶赶紧用手碰了一下我的胳膊说，跃进，你说啥呢？

陶四旺走后，我和老婶并排坐在大西河岸上，看着近水处蒲草上结的蒲棒和芦苇，半天都没有说话。是锦儿打破了我们之间的沉默，锦儿这次没有哭，而是对着大西河水呵呵呵地笑了。

老婶说，跃进，你看锦儿看着河水笑呢！

我说，老婶，你能不搭理他吗？

老婶说，谁啊……你说陶四旺啊！我根本也没搭理他啊！

我说，老婶，这小子一看就没安好心！天天琢磨你，咱得防着他点。

老婶说，跃进，你想多了，我也是无意碰见他的，我们连一句话都没说呢。

是老婶清澈的目光，还有被夕阳染红的天空和大西河的水，让我相信了老婶。我渐渐平静了，觉得在这样的一个环境里，一个女人是不会说假话的。

老婶说，跃进，其实我看陶四旺这人挺好的！心地挺善良。用老婶的话说，陶四旺这人心里干净。我不以为然。由于她和陶四旺也没啥，我也不好再说什么。

但到了第二年春天，母亲还是听到了有关老婶和陶四旺的一些流言蜚语。我只好极力为老婶辩护，说他们之间啥事儿没有。

母亲说，跃进，我告诉你，这种事儿无风不起浪，还是别人看到过啥，不然不能有话茬，你以后还是注意点儿。

我说，妈，你放心！有我看着我婶，那些跑腿子近不了跟前。

母亲说，也别太明显，不然你老婶该不乐意了。好像咱咋了她似的。

陶四旺不但庄稼活儿好，人勤快，手也巧。他做的打鸟夹子比在供销社卖的都好。

每年一到小满前后是打鸟儿的旺季，我有时候连饭都忘吃了，拎着夹子总是穿梭在几个村子的树林间，陶四旺正是看上了我的这个软肋，不知在哪儿弄的青钢丝，做了好几盘夹子。他为了贿赂我，可算是煞费苦心，后来我还是上了他的当。都说吃人嘴软拿人手短，这话一点儿不假。收了陶四旺的礼物之后，没过多久陶四旺果然跟老婶有了来往，其实现在想想那也不算什么，又没啥实质性进展。他顶多也就是趁人不备的时候帮老婶干点力气活儿，或者把猪菜用麻袋装了，半夜偷着扔进老婶院里。

母亲很快知道了老婶和陶四旺的事儿，把我好一顿骂，她说不是让你看着点儿吗？你怎么啥也不知道呢，你的机灵劲儿都让狗吃了？还让你看着呢，看啥了！

我只好竭力地申辩说，妈，你别听大家伙胡说，我都盯着呢，我老婶从来没离开过我的视线，我老婶跟陶四旺啥事儿没有。

母亲说，都有人看见陶四旺半夜往你老婶院里扔东西了，一包一包的！

后来母亲去找了老婶，她跟老婶说了什么，我不知道，可老婶跟陶四旺的来往似乎更勤了。

我忽然觉得对不起老叔，只好警告陶四旺说，我老婶是我们高家人，你少打她主意。

陶四旺说，跃进，你老叔死了，难道你想让你老婶一个人带着孩子过一辈子吗？你老婶自己是很艰难的。

我大声地说，这就不用你操心了，我妈和我爸照顾着呢。

陶四旺呵呵笑了几声，你爸妈老了呢？不在了呢？你别说你可以照顾她们啊，你长大了自己有家有媳妇了呢？那个时候你老婶怎么办？你们怎么就不替她想想。

我隐约觉得陶四旺说得也挺有道理，便把他的话掐头去尾，委婉地告诉了母亲。

母亲说，我们又不想让她一个人过一辈子，我和你爸早商量过了，是想给她找一个好一点儿的人家。你老婶这几年已经够苦了，不能找个啥也不是的人家。那陶四家要啥没啥，多困难啊，还有一个瞎眼的老妈需要人伺候，帮不上你老婶不说，还让你老婶跟着吃苦受累！不是个好人选。

陶家的确算不上好人家，两间土坯房的山墙已经支起来，眼看要倒了不说，还有一个瞎了眼的妈。我也觉得不妥，在被母亲洗脑以后，只好忍痛把几盘夹子还给了陶四旺。

陶四旺说，送出去的东西哪有收回来的道理？

我说，你爱要不要，反正以后你别打我老婶主意。

陶四旺审视着我说，跃进，我怎么听着这不像你说的话？这是你妈的意思，还是你爸的意思？

我知道我没法回答他，也懒得搭理他，很潇洒地一个转身把陶四旺晾在了村后的树林里。

当天晚上，我便把我的态度告诉了老婶。老婶先是有些惊讶地看着我，然后啥也没说笑了。

我说，老婶你难道这么快就把我老叔忘了？再说那个陶老四有啥好的，呲一口大黄牙，还有一个瞎眼的妈需要人伺候。

老婶说，跃进，你还小，有些事儿你不懂。我相中你老叔的时候你家也不富裕。这跟这些没关系！

我说，我可能是不懂得，但我知道陶四旺太穷了，你跟着他会吃苦受累的，就这一点我就不同意。

老婶说，我知道你为我好，也知道你爸妈都照顾着我呢，可是自己的日子还得自己过，谁能指着谁过一辈子呢！女人这辈子啊！

后来我觉得老婶当时和陶四旺好，也并非完全出自本心。她是看不惯我父亲和母亲对她的干涉。和老叔结合，是命运把她推向一种尴尬的处境。现在老叔走了，她完全可以按照自己的意思去选择。

老婶靠养猪交口粮款，又隔三岔五地卖点儿药材，日子虽说过得不是太宽裕，可也还说得过去，不是说得过去，是比好多别的人家过得都要宽裕一点。这使得老婶更加抢手了。

锦儿已经会走了，老婶在家里干活儿也不用总背在身上了。一到春夏她还是每天到大西河去薅猪菜,然后把猪菜择净了摁在院里的大缸泅。我只要放假便去帮老婶干活儿,这似乎已经成了我的习惯。老婶说,你也不用总帮我忙乎,回家帮帮你妈,她一个人也够累了。其实,老婶还不够了解,我爸当会计平时也没事儿,一年的账目不够他几天干的,所以有大把的时间帮我妈干活儿。

那是个阴天,我和老婶刚来到大西河,雨就下来了。我赶紧把衣服脱下来蒙在锦儿的身上,和老婶到路边的树带避雨。没有一会儿雨又停了,我让老婶在树带哄锦儿,一个人去薅猪菜。可没一会儿雨又淅淅沥沥地下起来。

陶四旺来西大河的时候,我的篮子还没薅满。他拎着锄头手里拿着一把桐油纸糊的破伞,一闪便进了树带。我也顾不上薅菜立即冲了过去。陶四旺说,跃进,也在啊?我说,咋地?知道我在你还来?陶四旺把破伞撑在老婶的头顶说,我这次真不是为你老婶,你看锦儿太小了,淋不得雨啊!感冒了咋整!

也该出手了,如果任由陶四旺这样下去,老婶迟早得是陶家人。我也不知哪儿来的力气,一把夺过陶四旺的雨伞摔到地上,并且使劲儿地用脚去踩。

老婶想阻止已经来不及了,她用一只手推着我,表情严肃怒气冲冲地说,你这孩子怎么回事儿?

我说,不用他的伞!

陶四旺把踩坏的破伞捡起,拿在手里拼凑起来,然后看着我说,我是真心对你老婶好,像你老叔那样。

我说,你赶紧滚!我不稀罕。

陶四旺还想跟我解释,老婶也一再地说,他让你走,你就走吧!可陶四旺偏不走,而且还一个劲儿地看着老婶。

雨大了,雨水顺着我的头发脸颊滴下来,锦儿的哭声忽然超过了雨声。我觉得孤单,和大西河一样的孤单。在这种情况下我要是再不伸手,不但陶四旺看不起我,连我自己也会看不起自己。我一连打了陶四旺几拳,都是胸口的要害部位,我甚至能听见拳头落在他身上扑扑的声音。可陶四旺没有还手,我也只好停下。

事后我感觉自己像是在发泄,至于为什么发泄,要发泄啥,我自己也不知道。

回到老婶家里，我一直想着刚才打陶四旺的事儿，没过一会儿便睡着了。等我醒来天要黑了，老婶抱着锦儿把一碗鸡蛋羹端到我跟前说，趁热吃了！我狼吞虎咽地把东西吃完说，老婶你能不搭理陶老四吗？老婶没有说话，但从她的神色看显然是不能。

陶四旺家也在西头，和老婶家隔了一条街，站在老婶的院子里推开门，就能看见陶四旺家的后山墙，以及矮趴趴的屋顶上的茅草和蒿子。老婶在喂猪的时候，看似是无意地把大门敞开了，可目光却漫不经心地盯着陶家。有时候猪食已经没了，两头猪抬头不断看着老婶哼哼着，几只母鸡有节奏地啄食槽子外落下的糠皮儿和菜叶。老婶浑然不觉，痴呆了似的靠在门前，她精致的脸孔和宽宽的额头融在浓浓的晚霞里，看着很自然也很平静，让人觉得一切仿佛就该如此……

陶四旺经常用他自己做的车子把瞎眼妈推出来晒太阳，以前他多半是在门前的街上走，老婶成了寡妇以后，他把车子推到屋后来了。渐渐地大家也都明白了他的用意，我自然也知道，可我又没法儿阻止。

车子的轱辘是木头的，因为沾了岁月的沧桑和尘埃，已经辨不出颜色，轴承里因为镶了滚珠，车子一动自然会发出很好听的响声。虽然我不承认，可现在想起来，这一幕还是很能打动人心的，尤其像老婶那样心地纯净的女人。应该说，老婶最开始是注意上了车上的瞎眼老太太，后来便很自觉地注意上了推车子的陶四旺。一个男人这么有耐心，对自己的母亲这么好，那他对自己的女人肯定也错不了。通常是陶四旺推着母亲在街上走一个来回，然后便把车子靠在自家的后山墙上，看老婶家的院子。如果老婶家的大门闭着，陶四旺也只听见院子里的声音。他瞎了眼的母亲双手拢在胸前从来不说话，可她知道儿子的心事儿，她不想打扰儿子，她想把这唯一有限的时间留给儿子，让他去慢慢享受。

我打了陶四旺以后，再见着陶四旺，他好像把这事儿忘了，而且还和我说，要啥玩儿的，让我吱声，他随时都能给我做。我能要他的东西吗？当然是不再有可能。可是我不要没用，老婶要。而且老婶对他送的东西赞不绝口，我心里憋着气，真想把它砸了。老婶摸着陶四旺为锦儿量身定做的车子说，你看，跃进！

陶四的手真巧。我斜了老婶一眼没说话。她不知从什么时候开始连称呼都改了，以前我也没觉得谁叫他陶四有什么不妥，可这个称呼一旦从老婶嘴里说出来，我听着怎么那么别扭，就跟有人叫他王八蛋一样。我坐那儿也不看陶四旺做的车子，自顾自地生了半天的气，觉得还是有必要和老婶郑重地好好谈谈。从我进院开始，老婶的目光一直没离开车子，她的额头因为兴奋似乎更宽了，脸也比平时红了。

我说，老婶你不该要陶四旺的车子！

老婶也不看我，自顾自地说，你看这车轱辘多圆，他是怎么做出来的呢？真是手巧。

我觉得老婶好像在故意气我。我想说，不圆能叫轱辘吗？可话一出口却变成了，你不该要他的车子。这回老婶把头抬起来了，我眼睛不眨地看着老婶，想表明我坚定的态度，也兼顾着给她施加压力。

老婶轻描淡写地说，你说啥呢？邻里邻居的谁用不着谁啊？

不得不说老婶这个球踢得很漂亮，她是想转移话题，让我忽略她和陶四旺的那种微妙的关系，这些我都知道。于是我说，老婶你也不想想，咱大西岭村有多少人家有小孩的，他为什么单单给你做车子？

老婶有些惊讶地看着我，似乎觉得在我这个年龄不该说出这样的话。那天我本来是想让老婶帮我写一篇作文的，但由于陶四旺的车子，我的心情坏透了。而老婶也因为我的直接没话说了。

我本来是不想把这事儿告诉母亲，可万一哪天母亲看见车子，她还是会知道的，那样的话母亲反而对我不信任了。母亲听我说完以后果然很生气，她认为老婶太傻了，她已经说得不能再明白了，眼前就是一个火坑别人躲还来不及，老婶为什么非得要往里面跳呢？如果陶四旺有那么好，至于这么多年娶不上媳妇？别人也都不是傻子！父亲的态度更恶劣，他说什么火坑不火坑的，她这是丢咱老高家的人呢？父亲的意思是，老叔不管怎么说也是一个民办老师，是文化人，而他又是小队会计，他们家女人虽说守了寡，那要再嫁也得嫁个差一不二的，他陶四旺是什么东西，穷得叮当响不说，还带个瞎眼的妈。父亲越说声音越大，到后来干脆气得拍了桌子，酒也不喝了，我只好在母亲的授意下跟他来到街上。

陶四旺正在端着碗喂他的瞎眼妈，看我进来知道有事儿，便跟我走了出来。父亲早在树林里等得不耐烦了，他看见陶四旺也不说话，照他的脑袋就是一大巴掌，我只觉一股风刮我的脸，接着便是啪一声，特别响，以至于有一只老鸹在头顶飞起来。还没等陶四旺反应过来，父亲扇出去的手往回一带又是一巴掌。陶四旺原地转了半个圈儿，完全被打蒙了。

我也蒙了。这是我第一次见父亲除了打我以外去打别人，而且用了我所不知道的大力气，他的样子很吓人，也很帅，我忽然不恨父亲，而有些崇拜他了。仅凭这两巴掌的力度和速度我就躲不开，看来他平时是给我留着情面。

陶四旺的脸立马肿了起来，被父亲打得蹲在地上，但他自始至终都没还手。

缓了一会儿，父亲从兜里掏出一根葡萄烟递给陶四旺说，知道我为啥打你吧！

陶四旺揉着脸说，还不是为了小米？

父亲说，陶四我给你说，小米是我们高家女人，她要嫁人，那也得我们高家点头，你难道不明白？

父亲也管陶四旺叫陶四，可听起来舒服多了。好像陶四旺本来就该是陶四，谁都可以这样叫，唯独老婶不能。我不知什么时候也凑了过去，陶四旺说，跃进，你爸可比你强多了，看我的脸都肿了。

父亲打陶四旺是表明一种态度，让他死心。可老婶知道以后不干了。她问父亲这是干什么？难道我自己的事自己还不能做主了？这句话让父亲无法回答。

母亲替父亲回答说，他老婶，你怎么还糊涂着啊？我们是怕你跟陶四吃亏。

老婶说，吃不吃亏我自己心里有数，再说了你们小的打完，老的打，人陶四可都没还手，你们这不是欺负人吗？

父亲说，小米，你现在还是高家的人，我们有责任保护你。

老婶说，大哥，我先谢谢你了，以后我的事儿，你们还是少插手吧。我老大不小了，心里明白着呢。

父亲像不认识老婶一样地看着老婶，和看陶四旺的目光有了很多的相似之处；而母亲呢，本来脸上还带着强装出来的笑容，这会儿也立马变了颜色。

父亲说，小米，我们不是非得要插手你的事儿，实在是你太年轻，学文又不在了，这事儿要搁你身上，你能袖手旁观吗？

母亲说，就是就是，你大哥这是为你好，要是别人家的事儿，他才懒得管呢！

老婶根本听不进去，要不是锦儿哭起来，还指不定她能说出什么难听的话呢。锦儿可能是被她们刚才说话的声音和气氛吓着了，所以哭得没完没了。我妈给她去弄吃的，我爸呢赶紧把孩子接过来抱在怀里，那份亲热劲儿连我这样没心没肺的都被感动了。说来也怪，锦儿到了父亲手里忽然不哭了，而且还用一双小手摩挲着父亲的胡子呵呵呵地笑了。父亲说，小米，你看！这孩子跟我多亲！咱们打折骨头还连着筋呢！你说让孩子也跟着你嫁过去吃苦，我们心里怎么能好受！

老婶看着锦儿一会儿，忽的一转身，我分明看到了老婶在偷偷擦泪，她肯定是又想到了老叔。

因为锦儿，老婶的兴师问罪也只能虎头蛇尾了。

我按父母的意思背着锦儿把老婶送回家。老婶想一个人待一会儿，我只好坐在院里，两头猪拱着圈门儿，大声地哼哼，几只鸡很悠闲地在地上刨着。我忽然无聊地又想到了陶四旺，和父亲扇出去那两巴掌。我觉得老婶说得没错儿，父亲的确是欺负人，我一个孩子打也就打了，再说也没多大劲，跟闹着玩似的，他一个成年人又不好和我一般见识，可父亲怎么能说动手就动手呢？下手还那么重，而且人家陶四旺压根就没还手的意思。是有点欺负人！

渐渐地我去老婶家不那么勤了，那天放学以后母亲问我，这几天你老婶干啥呢。我说，不知道。母亲说，你这孩子怎么这么不懂事儿，我不是跟你说了吗？看着点儿你老婶，别出啥事儿。我瞅着母亲半天也没说话。母亲只好从兜里掏出两毛钱放在桌子上。

眼看要到夏天了，大西河岸上的苇子和草都长得郁郁葱葱，很茂盛。我站在柳树毛子跟前一搭眼儿，便看老婶正在河岸上摸陶四旺的脸，陶四旺蹲在地上，而老婶半跪着。我赶紧猫着腰快速地凑了过去，就听老婶说，现在还疼吗？陶四旺说，早不疼了。老婶说，你别怪我大哥，他也是为我好！不知陶四旺嘟囔一句啥，老婶忽然哭了，而且哭得很伤心。陶四旺立即用双手捧着老婶的脸，并且把嘴凑了上去。

接下来要发生什么我自然是知道的，可我已经打一回陶四旺了，我父亲又给他回了一回炉，如果再打，那可真有点儿说不过去了。但我也不能眼看着让这小子得逞。土疙瘩被我扔进大西河溅起了很高的浪花，我看得不够清晰，可是我猜测陶四旺的嘴唇肯定是碰上老婶了，要不老婶的身子也不会哆嗦。陶四旺抬头看着大西河发了一会儿呆，一双手也从老婶的脸上拿开了。老婶说，跃进，你给我出来！我知道是你。我能出来吗？我趴在地上，蒿草挡着我的身体，老婶根本看不见我。她又喊了一句，说是已经看见我了。我知道她在使诈，所以趴在地上一动不敢动。

草叶子贴上我的脸，麻酥酥的，很像是母亲的手，草虫在窸窣地叫着，一只蚊子落在我的手背上，被我轻轻地拍死了。老婶又叫了一声，拎着筐进了草丛。

陶四旺跟在老婶身后，两个人离我越来越远，后来也不知老婶说了啥，陶四旺就向村里走去了。我觉得也没啥意思了，正琢磨着要不要去帮老婶薅菜，忽然看见母亲远远过来了，她脸上的神色很不好看，显然是和陶四旺碰头了。我赶紧绕过去潜到母亲身后，装作是刚刚来到大西河的样子。母亲回头疑惑地看着我，我伸手指着靠河岸的草丛。

母亲平时从不到大西河薅猪菜，我家就一头猪，吃得少，她干活儿的时候田间地头儿薅一把差不多也够了。由于我这阵子总脱岗，她是不放心老婶。

母亲拎着篮子比我走得快，老婶的整个身子都隐没在草丛里，但我知道她早看见我妈过来了，也肯定看见我了。母亲薅菜的速度也快，只见她的手不停地在草地上晃动，不大一会儿就装了半篮子。老婶的后脑壳终于在草丛里露出来了，母亲薅着薅着便很自然地来到老婶跟前，老婶抬头看着母亲，然后又看看母亲身边的篮子，最后才把目光落在我脸上。我凑到老婶跟前把一把猪菜放进篮子，小声说，不是我让她来的。

母亲看着老婶的篮子说，我也知这儿的菜多，可深草没稞，一个人又不敢来。

老婶说，不是有跃进吗？

母亲说，你看他帮你干活儿行，我能指上他吗？两人说着话，篮子不知什么时候放到一起了，薅的菜也被随便地放在篮子里，分不出你的我的了。

母亲的语言天分真的太高了，她也不用深思熟虑每一句话，都有所指。乍一听没什么，可细一琢磨还有另外一层意思。

老婶开始很少搭话，只是一门心思干活儿，猪菜被她扔进篮子，绿莹莹的，飘散着青稞的香味儿，阳光把她的脸晃成了金黄色，她用手抹了一把汗，一本正经地说，嫂子，也许我就不该嫁到大西岭，让你和我大哥操心不说，我心里也不舒服……说实话要不是为了锦儿，我真想回老家了。

母亲薅菜的手立即停下，她很认真地看着老婶半天也没接话。显然老婶这话让她很意外，甚至从来没想过。

老婶说，以前我觉得在哪儿都没啥，过日子嘛，吃饭睡觉怎么都是一天，现在想想还真不是那么回事儿，总像有一堵墙挡在跟前。

母亲说，要我说这也没啥，使劲儿把墙推倒了不就完了。

老婶说，要真有你说得这么简单倒好了，这还没咋呢，事就不少。

母亲薅了一把猪菜缓缓地放篮子里，然后盯着老婶笑着说，小米，也不对啊！我琢磨了这墙还真不能推，它要是倒了野狗啥的进来，你不更操心吗？

老婶嘿嘿嘿笑着，现在是啥年头，又不是旧社会，哪还有野狗了。唉！哪天还真想回娘家看看。

母亲回到家里，把老婶和陶四旺在大西河约会的事儿告诉父亲。她是觉得问题严重了，因为父亲的莽撞打了陶四旺，反而为老婶提供了接近陶四旺的理由和机会。母亲还特意把老婶想娘家的事说了。

父亲皱着眉头连着抽了两根烟说，跃进，不是一直看着他老婶吗？只要他们没啥事儿，见一面就见一面吧！

母亲用手指着父亲，半天没说出话。但我知道母亲是想说父亲愚蠢，在她看来一个寡妇和一个跑腿子见面，怎么可能没事儿呢？即使这次没事下次没事，那一来二往的，以后就不会没事？也不知为什么我忽然走到母亲跟前说，陶四旺是稀罕我老婶，但我保证他们没事儿。

母亲狠狠地瞪着我说，你怎么知道他们没事儿？再说了有事儿没事儿你看见了？

我的确没看见，但我相信老婶，我也想让父亲和母亲相信老婶，老婶不是那样的人！

母亲说，小米这人主意正着呢！我看再这样下去，早晚得让咱们老高家丢人现眼。

父亲也觉得母亲说得有理儿，可又想不出好主意。他虽然是生产队会计，看着人五人六的，可在家里大事儿还是母亲说了算。他原以为等过一年两年给老婶找个人家，现在看来时间不等人了。

母亲想了半天，说，不行干脆让跃进去给他老婶做伴吧！这样咱们不早晚惦记着。

父亲说，这行吗？

母亲说有啥不行的？他老婶功课好，还能辅导跃进，再说了有跃进盯着，她有啥事儿也瞒不过咱的眼睛了，最主要的是惦记的人也能收敛一点。不然，三更半夜的谁真的起了坏心思能咋办！

以前是不论在老婶家待多久，晚上都要回家的，现在不用了，其实这对于我来说倒是求之不得的。

母亲的理由很充分，她说跃进和你对心思，功课又不好，只能麻烦他老婶了，再说他还可以帮你干点活儿。

老婶说，行，我以前也有这个意思，你说我一个女人挺两间屋子，心里老害怕，万一哪个不长眼睛的跑腿儿看上我了，还指不定出啥事儿呢。就是不出事，让别人看见也不好，有的没的不知道传啥呢。

有了她们的这番谈话，我很快住在了老婶家。

母亲一再地叮嘱我，背后要长眼睛，不该看的别看，可该看的千万别漏下！总之一句话，机灵点。

老婶开始对我的到来不像我想得那样热情，晚上睡觉的时候，她在炕中间放一张桌子，我在一边，她和锦儿在另一边。我说过我是把老婶当成我姐的，可在现实中我觉得她和姐姐还是不一样的。比如在起夜的时候我不能随心所欲了，尿出声音会不得劲。虽然尿桶放在外间屋，老婶看不见，可我还是压抑着尽量别有动静。

锦儿已经能喊哥哥了，当她蹒跚着走在院里跟在我身后，或者晚上钻进我的被窝儿和我玩儿，老婶还是很开心的，从老婶看着我们的神情中我就知道。我一般都是在家吃了晚饭以后去老婶家。要是赶上老婶还没做好饭，我便蹲在灶坑跟前帮忙烧火。

陶四旺做的车子被放在堂屋靠墙的位置，上面落了一层灰尘。我宁可背着锦儿上街，也不用他的车子。老婶说，你看你这孩子放着车子干吗不用？那天老婶卖了一头猪，给锦儿买了花布，也给我买了一件带蓝色条纹的海魂衫。这种衣服我很喜欢，从前父亲到县上开会的时候给我买过一件，但被我穿坏了。我嘻嘻笑着把衣服套在身上，然后对着镜子照，老婶说，好看！

母亲觉得老婶是在拉拢我，所以又嘱咐了一遍。我说，真没事儿，他们现在啥事儿也没有，都不来往了。有一个最明显的事，陶四旺见我住到老婶家，也不推着他母亲到屋后来晒太阳了。

那天我和老婶的心情都挺好，我看着老婶说，已经好几天没见陶四旺了。老婶说，你是不是挺失望的！

我看着老婶笑了，低头看着自己的脚尖说，老婶，以后你别搭理他，等以后我长大了养你和锦儿。

老婶呵呵呵地笑，开始声音很小，可渐渐地声音大了起来，把在她身边刨食的母鸡都吓跑了。

我说，老婶你笑啥？我说的是真的！

老婶说，我知道是真的，要不我也不笑了。你还是孩子，说的是真的我知道。

但我却不能当真,因为我是大人!

正好老师刚布置一篇作文,趁老婶高兴,我赶紧回屋把作文本拿出来。老婶说,跃进,看来我是不能指望你了,你说你连一篇作文都写不好,将来还能干啥?在老婶看来,在所有的功课里,作文是最容易的,可我偏偏不会写。

我故意诚惶诚恐地双腿立正站在她面前,听她训。她说,行了,别装了!我又不是你老师。那天晚上老婶给我讲了半天作文,她说,其实写作文这玩意儿也没啥说的,你只要把自己的真实感受写出来就行了,但是在写之前一定要认真思考开头和结尾,这两个部分不能随便,然后就是把你要说的用比喻拟人说得美一点,能用成语的用成语,不能用大白话。我当时不以为然,可按照她说的把作文写出来以后,经过她简单的修改润色,老师居然把它当成了范文在班上朗读一遍,并大肆地表扬了我一顿。这让我不得不对老婶刮目相看。

其实,陶四旺跟老婶还有来往,这是我半夜到外边解手偶然发现的。那天夜里的月亮很亮,院里的各种物件看得很清楚。我刚把裤头褪下来听到院里扑通一声,好像有人跳进来一样。我赶紧靠着墙悄悄地走过去,发现一条麻袋里面装满了猪菜,接下来我听到了外面陶四旺的声音,问老婶在不在。我不想打草惊蛇,悄悄地回到屋里。

第二天早晨起来,我发现麻袋被老婶藏起来了,这说明老婶心里明白。我故意问老婶夜里听没听到什么动静。老婶说,能有什么动静,不会是黄鼠狼来偷鸡吧!我说还真是,我妈说二舅家的鸡让黄鼠狼吃好几只了。老婶很喜欢这几只芦花鸡,所以很担心。我只好把父亲做的踩夹拿来,对老婶说,这下你瞧好吧,我保准把黄鼠狼给你打着。

月亮不管怎么亮,可毕竟不是白天,陶四旺在往院里扔麻袋的时候很容易着了我的道儿,他一只脚踩在夹子上,疼得龇牙咧嘴。我和老婶出来的时候,他还没有离开。老婶很快明白是怎么回事儿了,问我为什么要把夹子下在院子外面,我理直气壮地说,我爸打黄鼠狼也是下到院外的,再说我也不知陶四能来啊,还能踩上啊!

陶四旺只好自认倒霉,拖着一条腿要走,我拦在他身前说,哎,大半夜的你上我家门前干啥？老婶显然是生气了，好几天没跟我说话。我说老婶这事儿你也不能怨我，我又不是故意的。

老婶说，跃进，我一直把你当成孩子，可你干的事儿怎么一点儿不像孩子呢？你还不是故意的！老婶说着说着，居然当着我的面哭了，原来陶四旺为了让老婶少挨累，是半夜到大西河薅的猪菜，白天他要上工没时间，也怕我看见更怕我父母亲知道。我也觉得这事儿有点儿过头了，可是又不愿意当面承认自己错了。老婶说，你还不如把夹子下到炕上，让我直接踩上得了。

父亲对我很满意，瞒着母亲偷着给我一元钱，算是对我的奖励。母亲瞪我一眼，那意思是对陶四旺的惩罚是必需的，但还是要讲究方法，不能太恶毒了。

陶四旺在家养伤不能上工，母亲总觉得过意不去，她特意拿了半篮子鸡蛋去看陶四旺，对他说，这事儿是我不对，让他别往心里去。陶四旺什么也没说，拖着一条腿一直把母亲送出院子。

母亲没有直接回家，而是拐到了老婶家里。

老婶正在用花布给锦儿缝衣裳，看见母亲进屋，老婶低着头半天也没说话。母亲说，这事儿整的，你看这孩子也真是。

老婶说，这也不能怨跃进。

母亲说，不怨他怨谁？我还真以为他要打黄鼠狼呢？谁知道他是奔陶四去的。

老婶说，嫂子，你什么也不用说了，跃进是个善良的孩子，我都不相信他能干出这样的事儿。

母亲说，他老婶，我正想和你商量这事儿呢，要不让跃进回去吧！你看这孩子让你操心了。

老婶说，来都来了，回去干什么？有跃进在也挺好。

我为了让老婶高兴，开始用车子推着锦儿在院里玩儿，并且用喇叭花缠绕的蒿子编一个帽圈儿戴在锦儿头上。也许爱美真是女人的天性，锦儿虽然只有一岁多一点儿，还缺少对美的欣赏力，可她居然用手托着自己的帽圈儿蹒跚着走到老婶跟前，让老婶看，老婶把帽圈儿戴在锦儿的头上说，真好看！还不去谢谢你哥。锦儿笑着,犹如很多石子落在大西河里,溅起了无数的浪花,惹得鸡们鸭们也跟着叫了起来。我趁机凑到老婶跟前说,你看锦儿笑的!老婶把猪菜用手从缸里抠出来,搁盆里,然后说,你也不用溜须我,该啥样还啥样吧!我说,老婶这么说,你不生我气了?老婶一伸手把胳膊上粘着的菜叶撸下来贴在我脸上,然后瞪了我一眼。

大西河水依然是那样清澈,这让我经常想起老婶和她的那双眼睛,好像是把什么事儿都看明白了,可又无可奈何。

黄鼠狼事件以后,老婶和陶四旺虽然还不敢明目张胆地来往,可关系明显地又往前迈了一步。我由于心中有愧,也不想多管闲事儿。这期间大西岭村发生了一件大事儿,大队支书的儿媳妇不知为什么上吊自杀了,大家反复地猜测她自杀的原因,都认为她的死和她男人二鬼子有关,可究竟是什么关系,大家又说不清楚。但有一个事实却可以肯定,那就是大西岭村又多了一个跑腿名额。

最先对这件事感兴趣的不是母亲而是父亲,他认为二鬼子虽说岁数大了点儿,又带着俩孩子,可毕竟是社办企业的工人,况且他父亲还是大队支书,要两家成了亲戚,父亲去大队当会计那就容易多了。母亲这次没有反驳父亲,她虽觉得挺委屈老婶的,可不管怎么说也比嫁给陶四强。

母亲的话说得很委婉,她夸支书手眼通天,在这一方土地没有办不了的事儿,又说二鬼子在社办企业要是转正了便是国家正式工人,接着便说二鬼子的两个孩子都是闺女,长大了嫁人不用准备聘礼。她这个圈子绕得也够大了,一般人肯定是被她绕迷糊了,可老婶看着母亲不说话,只是笑。

母亲说,他老婶我说了这么些,你还不明白我的意思?

老婶说,嫂子,你跟我明说,我要是嫁给二鬼子,我大哥是不就能进大队了?

母亲说,他老婶你怎么能这么想呢?我们这可都是为你好啊!

老婶说,咱先不说二鬼子的家世及好坏,还有二鬼子这个人长得咋样,他媳妇是怎么死的,你知道吗?

母亲说,咱现在说的是二鬼子,你管人家媳妇怎么死的干啥?

老婶说，可大家都说，他对媳妇狠着呢！他媳妇是让他祸祸死的！

母亲半天没说话，这个事她还真不知道。

父亲本来大包大揽地已经跟支书说好了，老婶不同意，他也没法回话。二鬼子从厂里回来，听说父亲要把老婶介绍给他，他十分上心，立即买了两瓶好酒来看父亲，并且信誓旦旦地说，要是老婶跟他，他一定对老婶好，也对孩子好，他们两家以后是亲戚了，那父亲还在小队当什么会计。言外之意那自然是上大队了。父亲说，兄弟我也是这么想的，可是你不知道，小米这人太倔，一根筋，这不是相中陶四那个王八蛋了吗？我这当大伯哥的也不好说太深。二鬼子说，这事儿你交给我，看我怎么修理他！两人越说越投缘，很快把两瓶酒也消灭了。临别的时候喝醉了的父亲对二鬼子说，这事儿就看你的了。

二鬼子当天晚上带着一身酒气去找陶四旺，说什么了我不知道，但陶四旺并没有因为二鬼子的出现而断绝和老婶的来往。老婶告诉陶四旺，她找男人不看家世只看人。陶四旺的脚伤早好了，吃完了晚饭依旧是用车子推着母亲在屋后晃。

麻雀喳喳地在老柳树上叫着，村街被晚霞覆上了一层红色，感觉很温馨。而陶四旺推着车子经过的时候，车轱辘吱吱呀呀地响着，看上去更加温馨。

老婶家的大门敞开着，两头猪在槽子上哼唧着抢食不断，我和锦儿站在门口，看着经过的陶四旺，陶四旺呢，便看向院里喂猪的老婶。

这一切都被二鬼子看在眼里了，他先是吐了一口唾沫，然后便冲上去问陶四旺，没事儿搁这儿瞎晃悠啥？

陶四旺说，二鬼子你打我吧！我为小米已经挨了两顿揍，也不差你这一顿了。

二鬼子没想到陶四旺敢跟他叫板，所以连想也没想抬手就给陶四旺一巴掌。

陶四旺说，你还真打？

二鬼子说，不是你让我打的吗？

陶四旺说，有再一再二，没有再三再四，他一使劲儿用脑袋把二鬼子顶个四仰八叉。

村里的很多人都围过来看热闹，我也抱着锦儿凑到跟前。

二鬼子用手摸着自己的屁股，老半天才从地上爬起来，他还想动手，这时老婶手里端着盆子从院里出来，神色凛然地看着二鬼子，大家嗷嗷地起着哄，也不知是鼓励二鬼子，还是给他喝倒彩。二鬼子的目光碰在老婶身上忽然有些心虚，但他还是给陶四旺放了一句狠话，才故作潇洒地拍拍屁股离开了。

晚上睡觉的时候，我隔着桌子对老婶说，没看出陶四真行，连二鬼子都敢打。

老婶说，可你打他的时候他为什么不还手？

我说，这还用说，他要是打我，你能饶他吗？

老婶不说话了。我也开始觉得陶四旺还是挺讲究的一个人。

父亲左思右想，还是亲自来找老婶。我正在逗锦儿玩儿，看见父亲进院，赶紧抱着锦儿来到外进屋。父亲也不绕弯子，对老婶说，他开始的确有私心，想去大队当会计，现在他不想了，以后不管老婶嫁谁，他都不管。

老婶说，大哥谢谢你！

父亲点上一根烟说，学文走了，我和跃进他妈是想照顾你，可是我们又都不懂你的心思，现在想想也挺对不起你的。

老婶看着我父亲半天没说话。

父亲说，小米，那你忙吧！没啥事儿我走了。

这招儿欲擒故纵，的确是够高明了，你别看我母亲平时咋咋呼呼，可一旦到了关键时刻还得看父亲。

老婶拦住父亲说，她同意嫁给二鬼子，但条件是二鬼子的父亲必须把我的父亲调到大队当会计。我父亲当时不知说什么好了，连我也不相信自己的耳朵。

父亲走后，我问老婶难道真要嫁给二鬼子吗？老婶说，你爸对我有恩呢！事情的转机让所有的人都出乎意外，以至于母亲怀疑事情的真实性。我对母亲说，这绝对是真的，我老婶亲口答应我父亲，我自始至终都在旁边听着呢。母亲说，你老婶这是抽得啥疯，我去说一百个不行，怎么你爸一说就行了？

陶四旺好像被人当众扇了一个响亮的耳光，他不明白老婶为什么忽然同意嫁给二鬼子，他说，在大西岭村的跑腿里，你不是最看不上二鬼子吗？那你为什么要嫁给他？老婶说，人这一生有很多事儿说不明白，哪有那么些为什么？

我也觉得陶四旺尽管家世不好，有个瞎眼妈，又龇一口大黄牙，可这世界如果只剩下他和二鬼子两个男人了，我还是会选陶四旺的。所以我很为陶四旺惋惜，也为他叫屈，挨打咱不说了，只觉得白瞎了他在老婶身上下的那些功夫。

二鬼子听说老婶同意了，接到父亲的电话，骑着新买的永久牌自行车当天便回到了村里。父亲说，我可是给你说妥了，剩下的事儿你看着办吧！二鬼子嘿嘿一笑说，明白。

我当时正在家里吃饭，看他那得意忘形的样子，真想给他一巴掌，让他满地找牙。二鬼子立马想和老婶见面，父亲意味深长地说，也好，让跃进陪你去吧！

二鬼子用车子带着我，一路故意不断按着车铃儿，我坐在车子后边想整他一下，可直到老婶家院子也没想出招儿。

这小子看见老婶，一双贼一样的眼睛便被老婶深深地吸住了。我用手推了他一下说，哎，你怎么初次见面也没啥表示啊？他赶紧说，有，有。然后从制服的口袋里掏出两双尼龙袜子递给老婶，有些激动地说，小……小米，我也没寻思你能同意，所以也没准备什么，等明天有空了，我去给你买个像样的见面礼。

老婶把袜子接过来连看也没看地扔在了柜盖上，然后严肃地说，我大哥都跟你说了吧！

二鬼子说，说了！他不说我也会好好对你的，你不知道，从你嫁到大西岭那天我就看上你了！

老婶皱了一下眉头说，我说的不是这个。

二鬼子说，那是什么？

老婶说，你听好了，我是有条件的，你爸什么时候把我大哥调到大队上，我什么时候嫁给你！

新自行车的感觉就是不一样，车圈转动起来辐条闪着白光，一点儿声音都没有。我骑着二鬼子的新车在村里遛了一大圈儿，意犹未尽，最后我故意把车子撞在了村口的老榆树上。

二鬼子接过自行车的时候，看着扭歪的车圈啥也没说。老婶瞪了我一眼说，你这孩子怎么不知道注意呢！二鬼子说，不碍事儿，不碍事儿，人没撞坏就好。

母亲来老婶家明显比平时勤了，我经常看母亲和老婶聊天，总觉得母亲在看老婶的目光里有很多不确定的东西。

老婶还和平时一样，该干啥干啥，一点儿没受影响，好像已经和二鬼子谈婚论嫁的人不是她，而是别人。

母亲说，他老婶你可真想好了？

老婶说，有啥想的，嫁谁不是嫁呢！反正我又不能守着锦儿过一辈子。锦儿以后也有她自己的生活。

老婶这种对待婚姻的随意性，让我母亲心里总不踏实。她曾经不止一次地问过我，老婶有没有和我说过什么？我说老婶不是答应你们嫁给二鬼子了吗？你们还想干啥？母亲说，看你这孩子说的。要说二鬼子这人也挺好的，虽说人是滑了一点儿，可是人家吃得开呀。毕竟是富裕人家，而且二鬼子也看上你老婶了。可你老婶她不吃亏啊！

那段时间，我也没心思上学，也不回家吃饭了，总觉得是我的父亲和母亲出卖了老婶，逼着老婶不得不嫁给二鬼子，就像电影上的叛徒出卖组织一样。我是不喜欢父亲，他做什么事儿我都理解，可母亲呢？我一直认为她很善良，可她怎么能和父亲同流合污了呢？

二鬼子在社办厂里跑采买，平时很忙。和老婶把事儿定下来后，差不多每天都回村，而且总给老婶买东西。他也知道我在老婶心里的分量，所以极力地巴结我，这让我心里更加不得劲儿。

陶四旺已经有一段时间不推瞎眼妈到老婶门前晒太阳了，他屋后的马莲花早已经开了，一丛丛的马莲叶子干焦焦地伸向天空，在秋风里摇曳，裸露的盐碱地白刷刷的，跟他妈脸上的瘢痕一样，在诉说着岁月的冷清。傍晚时分，老婶家大门依旧敞着，没有了陶四旺车轱辘的响声，连老柳树上的麻雀也不叫了。

老婶依旧在注视院里的一切，但她目光里却明显地少了内容，一片沤烂的菜叶儿粘在她的手背上，她也懒得拿下。锦儿已经有好几天不哭了。院子里忽然很静，我随手拿起一块砖头向院外撒去，砖头划着长长的弧线落在陶四旺家的屋后，没想到陶四旺出来了。我也不知为什么会走过去，而且脚步铿锵得很用力。陶四旺很惊讶地看着我说，跃进，你好像长大了！我站在他对面许久也没说话，秋风忽然扑面而来，把马莲叶子摇得瑟瑟作响。我狠狠地说，陶四，你他妈还是男人吗？你要是男人就跟我找二鬼子去！陶四旺说，跃进，我倒是想找二鬼子，再和他打一架把他顶个跟头，可还有用吗？我说，走，我跟你一起去！陶四旺说，跃进，我求你还是打我一顿吧！越狠越好。

那天晚上没有月光，我躺在炕上一直在想陶四旺，屋子里黑漆漆的，我一挥手碰到了桌子腿上，哼唧一声。

老婶翻了一下身，明显也没睡着。老婶说，跃进，你没睡呢？

我说，你不是也没睡吗？我刚要闭眼睛，老婶忽然把灯点着了。我跟着老婶一起披着衣服坐了起来。

老婶说，我知道你心里难受，其实我也不好受，只是啥事不都得有个结局不是。你知道我刚才想起谁了？

我说，陶四旺？

老婶说，不是，是你老叔。

老婶为什么要在这个时候想起老叔，她本来应该想陶四旺才对啊？我当时也不知道老叔是否和陶四旺有着必然的联系。赶紧说，老婶，你现在后悔还来得及。

老婶浅浅一笑，说，没有，没后悔，我做事儿还没后悔过呢！

我说，老婶，你知道今晚陶四旺跟我说啥来着？

老婶说，事情明摆着呢，他还能说啥？

我说，这小子居然让我再揍他一顿。

老婶沉默了，她低着的头隐在摇晃的灯影里，好像早春的大西河水上浮着沤烂的木头骨碌，又过了很长的时间，老婶才抬起头来自言自语地说，唉！大黑天的，去摸什么鱼。

老叔死这么久了，我还是第一次听老婶说到老叔的死因。当年老婶生锦儿没有奶水，老叔白天上班又没时间，只好晚上瞒着老婶去大西河。老叔的水性本来很好，可双腿被水草缠住了，结果被淹死在大西河里……

老婶肯定是不愿意或者不敢想这些，她在老叔死后当天，流着泪把半筐小白鱼都炖了。村里人都不理解老婶，连母亲也认为老叔都没了，她还有什么心思去吃鱼，可老婶却说，我要不吃这鱼，那学文真是白死了。

这是老婶最后一次吃鱼，从那以后我再也没见她吃鱼。她把对老叔所有的感情都掩埋在心里了，还有老叔用过的教案和穿过的衣服，都被她打包锁进了柜子底下。

我说老婶，我也想我老叔了。

老婶说，你不觉得陶四跟你老叔很像吗？有些地方。

我认真地想了一下说，嗯，是有点像，你不说我还真没发现，那你还要嫁二鬼子。

老婶说，这是两码事儿，喜欢一个人也不一定非要嫁给他，等你长大就知道了。

老婶把灯吹灭之后，我又折腾了半天才蒙眬睡去。老婶说的，我不太懂，想了一会儿也没想明白。

二鬼子到老婶这儿越来越勤了，他一来老婶便在院子里忙碌，也不搭理他。时间长了二鬼子也觉得没趣，问老婶怎么了，是不是对他有意见，老婶说，我是有意见，你事儿还没办完呢，老来我这儿算怎么回事儿啊！二鬼子说，你是说高会计呀！我爸已经答应了，你总得给他点儿时间啊。他给老婶买了很多东西，老婶也都收下了。于是他便开始对老婶动手动脚，老婶说，二鬼子你听好了，我现在还不是你媳妇儿，趁早死了那心，给我老实点！

已经落雪了，在冷寂的天空中灰色的云彩好像凝固了似的，一群麻雀落在村外的杨树林里叽叽喳喳地不停地叫着。二鬼子骑着车子，路上即便没人他也会把车铃摇得叮当响。我背着书包站在村口向他招手，他把车子停下问我，在这儿干啥？我说等他。二鬼子说，是你老婶让你来的？我说，不是，是我自己要来。二鬼子重新跨上车子说，够意思。我坐在车后座上说，你也挺够意思的！

二鬼子说，以后我就是你亲二叔，要什么东西跟二叔说。

这几天我每天放学都能在村口遇上回村的二鬼子，他好像算准了我回家的时间。为了巴结我，他居然给我买了好几本小人书。我说，二叔你对我真好！比陶四那个瘪犊子强多了！二鬼子嘻嘻笑着，然后十分得意地说，这回知道谁好了吧！我说，陶四贼抠，跟我二婶好一回，连一块糖都没给我买过。

老婶看我忽然转变了对二鬼子的态度，把我拉到一旁小声问我想干啥。我说能干啥？我们俩对劲儿，还不行吗？但老婶的心里不免有些担忧，她说，跃进，二鬼子可不是陶四，没陶四憨厚，你别想歪了！

那天的雪下得有点儿大，从早晨一直下到晚上，把路面都覆盖了。二鬼子骑着车子得意扬扬地来到村口，我站在老榆树跟前向他招手，眼看他从车子上飞了起来，接着便大头冲下地栽倒在路面上。我赶紧跑过去把他扶起来，二鬼子用手指着自己的嘴，疼得已经说不出话来，两颗门牙齐刷刷地被磕掉了，血水顺着嘴角流进脖子里……

二鬼子当天晚上被送进公社的医院，我父亲把我叫到家里悄悄问我，道上的坑是不是我挖的。我极力否认，父亲说，我怎么看怎么像是你干的活儿。母亲把我扒拉到一边说，有你这样的父亲吗？什么脏水都往孩子身上倒啊，他能干这缺德事儿吗？

母亲要去医院，我也跟去了。二鬼子少了两颗门牙说话漏风，听着有些像踩上死耗子的声音。我说，二叔，你说这事儿谁干的？二鬼子说，我在这儿躺两天正琢磨呢，要说是陶四吧，可他修水库也不在家啊？我说，二叔，你说我爸他居然怀疑是我干的，气死我了。二鬼子说，这不瞎说嘛，咱俩是啥关系？你怎么能干这缺德事儿呢？我回头看向母亲，母亲浅浅一笑，没说什么。

回到老婶家里。老婶问我二鬼子怎么样了。我说没啥事儿，就是掉了两颗门牙，说话漏风。老婶抄起炕上的笤帚疙瘩狠狠地打我两下，我瞅老婶嘻嘻地笑了，老婶一把搂着我说，听话，以后别再干这事儿了。我说，老婶，我也不想这样，可是……老婶说，可是你心里憋屈，你是身不由己。锦儿在炕上静静地看着我和老婶说，妈妈抱我！

老婶觉得心里愧疚，连夜给二鬼子熬了鸡汤。二鬼子手里捧着瓦罐看着老婶很感动。

我说，二叔，你看我老婶对你多好，昨晚上惦记你，连觉都没睡好。

二鬼子说，小米，你看我都不知说啥好了。

我说，二叔你现在啥也别说了，赶紧趁热把鸡汤喝了吧！我老婶连夜熬的。

二鬼子拿起羹匙刚喝一口，忽然发现鸡汤上漂着两个蟑螂。我嘿嘿笑着说，二叔，你怎么停下了？二鬼子不说话，看着老婶，我凑过去看了一眼，回头说，老婶，是蟑螂。

老婶神色淡然地说，那别喝了！

二鬼子把蟑螂用羹匙撇着扔在地上，然后捧起瓦罐咕嘟咕嘟地喝起来。尽管老婶一再地劝，可二鬼子还是把鸡汤喝光了。

老婶说，你这是干啥？

二鬼子说，你熬半宿，我不能让你白费功夫。

老婶叹息一声回头看着我，意味深长地说，你该给跃进留点儿啊！

进腊月，家家开始淘米蒸豆包，都忙了起来，二鬼子镶了两颗金牙也出院了。这时父亲已经如愿到大队上班了。母亲总觉得欠了老婶的，所以经常抽空帮老婶忙乎，老婶说，大嫂，你别这样，我都不习惯了。母亲说，她老婶，你别跟我客气，我也不是都看你，这不跃进也在你这儿吃吗？

二鬼子的金牙看上去很别扭，母亲和老婶干活的时候，他就搁跟前晃荡，她们是眼晕，我是心烦。

二鬼子看着我说，跃进以后我们就是亲戚了，等你上高中，二叔把车子送给你骑。

我说，我还是不骑好。我心里说谁稀罕你那破车！

二鬼子看着忙碌的老婶说，你看这孩子还和我客气上了。我说，二叔，我也不是客气，我怕把门牙磕掉了，我可没钱镶啊！

二鬼子有些尴尬地嘿嘿笑着。

母亲说，这孩子，说话没轻没重，以后别跟你二叔没大没小的。

接着他们三人开始商量婚事，左一句右一句的，基本都是二鬼子和母亲说。母亲说，要我看正月结婚最好，大家都闲着不说，菜也现成的。

二鬼子看着老婶说，这得问小米，让她定！

老婶头也没抬说，我没意见，你们看着办吧！

二鬼子不愧是社办厂做采买的，也不知从哪儿托人买了四床缎子被面，母亲羡慕地一个劲儿用手摩挲，而老婶却神色平淡地看着窗外。

二鬼子说，小米，你要不喜欢这颜色，我去换。

老婶说，我看挺好的，不用！这就挺好的。

婚期定在正月初八，父亲和母亲都说这是一个好日子。那天老婶炒了几个菜，等二鬼子来了以后，她用目光示意我出去。

我犹豫着走出屋子，也不知老婶要干什么。外面又下雪了，天很冷。我走在街上一个人也没碰着，连一只麻雀都没有。几缕炊烟在空中缓缓地飘着，我在陶四旺家屋后停了一下，用脚使劲儿地踢着，地上露出马莲的残骸，我又使劲儿地踢了一脚，觉得舒服多了。

我把双手抄在袖管里匆匆地在街上走着，想回家看看，可又怕母亲问我没法说。这样又过了很长的时间，我才回到老婶家。

二鬼子已经走了，酒瓶子也空了。老婶见我进屋，她脸红红的，正在哼着一首歌，我听了半天也没听出什么歌词，只是觉得很好听，也很忧伤。我问老婶这是什么歌，老婶只是笑。第二天，我按照老婶的意思，去了一趟二鬼子家还东西。二鬼子打开包袱翻捡着看了，然后一件一件地扔进炉子里烧了。

事后，我一直在想老婶究竟说什么了，能让二鬼子心甘情愿地把婚退了，还没有迁怒我父亲，但我始终也没想明白。母亲倒是问过老婶，可老婶什么也不说，只是笑。

陶四旺从工地回来，带了一个辽宁过来的女人，听说也是锦州人，和老婶同乡。女人带了俩孩子，一男一女，男孩已经七岁了，大人说话的时候，他就把一根手指插到嘴里嘻嘻地笑，那模样傻得招人烦。

老婶什么也没说，好像所有的事儿都不曾发生。我把锦儿放在陶四旺做的车子上，锦儿用一双小手搂着我的脖子说，哥，我要你抱我！老婶手里搓着玉米，看着窗外说，跃进，一会儿咱去收购站吧！

院子里已经铺了一层薄薄的雪花，老婶拿扫把扫了一块空地，然后开始喂猪。她先是捧了一把玉米撒在地上，看着猪吃，后来就把手高高地扬起来，把玉米直接送到撅起的猪嘴里。等我把锦儿送到母亲那里回来，老婶已经找人把猪绑在了手推车上。大西岭离公社不远，只是冬天路不好走。我拉着车，老婶在后面推着，而猪一路上不停地叫唤，老婶只好给猪调换姿势，让它舒服一点儿。

来收购站的人很多，等我们卖完猪已经下午了。老婶买了两床被面，沉吟一下，又给我和锦儿分别扯了一块布料，可她自己却什么也没买。我说，老婶你还是自己买一块吧，不用给我买，我又不是没家了。老婶说，这能一样吗？

每年到这时候，陶四旺都用笼子滚鸟儿，可今年我连着在树林里溜达好几天，也没有陶四旺的影儿，这不由让我想起那个辽宁女人和她带的那俩孩子，也为老婶觉得惋惜。

二鬼子是什么时候站我身后的，我根本没发现，等我回过头来他正不怀好意地笑着。

我吓了一跳，说，你想干啥？

二鬼子说，跃进，咱俩的事儿也该说道说道了！

我心里一惊，只能故作惊讶地说，咱俩的事？咱俩能有什么事儿？

二鬼子用手指着自己的金牙说，你还真以为我是傻子啊？要不是看你老婶的面儿，我早收拾你了！

我心里有点害怕，眨了几下眼睛，故作镇静地说，要不你把我的牙也打掉两颗，这样咱俩就扯平了。

二鬼子照我的屁股踢了一脚，说，小兔崽子，要想打你早就打了。回去告诉你老婶，我不怪她。

我把遭遇二鬼子的事儿跟老婶说了，老婶看了一眼灰蒙蒙的天空说，跃进，你看是不是要下雪？

我说，老婶，要我看二鬼子这人也不赖，他明知道是我，可也没怨我。我还一直不知道他明白呢！这么看他人也没那么坏。

老婶说，我忘买炮仗了，你明天再去供销社一趟吧！

陶四旺婚期居然也定在正月初八，虽说找了一个带俩孩子的女人，可他毕竟初婚，就想预备两桌，也算知会大家一声。

老婶把新买的两床被面送了过去，两人说什么了，我不知道。可老婶回来脸上却带着笑，这让我想起老叔活着的时候，她也这样笑。这表示她对现在的生活毫无怨言，很满足。

我埋怨老婶不该把那么好的被面送给陶四旺，让那个辽宁来的女人都盖瞎了。老婶说，她也是辽宁来的女人，以后不许我这样说。

老叔的墓地覆了一层厚厚的白雪，坟包上有两行脚印，这说明尘世间的来访者不止我和老婶，还有黄鼠狼。

西北风猎猎作响，墓地周围的杨树枝也跟着吱吱地响，老婶拿笤帚扫了一块空地，我把一摞子黄纸撂在地上。

老婶单腿跪地把纸点着了说，学文，过年了，我跟跃进给你送钱来了。燃烧的黄纸被风吹着很快成了灰烬，老婶回头看着我说，跟你老叔说一句话吧！

我也不知该说什么，觉得让他在地下保佑老婶那是扯淡，而问他在天国的生活可好又太俗了，所以只好跪下磕了两个头。

陶四旺结婚那天去了很多人，我母亲也去了。而老婶和锦儿却不见了。我来到大西河的时候，首先看到的是老婶绿色的围巾一角在空中飘着，然后便是锦儿穿着花衣服紧紧地搂着老婶的脖子。两人一动不动，好像长在了河岸上。

老婶的目光一直盯着白雪皑皑的河面，近岸的蒲草和芦苇深陷在冰层下面，露出的部分随风摇曳，整个大西河好像是睡了。我悄悄凑到老婶跟前蹲在地上。老婶回头看着我笑了，问我怎么才来。我说，老婶你想什么呢？老婶说，跃进，我想洗澡！

黑指甲

一

春天刚来,天空乌蒙蒙的,能见度很低。管二力打开窗户,还是看见一只很小的风筝在眼前晃动。他想到了儿子管小虎,和他拽着线轴在村外放风筝的样子,这让他又有了喝酒的理由。风有点凉,可是管二力觉得这样才能让自己的心不那么热,那种热让人难耐!

管二力本来是想笑一下的,既为儿子也为自己从前在职场的追忆。可他的嘴角刚一牵动,只觉脚骨一阵疼痛,他立马扶着墙坐在了破旧的沙发上,觉得此时除了喝酒真的什么也不能干了。最近他似乎想到酒的时候有点多!

其实,管二力从农村到城里打工走了很多地方,平时没场合,一个人从来不喝酒。即便是过年的时候一个人也很少喝酒。

他刚把酒瓶子拿起来喝了一口,还没等咂摸出滋味儿呢,儿子管小虎抱着风筝进屋了。管二力赶紧把酒瓶子藏在身后,然后没话找话地说,儿子,去放风筝了?

管小虎瞪着大眼睛看着父亲说,你又喝酒了?

管二力说,没有。声音很小。

管小虎说,还没呢?我都看见了!再说走近了,也能闻着味呀!

管二力没办法只好把酒瓶子拿出来,说,爸心里憋屈,就喝了一口!

管小虎说,反正你也喝了,我不说!

管二力赶紧从兜里掏出十元钱递给管小虎,说,封口费。

管小虎说,这可是你给我的,可不是我要的。

管二力说,少整事儿,别以为我不知道你怎么想的?

管小虎说，我能怎么想啊，还不是想你快点好！

夏冰冰拎着塑料袋进屋的时候，父子俩还在调侃。夏冰冰看一眼靠在沙发上的管二力说，怎么了？小虎又惹祸了？

管小虎赶忙撇清自己，说，妈，我可没惹祸，是我爸又惹祸了！

夏冰冰把平底的旅游鞋脱了，换上拖鞋，回头看着管小虎笑了，然后说，你爸都多大了，他能惹啥祸？

管小虎凑到母亲跟前蹲下，语态神秘地说，我爸他……

管二力赶紧使劲咳嗽一声。

管小虎于是站起身放大声音说，我爸他刚才一直在念叨你，妈，你怎么才回来？

夏冰冰轻轻叹息一声，自顾自地说，现在的婆婆丁怎么这么少啊？撅屁股挖了一上午才挖这么一点儿！

管小虎和父亲对视一下目光，管二力点点头，看着夏冰冰说，这才刚开春，天气还凉着呢，还不是长的时候。

夏冰冰把塑料袋里的婆婆丁拿出来，一根一根地细心地摘净了，泡在水盆里很怕浪费一点，泡了一会儿，然后用手轻轻搅拌了半天又捞出来，清洗了好几遍。

一把碧绿的山野菜放在白色的瓷盘里，照片特别得高大上，很快被夏冰冰发到了朋友圈。

管二力赶紧划开手机屏幕给老婆点了个赞，然后讨好地说，为这么点儿玩意儿，你也不嫌累得慌！

夏冰冰有点不满意，说，你以为我愿意啊，还不是为了你的脚。这家伙不仅小还难找，眼睛都瞪疼了。

去年秋天，管二力的脚在工地砸伤了，已经养了小半年的时间了，可不知怎么一直没好利索。眼看春天到了，又要开工了，管二力不由得心里发急，夏冰冰比管二力更急。所以夏冰冰总是在网上或者微信群里淘换偏方。都说婆婆丁消炎效果好，但凡有点儿中药常识的人都知道。夏冰冰觉得即使再累，可为老公的伤也值得。

不知什么时候管小虎出去了，屋里只剩下管二力和夏冰冰两人了。管二力故意呻吟一声，在沙发上挪了一下屁股，他的意思是想让老婆安慰两句；可夏冰冰依然在刷朋友圈，根本没搭理他。

管二力只好看着夏冰冰大声地咳嗽起来。

夏冰冰抬头看着管二力不禁有些想发笑，说，真有那么疼吗？

管二力说，你这叫什么话，难道是我装的？

夏冰冰离开矮凳站起来，走到沙发跟前说，你这么激动干啥？我又没说你是装的。

管二力说，没那么疼，我心烦！

夏冰冰看着略显沧桑的管二力，一时不知说什么好了，其实她也心烦。可她又不能说。她怕自己说出来管二力更心烦。只好安慰他，既然这样了，就别多想，乐呵地养伤才好得快，别想那些没用的，反而不好。

因为这病天天宅在家里没有进项，那种感受，夏冰冰是完全能够理解的。再加上管二力本来是个有责任心的男人：他想给老婆孩子幸福的生活，可他越这样想，这样的生活好像离他反而越远。

其实她也不用看他的神态，不用跟他交流，仅凭他夜里躺在自己身边那压抑的呼吸声，在他假装睡着后不停地翻身，并且每隔一段时间就会不自觉地发出叹息声，她就能感受到他心理上微妙的变化。

夏冰冰对管二力的性格简直是太熟了，熟到虽说在千里之外但仅凭一条微信或者一个图片表情，她就能捕捉得到很多潜在的信息。

管二力见夏冰冰不说话，咳嗽一声从沙发上站了起来，他是想到床上躺一会儿，可没想到一不小心把藏在沙发下面的酒瓶子露了出来。

夏冰冰眼尖手快，一把拿起酒瓶子，看着管二力说，你真行啊！

管二力赶紧说，老婆，我刚喝一小口，小虎就回来了……这不接着你又回来了嘛！

夏冰冰有点恨铁不成钢了，说，这么大一瓶子都只剩半瓶了？你喝多长时间了？还刚喝一小口？你喝半口也不行啊，大夫不是说了嘛！这伤不能喝酒！不然好得会更慢，你怎么就不听呢！我说怎么老是不见好！

管二力赶紧解释，老婆，你看我这不是心烦吗？你说我烟也戒了，酒也不能喝了，我还能干啥？

夏冰冰呵呵两声反问道，那按照你的说法，一个人要是不抽烟不喝酒，他就没啥干了？那些不抽烟不喝酒的大老爷们大有人在，也没看见谁去死了！

管二力说，我不是这个意思。

夏冰冰一甩手把酒瓶子顺着开着的窗户扔到外面去了。她也只能把气撒在酒瓶子上了。

管二力说，你这是干啥？

夏冰冰瞪着眼说，你啥意思也不行！

管二力说，夏冰冰！你给我听好了，我忍你很长时间了！

夏冰冰说，管二力，我也忍你很长时间了！我告诉你，有病咱养病，但你不能糟蹋自己！你就是不为我想，还得为小虎想啊！

两人的声音越来越高，正好管小虎进来了。夏冰冰指着管小虎说，管小虎，我让你看着你爸，他喝酒，你为啥不告诉我？你不是也知道你爸这腿喝酒好得慢吗？你们是咋想的，都不想快点好起来是吗？

管小虎有点委屈地说，我刚才是想告诉你了，可我爸就在跟前站着，还一直跟我使动静，我也不敢说啊！

管二力说，你别冲孩子去！有章程和我使。

管小虎赶紧上前搂住母亲的双腿说，妈，你别说我爸了！他也挺可怜的。

夏冰冰使劲儿往外推管小虎，去，原来你们俩早是一伙儿的了！

管小虎回头看着父亲，一伸舌头。管二力拖着一只腿，挂着拐杖向卧室走去。

一连几天，管二力阴着脸也不说话了，夏冰冰没办法，只好没话找话地去逗管二力。管二力说，我没事儿，你该干啥干啥去吧！

夏冰冰的皮肤很白，颜值也挺高的，而且一直读到高中毕业。虽说没上过大学，可因为喜欢看小说写微博啥的，在气质上一点儿都不输城里姑娘，即便是结了婚有了娃，还是魅力十足。当年，在十里八乡夏冰冰的确是有一号，追求者可以排成队，不是吹牛。可她偏偏看中了当木匠的、家里条件不是多么突出，而且人也不是多么出众的管二力，这让许多人不理解。

夏冰冰也琢磨自己为啥愿意嫁给管二力，她慢慢地发现，实际上她特别喜欢管二力对未来的构想，这用老百姓的话说就是忽悠。可夏冰冰却把它当成了憧憬。每当管二力眉飞色舞地说，他要努力组建自己的建筑公司，要住自己设计的最新款式的楼房，还要买最好的进口车子。每个计划的核心都是夏冰冰，每每夏冰冰都好像做梦一样地看着管二力，好像真的已经住进了这样的楼房，坐上了这样的车子。夏冰冰觉得一个人可以没权，甚至没钱，但不能没梦。

直到两人都结婚了，也有小虎了，管二力才想起问夏冰冰，以她那么好的条件，为什么看上了自己了。

夏冰冰说，我喜欢你说你的梦，我喜欢和你一起做梦。

管二力说，这怎么能说是做梦呢？这是追求，你等着我一定让你住上我设计的楼房，坐上进口的车子。不是梦！

夏冰冰说，好，我等着。不过，在我们的愿望还没实现以前，你的一切想法都是梦想。

管二力没话说了。干起活儿来也更卖力了，他总是在附近几个城市的建筑工地辗转给人打工，当然有时候也承包点儿小活儿。他经常是一出来就不想回家，越想夏冰冰越不想回家。他怕她提做梦的事，也怕看到她眼睛中会露出失望的眼神。眼看着有的打工仔在外边发了财，把老婆孩子接到城里了，他心里更急。

不知不觉，时光已经在他的脑门上刻出了一道皱纹，而他们的儿子小虎也已经八岁了，可偏偏他的脚又砸伤了，这怎么能让他不心烦呢？在家养病的这段时间，有时，他觉得自己仿佛是一个罪人，自始至终都欺骗了夏冰冰，所以心里一点儿底气都没有。他怕别人说自己是把夏冰冰骗到手的，也担心时间长了夏冰冰被影响了，也会这么想。

夏冰冰一直看着管二力，她在等管二力说话，可管二力坐在沙发上只是挪了一下屁股，然后又把脑袋低下了。

这个状态让夏冰冰很是失望，这么一点小挫折算啥呀，怎么就不能振作了？一说就耷拉个脑袋，一说就耷拉个脑袋，看着就生气。但她还是强压住火，耐着性子说，二力，你难道连梦也不会做了吗？

管二力抬起头，面无表情地看了老婆一眼，又把头低下去了。

夏冰冰只好坐在管二力跟前，侧脸看着管二力说，老公，我想跟你商量个事儿？

管二力说，现在这个家你说了算，还商量啥！

夏冰冰说，好，那我可说了！

忽然，小虎推门进屋了，他使劲儿地把书包扔在两人中间的破沙发上，大声说，我也要到城里上学！

夏冰冰看向管二力，管二力赶紧把头又低了下来。

夏冰冰用手抚摸一下小虎的脑袋，说，知道了，你先出去玩儿吧！我和你爸正商量这件事儿呢。

小虎看看父亲又看看母亲，转身走了。

管二力说，冰冰，这事儿有啥好商量的？以咱现在的收入根本不行。

夏冰冰说，所以我想到城里打工！这就是我要和你说的事。

管二力吓了一跳，你说什么？

夏冰冰说，我是说等我挣钱安置好了，就接小虎进城读书。村小学真的不剩几个学生了，再不想办法可真就是当父母的没正事了。

管二力说，那我呢？

夏冰冰说，你这病再有两个月怎么也好了，到时候你和小虎一起去，咱们一家三口就再也不分开了。

管二力说什么也不同意，因为他太了解城市了，以夏冰冰现在的颜值，那就是一棵纯天然的白菜，说不上得有多少猪等着拱呢。

夏冰冰见状说，二力，你这是不放心我呀？

管二力半天也没说话，干脆默认了。

夏冰冰说，我们都结婚八年了，难道我啥样你还不知道吗？

管二力说，正因为我太知道你了，你一天傻了吧唧的，缺根弦。所以才不能让你去！

夏冰冰说，我知道城市的男人有钱还花心，可我不招惹他们，还不行吗？你也清楚我在这方面缺根弦，你不要总看到阴暗面好不好！

管二力说，你懂啥？这就像汽车追尾，虽然不招惹人家，可还不是被人家在屁股后面给顶上了！

夏冰冰说，你说话怎么那么难听，好像你懂得多些似的！而且你不要把别人都想成坏人，世界上就你一个好人好吗？

停了一会儿，见管二力没搭茬，夏冰冰继续说，那你说怎么办？你要能想出办法送小虎到城里读书，我天天搁家陪着你，哪儿也不去。

管二力看一眼咄咄逼人的夏冰冰，耷拉着脑袋又没话了，说也说不过她。

夏冰冰说，二力，咱大嫂不是在城里饭店干好几年了吗，我看啥事儿也没有啊！你就是想得太多了。也就咱自己拿自己当回事，出去是个啥，咱啥也不是，就是普通小老百姓，哪有那么多事，别想太多了。

管二力说，大嫂？大嫂她能和你比吗？她放在人堆里都找不出来，再说她都多大岁数了。半大老婆子了！

夏冰冰小声说，大嫂也才四十，怎么就老婆子了。

管二力接着又说，年轻漂亮女人在城里打工可能遇到的凶险，会有什么凄惨的结局等等，把夏冰冰听得云里雾里的，终于没有话说了。但让管二力想不到的是，第二天早上夏冰冰还是起大早走了。管二力气得拿起手机接连打了几个电话，但夏冰冰都没接。管二力一直等到中午，终于等到夏冰冰发来的一条微信：你放心！我在大嫂这儿上班了！跟大嫂住在一起。

在这条微信后面附着一个龇牙大笑的表情图片。管二力只觉得夏冰冰是在嘲笑自己，又像是在和自己联络感情。他心里很烦，只好又一次拨通了电话，可夏冰冰那边已关机了。

管二力连着发了一串愤怒的表情图片，人都走了也关机了，现在发什么都没用了。他拖着一条腿拄着拐来到柜子跟前，这才想起酒瓶子已经被夏冰冰扔到外面了。他下意识地喊了一声管小虎，颓然坐在沙发上。

朋友圈已经刷好几遍了，也没啥新鲜玩意儿。管二力一甩手把手机扔在沙发上，然后闭上眼睛。

晚上管小虎放学听说母亲到城里打工了，吃完饭赶紧把碗捡到厨房刷洗，他偷着瞄了父亲几眼，看他阴着脸，也没敢说话。

管二力把管小虎叫到跟前，说，管小虎你昨天是不是故意的？

管小虎说，爸，你啥意思？啥故意的？

管二力举拐照管小虎的屁股打了一下说，你还有不明白的吗？

管小虎说，爸，我真不明白！别我妈走了，你拿我撒气啊！

管二力说，你说，你昨天早不说晚不说，哎！偏偏等我在家养病，你却要到城里念书了，你这不是故意让我难堪吗？

管小虎说，爸，我要上城里读书，有错吗？我们班但凡家里条件好一点的，都进城上学了，班级就剩下没爹娘管的，只跟着爷爷奶奶的，还有就是智力不行的，班级现在就几个学生……

管二力说，那你不能等我病好了，挣钱了再说啊？

管小虎小声嘟囔，你也不是没出去挣过钱，也没见你挣到钱。

父子俩你一言我一语地吵了起来，刚好夏冰冰的微信过来了。管小虎一把拿起沙发上的手机划开屏幕。

管二力大声说，把手机给我！

管小虎指着手机上的微信说，爸，你看我妈都说啥了？

管二力接过手机看了一眼微信说，你是很懂事，连你妈都说你懂事，看来是我错怪你了！唉！其实他知道真的不怪儿子，儿子说的情况他清楚。要不，他咋着急上火呢！

管小虎嘻嘻笑着出屋了。

已经是夜里九点多了，夏冰冰和大嫂从饭店出来，经过一条繁华的主街向住所走去。城市的夜景确实不是乡下能比的，夏冰冰看着心情很舒畅，心里想，难怪出去打工的人都不愿意再回到农村。在路过一家美甲店的时候，夏冰冰放慢了脚步，店里新潮的布局和一个女人涂着的红指甲广告深深吸引了她。大嫂看她站住不走了，伸手去推了她一下。

夏冰冰回头看着大嫂说，大嫂，你看太给力了！真好看！

大嫂说，是好看，可有啥用？

大嫂说着话越过夏冰冰自顾地向前走了，夏冰冰又看了两眼，快几步撵上大嫂说，大嫂，你说我要是抹上红指甲好看不？

大嫂回头看了一眼指甲店，笑了。

夏冰冰说，你笑什么？

大嫂说，白菜叶儿本来是绿的，你要是抹上红色，别人还敢吃吗？

夏冰冰诧异地看着大嫂，看着看着忽然呵呵笑了。

大嫂说，你笑啥，我说得难道不对？那是有钱人闲着没事不用干活玩的玩意儿，不适合咱！

夏冰冰上前搂住大嫂的肩膀，呵呵笑着说，大嫂我还没发现，想不到你还真幽默。

这家叫陌上人家的饭店不大也不小，加上夏冰冰才三个服务员。但到饭口吃饭的人很多，夏冰冰传了一天的菜也的确累了，所以一到住所连衣服也没脱就睡了。她的适应能力很强，上岗一天就熟悉了整个流程，并能应付自如。

大嫂在后厨切墩儿，很少到前面来。可自从夏冰冰来这儿上班以后，她没事儿也到前面看看。夏冰冰知道大嫂是不放心自己，心里自然很感激。而大嫂呢也没有想到，这个看上去细皮嫩肉的兄弟媳妇儿干起活儿来一点儿也不比她差。这让她也松了口气，毕竟老板是看在她的面子上才留下这个兄弟媳妇的。

在大嫂没来城里打工的时候，两人处得就不错。大嫂来了以后，两人也未因分开而生疏，也是经常在微信上联络。现在两人在一个饭店上班说话的机会更多了，这也是夏冰冰放心大胆来城里打工的一个原因。

两人聊得最多的话题自然是老家，是孩子，大嫂的儿子都已经读大一了，可小虎还在小学一年级呢。

大嫂看着夏冰冰羡慕自己的神情，叹了一口气说，哎，你是不知道我有多累，等你把小虎供到大学就知道了。现实和想象是不一样的，有心理准备也不行！这城里哪哪都要钱，跟农村完全是两回事。为什么咱农村女人打工愿意在饭店？那是因为能带出一张嘴啊，吃不用花钱了，剩下的就是住了，好的饭店也有提供住的地儿，不提供的工资也会相应高一些，这样挣的钱基本上就都攒下了。

夏冰冰显然是知道的，到城里来是需要大花销的，可为了小虎再累也得挺着。她以前是为管二力做梦，和管二力一起憧憬才结的婚。可如今她必须为自己的儿子管小虎做梦。她觉得，人这一辈子也许就是做梦，等到梦醒了自己也老了。

大嫂接下来说的话，让夏冰冰品味了好久：冰冰，你出来就对了，一个家就指着老爷们在外打工不行。一般情况下，男人在外面没有女人经管着攒不下多少钱。特别是工地上的，你家二力就是个例子，这么多年也都是在外面干的，咋就没钱供小虎上城里读书呢？咱倒不是说他祸祸钱，咱们家的这两个老爷们是男人堆里比较好的。但是你想啊，一群大老爷们，常年在外不容易，过个生日啥的，大家再聚一下，再便宜的饭店一顿饭也得百八十块吧！一个月来个几次，三百五百块就没了。一个月挣几个三百五百块啊！要不我咋就出来打工了呢，不然搁啥供孩子念书啊！指着打工发财，我看就是做梦呢！

这些夏冰冰以前都没想过，现在捋捋管二力这几年的打工经历，还真是这么回事。她不住地点头，这些话以前大嫂是没跟她说过的，现在出来了就不避讳了。

她来陌上人家还没几天，店里的客人对她的反应都挺好的。其中有一叫童志的老板是这里的回头客，每次到陌上人家都指名让夏冰冰倒酒。

给客人倒酒是每个服务员都愿意做的事，因为经销酒的厂家为了促销，让服务员攒自家酒的瓶盖，然后每个月按照瓶盖的多少给服务员回收瓶盖钱，特别是白酒，平平常常的一个瓶盖都给好几块，档次高一点的给得更多。这是一笔额度不小的额外收入，饭店老板也乐得服务员促销不插手。

夏冰冰开始很拘谨，一次倒酒的时候居然把酒瓶子掉在地上摔碎了。童老板不但没有生气，还瞅着夏冰冰呵呵笑了。

饭店老板吓了一跳，那一瓶酒可是价格不菲，赶紧跑过来给童志赔礼；童志一挥手说，不就是一瓶酒嘛！没你事儿了。没事，小事，不用赔！

夏冰冰只好连声地说对不起，谢谢。

童志又拿过一瓶酒递给夏冰冰，笑着说，我都说没事儿了，你还道什么歉啊！别怕，谁都有不小心的时候，来，别紧张。

夏冰冰只好接过酒瓶子继续给童志倒酒。童志的目光盯着夏冰冰的手一直没有离开。

夏冰冰把几只酒杯倒满了，抬起头来，看几个客人都在看着自己，不由得愣了下，然后马上又把头低下了。这种眼光是她没经历过的，尽管她也知道大家没什么恶意，但也感觉不到什么好意，这让她有点手足无措。

童志终于把目光移开说，美女，叫什么名字啊？

夏冰冰说，我叫夏冰冰。

童志说，你的手很白！

夏冰冰心里想，真是有钱就任性，这话说得毫不掩饰！

夏冰冰赶紧又把头低下了。她一直负责这桌客人，每次倒酒的时候，老板童志都盯着夏冰冰的手看个没完，这让夏冰冰不免有些紧张。

夏冰冰的手的确长得很精致，白且修长。但又不似鸡爪似的，过分骨感，看上去就像秋天落光了叶子的树干。童志的想象自然是很丰富的，因为这样的一双手，他会想到夏冰冰身体的其他部位也会和手一样，恰到好处而又毫无瑕疵。

他的目光已经不只是欣赏，还有很多的探究成分。其他几个客人看着童志执念的样子，便也跟着把目光投向夏冰冰的手。

这时的夏冰冰规规矩矩地站着，一双手已经垂落下来。

童志环顾一下，说，你们看到了什么？

大家都异口同声地说，看到了一双手，确实很漂亮的手。

童志点点头，看着夏冰冰说，你的手很白！

夏冰冰下意识地把手抬起来，她原本想好好看看自己的手，可看着这些个男人都盯着自己看，又不好意思地把手垂了下去。

童志笑着说，据我的人生经验，长一双好手的女人都很善良，也喜欢做梦。

夏冰冰心里一惊，忽然感觉好像有人在野地里拔起一根青蒿，在她面前来回地晃动。因为她喜欢青蒿朴素和撩拨心神的味道。这么多年来，她从来没跟管二力以外的第二个人说过做梦的事情，这个人却能一语道中，而且是才认识没几天也没说过几次话的情况下！

她看了一眼童志，赶紧把头低下了。

一个客人回头看着夏冰冰嘿嘿一笑说，哎，美女，我们童总说得对吗？

夏冰冰微笑了下，她感觉自己面部肌肉很僵硬，眼睛不自觉地眨了两下。勉强回答道，我不知道，没留意过。

童志说，夏冰冰，其实，有很多的时候我们本来已经弄明白一件事情，可我们自己却不知道，但它确实存在！

这顿饭吃了很长的时间，几个客人都有点儿喝多了。看得出来大家都很尽兴，也很满意，临走的时候童志特意到前台和老板说了一会儿话，才离开酒店。

后来酒店老板把夏冰冰叫了过去，告诉她，童老板对她很满意，并说，以后这个客人就交给她负责了。老板一再叮嘱，一定要伺候好。

夏冰冰小心翼翼地说，他还和你说什么了？

老板说，没说什么，啊，对了，他说你的手很白。

夏冰冰不觉脸一红，说，真无聊！

老板看着夏冰冰的手说，他不说我还没发现。不过，他也没说错啊！你的手的确很白嘛！还真是每个人的关注点都是不一样的啊。

这一天的时间，夏冰冰总在琢磨童志的话，他说自己的手很白，她认。他说自己心地善良，爱做梦她也认。可说到底，他一个大老板什么样的女人没见过，为什么非得盯着自己的手看个没完没了呢？他想干啥？他这不是无聊吗？

晚上和大嫂回到出租屋，大嫂问夏冰冰那个客人咋回事儿，为什么老盯着她的手看。

夏冰冰说，谁知道呢！还不是吃饱了撑的。我长这么大也不知道自己的手跟别人的有什么区别。真是的！他就一直说，你的手很白。夏冰冰模仿着童志的语气，逗得大嫂直笑。

接下来大嫂说，在城里不比在乡下，啥样奇葩的人都有，凡事都要多留个心眼儿，别人家夸你两句，就晕了。

夏冰冰说，大嫂，我知道了。你不知道我有多心烦，可我有什么办法？夏冰冰低着头，她真没觉得这事赖自己。

大嫂说，啥样的客人都有，你不像我老天拔地的没人稀罕了。不过也没啥大事，放心，不至于怎样。不过这个客人也真是奇怪，不知道的还以为他是雕塑手的艺术家呢！哪怕是卖珠宝的也行啊！可偏偏是个开发商，盖房子的！

大嫂没往下说，可夏冰冰知道大嫂是不放心自己，也是在安自己的心。那天晚上，夏冰冰很久也没睡着，她微了一条信息给管二力，问他自己的手是不是很白。

管二力说，你的手是很白，怎么了？

夏冰冰说，没怎么，就是问问。

管二力说，你问这干啥，是不是有人开始打你主意了？

管二力的这个反应把夏冰冰吓了一跳，赶紧说，你拉倒吧，我倒是想有人打我的主意，可还得有人看上我啊！

管二力连着发了几个锤子砸脑袋的表情，夏冰冰知道再聊下去，管二力肯定会问个没完没了，只好匆匆地回了句，睡了。把手机关了。

一连几天童志也没来，夏冰冰看着一拨一拨进屋的客人有点打不起精神，不知为什么忽然有点儿失落。

那天已经过了晚上的饭口，客人稀稀拉拉的，也没几个了。夏冰冰坐在吧台外的凳子上，用一只手抚摸着另一只手背，自然又想到了童志。她觉得这人其实也挺有意思的，你要看手就看呗，又不是看其他的地方，可为什么非得夸自己的手白呢？

想到这儿夏冰冰想笑，可还没等笑出来，童志已经进屋了。夏冰冰看到童志立马站了起来,然后看向身后的老板。

老板笑了,赶紧说,还愣着干啥?赶紧过去招呼童老板啊!

夏冰冰把童志让到一张桌前坐下,递上菜单,然后浅浅地笑了。

童志一摆手,说,随便给我来两个菜,今天就我一个人。

夏冰冰说,哦,好,那还要酒吗?

童志说,随便!你看着办吧!

夏冰冰也不说话,到后厨去了很长的时间,才端出一个木耳炝土豆丝和一个蒜苗炒豆芽,还有一碗二米饭。

童志眼睛一亮,目光便落在夏冰冰的脸上了。

夏冰冰不由得紧张地说,童老板我自作主张,也不知合不合你口味?

童志说,行!正合我意。

夏冰冰再次浅浅地笑了。

童志说,你真行!好!看得出童志确实对这两个菜很满意。

夏冰冰说,这是我的家乡菜,是我特意让后厨给你做的。

童志说,我坐在这儿还没想好要吃什么,可等你把菜端上来,我才知道我今天要吃什么。而且食欲立刻就来了。

夏冰冰接着又倒了一杯白水,放在童志跟前。

童志惊讶地看着夏冰冰说,怪了,你好像知道我的心思。我今天还真一点喝酒的想法都没有。这句话让夏冰冰也愣了一下,她还真没多想,只是习惯地觉得,没有应酬,一个人吃饭是不应该喝酒的。

虽然没喝酒,但这顿饭还是吃了很长时间。眼看时间也实在太晚了,饭店要打烊了,童志才依依不舍地买单离去。

二

自从夏冰冰来陌上人家以后,来吃饭的客人好像比以前又多了两成,老板很高兴,主动给夏冰冰加了薪。

渐渐地，在童老板的影响下，夏冰冰的木耳烩土豆丝和蒜苗炒豆芽成了招牌菜。童志每次来陌上人家，不论带什么样的客人，必点这两个菜。

夏冰冰对童志的感觉好多了，时间长了，夏冰冰觉得童志这人并不像她原来想的那样无聊，虽然在倒酒的时候，童志还会盯着她的手看个没完没了，他心里想什么夏冰冰不知道，但可以肯定他的目光却是纯净的。

因为夏冰冰不止一次地看见老公管二力在看自己的时候，也是这种目光。

有一次童志又是一人晚上来陌上人家，夏冰冰和他已经很熟了，所以聊起来也没啥拘束了。也是夏冰冰适应了服务员的角色，应对什么都自如了。

童志看着夏冰冰的手说，你知道我为什么喜欢看你的手吗？

夏冰冰不好意思地笑笑说，这个我还真不知道。她猜了好久也没猜出来，后来干脆就不去想了。

童志说，我母亲也有一双和你一样的手，很白，也很精致，大小长短都差不多。可惜她已经不在了。

夏冰冰赶紧把手垂落下来，说，对不起童老板！

童志说，我一看你这双手，立马就想起了我的母亲，哎！你不知道她有多善良！

夏冰冰说，你说的女人有一双好手都善良，这是真的？

童志点点头说，当然，起码我母亲是这样，你也这样。

夏冰冰的一只手不由得握住另一只手，然后环抱在胸前。

童志说，我现在还能想起，我小时候睡觉的时候，母亲经常用手轻轻抚摸我脑袋的那种感觉，真的是太幸福了！特别是我调皮捣蛋或是闯祸的时候，她总是宽容地抚摸着我，安抚我的不安，包容我的错误。跟你说，自从母亲走后，我再也没有那种感觉了。

夏冰冰神往地看着童志说，那……究竟是一种什么样的感觉啊？

童志说，这么跟你说吧！她的手就像是水，像海绵，很柔很软，好像完全粘在你的身上一样。像阳光一样温暖，让人心旷神怡！我每次回想起来就感觉特别幸福，这么多年来支撑着我，是我人生的支柱！

夏冰冰说，你真会形容，听你说话真跟看书一样，很有意思。我一直都喜欢看书。

童志说，那好啊！喜欢书的女人特别有气质。不过你还别说，要不是我现在事儿太多，我倒真想写一本书。

两人聊的话题越来越多，可不论哪个领域，童志都有自己独立的见解，而绝不盲从任何人。并且都非常有道理，这个道理是夏冰冰闻所未闻的，但听完还就觉得就是那么回事。这让夏冰冰大开眼界。

他书读得多，知识面也宽。这让喜欢读书的夏冰冰忽然有了一种精神寄托。那种能共鸣的感觉就像人们常说的知己一样，她和管二力就达不到这种境界。如果童志有两天不来，她的心里便有些发空，仿佛走在花园里看不见一只蝴蝶，看不到一朵花一样。

童志曾经送给夏冰冰一双黑色的皮手套，有人说这是鳄鱼皮的，也有人说这是山寨货。夏冰冰本来不想要，因为饭店有规定，服务员不能随便收客人礼物。而且她也不觉得自己应该要。可童志坚持要给，老板也出面了。

夏冰冰只好把手套戴在自己的手上，然后看着童志不好意思地笑了。要是搁一般的服务员肯定是要谢童志的，可夏冰冰没说一个谢字。她看着童志浅浅地一笑，好像是在征询童志的审美意见。

童志说，其实你这双手，戴什么手套都是多余的。

老板呵呵呵地笑着说，童总，你可真会夸人！

童志哈哈笑着，说，难道我说的不是真的？

夏冰冰本来不想让大嫂知道，可也不知是谁把这件事儿捅给大嫂了。那天晚上回到出租屋，大嫂像审贼一样审了她半天。

夏冰冰说，大嫂不就一副手套嘛！有什么啊？都知道我是真不想要的，不管它价值多少，对我来说还不如给一百块钱实在呢！可是我拒绝了呀，后来老板都出面了，非让收下，有什么办法。收呗！

大嫂说，你以为这是一副手套那么简单吗？要我看这个姓童的一定是在打你的主意。不然人家没必要巴结你啊！这一点咱自己要清楚。

夏冰冰呵呵呵地笑了。

大嫂说，你还有心思笑？

夏冰冰说，我说大嫂哇，你想什么呢？我都是一个八岁孩子的妈了，再怎么说也不年轻，人童老板那么有钱能看上我？你可得了吧！你没看见咱们饭店来的女人都啥样，腰条气质哪一样咱比得了！人童老板不喜欢这样的，喜欢咱土豹子。我可是从来没想那么多。再说了，跟童老板来吃饭的也有好几个女的，你看人家那打扮，那气质，哪个不比咱强！

大嫂一怔，缓了半天也没说话。夏冰冰上前扶着大嫂的双肩说，要我说人童老板就是闲着没事儿了，和我逗个闷子，我都没当真，你可千万别当真！而且人家也说了，我这双手像他妈妈的，我让他想起了他妈妈。你看，人家也怕你想多了，埋下伏笔了。

大嫂说，你说得也有道理，可我还是不明白，他干吗要送你手套呀？我手长得还白呢，他怎么不送我呢？真是的。看吧，都知道了，指不定他们说啥呢！

夏冰冰说，咱脚正不怕鞋歪，光明正大，咱怕啥。咱又没刻意跟人黏黏糊糊，也没怎样，这个老板都知道啊！所以怕啥！

大嫂还是有些担心，但语气弱了不少，话是这么说，可是，唉！你不知道，那帮人一天没事闲的，恨不得有个啥花边新闻，好给他们嚼舌根子，一来二去传着传着就不知道传成啥样了！更何况你比她们漂亮勤快，老板也高看你一眼，你说……

夏冰冰知道要是在这个话题上转悠，说不上大嫂更加担心自己，那样的话就有点闹心了。于是只好转移话题，和大嫂聊她的儿子，只有聊到她的儿子大嫂才能顺着话题来，夏冰冰摸得透透的。直到把大嫂哄乐呵了，才迷迷糊糊地睡去。她是担心不把大嫂整明白，万一她要是跟管二力说点啥，自己这个工是别想打了。

童志来陌上人家吃饭的次数越来越频了。夏冰冰没来的时候，他十天半月也来不了一次，现在他几乎每天都要光顾。或中午或晚上，或带几个朋友大聚小聚，或者干脆自己一个人。自然每次都是夏冰冰招待的。

大家都在私下议论童老板是看上夏冰冰了，可夏冰冰自己却不以为然。她觉得人童老板读那么多书，有那么多的钱，往来接触的人非富即贵，眼界也自然挺高的，怎么会看上她一个有男人又有孩子的农村女人呢？就算自己的手长得白，可那又如何？这世上手白的女人多了去了，远的不说，就说饭店的另外两个女服务员的手也很白。夏冰冰曾私下偷偷地做过比较，并且不止一次地研究过，甚至也偷偷地观察过来店里吃饭的女士，然后是长时间的沉默思考：她真没看出自己的手到底有多白？

那天晚上童志又是一个人来的，吃完饭走的时候把包拉下了。两个服务员看着夏冰冰挤眉弄眼的，那意思再明显不过了。夏冰冰只好跑出去把包还给童志。

童志把宾利车门拉开，指着里面的座位说，进来坐一会儿吧！

夏冰冰还没坐过这么豪华的轿车，她看了一眼轿车里面的装饰，眼睛顿时一亮，可一瞬间她的目光立马又恢复了常态。她恭恭敬敬地把包递给童志，说，我还有客人呢！

童志接过包说，夏冰冰，你没想过换个工作吗？

夏冰冰说，可是，我还能干啥？

饭店的服务员工作虽然辛苦，可是底薪加提成挣得也不少，她很满足。而且和大嫂在一起她觉得很安全，像是有了依赖一样也很自在。

童志说，你能干得多了！如果你愿意也可以到我的公司来。饭店服务员真的不应该是你该干的，不管是大饭店还是小饭店。

夏冰冰不好意思地笑了下，说，您抬举我了。

童志却是一本正经地说，我说真的，你认真考虑一下。

夏冰冰本来想拒绝，可一看童志一脸期待地看着自己，犹豫了一下转身默默地走了。

那天饭店开支，老板特意偷偷地给夏冰冰发了八百元的奖金。夏冰冰觉得这个老板很讲究，自己才来没几个月涨了好几回工资了，还有额外奖金，这个额外奖金一看就是自己有，别人没有的，自己是应该好好干的，要是走了真是有点对不住人家。

夏冰冰坐下来就想给管二力发个红包，可刚打开微信钱包还没发呢，管二力的电话便打进来了。夏冰冰听说小宝病了，只好打车回了乡下。

管二力看着进屋的夏冰冰嘻嘻笑了。

夏冰冰绷紧的心松了一下，说，小宝呢！

管二力说，在学校呢！

夏冰冰说，不是生病了吗？怎么还上学？

管二力讷讷地说，没生病！我就是想让你回来。

夏冰冰指着管二力说，你！你太让我失望了！我这着急忙慌的，打车花不少钱呢！而且又请了一天的假。你知道我听说孩子生病急成啥样？

管二力说，老婆你别生气，听我跟你说！

夏冰冰说，你还有什么好说的！我一天就差点没忙死，你还跟我闹着玩？

管二力说，不是！你看，我的脚已经好了，马上可以去工地了！昨天我就发现了，这几天就不疼了，这不是怕说别的，你不回来吗！

夏冰冰说，行，那就先把小宝先送他爷爷那儿吧！反正我是不回来了。

管二力说，你这是啥意思？

夏冰冰说，现在孩子要进城读书，我不能指你一个人了。我这回在城里打工算是想明白了，为啥大嫂在城里打工这么多年，那是指着大哥一个人挣根本不行，城里开销太大，吃个菜叶都花钱。所以咱们两个也得一起都干活挣钱！再像以前的想法是不行的。

一提到管小虎，管二力没话说了，夏冰冰因为只请了一天的假，当天晚上看到放学回来的管小虎活蹦乱跳的，放心了，吃完饭就又返回了城里。

回到城里她先来到了饭店，这个点正是饭口，店里很忙，不能因为自己跟店里带来不便，所以她马上投入到了工作中。

但是，她很生气，省吃俭用舍不得花一分钱，这没来由的百八十块钱就没了，这个管二力，真是气人！夏冰冰坐在饭店吧台前的凳子上想了半天，心里默默地骂了管二力好几遍，才想起该给管二力扔俩钱，于是，便滑开手机屏幕，给管二力发了一个五百元的红包。

正好来了两桌客人,她又是点菜传菜又是给客人倒酒的,等忙完了,打开手机一看红包还在,管二力并没有点开。

夏冰冰更生气了,她立马拨通了管二力的电话,问,你怎么回事儿?

管二力说,这你还不明白吗?我不要!语气很明显是在赌气。他原想是留媳妇一宿的,反正都请假了,明天再走不是一样!

夏冰冰说,你装什么装啊?我又不是给你的!还没等她说完,管二力在那边已经把电话挂了。这让夏冰冰更加火大了。

夏冰冰接着马上又拨管二力的电话,这时童志进屋了。他看着坐在吧台跟前的夏冰冰说,照旧!

没办法夏冰冰只能按掉手机开始工作,尽管竭力克制自己,可还是被童志看了出来。

童志说,你有什么事儿吗?说说!

夏冰冰说,童老板,我能有什么事儿?我没事儿。

童志说,有事儿你就说,千万别和我客气。

夏冰冰说,我真没事儿。真的!

童志说,那就麻烦你陪我喝一杯吧!

夏冰冰说,这不行,我不会喝酒,没喝过,再说了我们饭店也有规定,服务员不能陪客人喝酒的。

童志说,我知道,我知道!你忙去吧!

夏冰冰重新又坐到吧台前的凳子上,可她回头一看,发现童志的酒杯已经倒满了,酒水漫上了桌子。可他完全没意识到,还在倒。

夏冰冰赶紧走到童志跟前,说,童老板!

童志赶紧把酒瓶子立在桌子上,微微一笑说,看来喝酒的人是不能倒酒的。

夏冰冰说,童老板,还是我给你倒酒吧!

童志端起酒杯一饮而尽,然后把酒杯立在桌子上。

夏冰冰把桌子擦净了,开始倒酒。

童志在看夏冰冰的手，他已经把酒杯拿在手里，可目光依然还盯着夏冰冰的手。

夏冰冰说，据我观察，你一个人是不喝酒的。

童志收回目光说，人总有情绪波动的时候，什么事儿都有个例外，不知为什么我今天忽然觉得有点儿寂寞，就想喝点。

夏冰冰呵呵呵地笑了。是的，她今天也是觉得有点落寞。人有的时候就是这样，生活有许多无奈，可是我们还得继续不是！于是很了然童志的这种感受，可是又不解。

童志看着她说，有什么不对吗？

夏冰冰说，按说你是一个大老板，天天那么多人围着你转儿，忙都忙死，你还寂寞？

童志说，寂寞不在你身边有多少人，而在于这些人是否懂你，是否能跟你有灵魂上的共鸣！孤独的感觉不是你自己一个人在屋子里，而是明明一屋子人，哪怕都在高谈阔论很热闹，可你也难以抑制住内心的清冷。这种感觉没有经历过的人不懂！

夏冰冰说，我明白你的意思了。

童志微微一笑说，明白一个意思很简单，可要想懂一个人那可不容易了。

夏冰冰把手交叉在一起环抱在胸前，目光深邃地看着童志没有说话。

童志看看四下无人，放低了声音说，我跟你说的那件事儿，你考虑怎么样了？

夏冰冰一怔，说，哪个事？你跟我说什么事儿了？

童志再次微微一笑，说，你就不想换个工作吗？

夏冰冰说，你说这个啊，我根本就没考虑。

童志说，你应该认真考虑一下，这对你的将来很关键。

夏冰冰有些不好意思了，说，是，你说的是对的。可是我真的不知道干啥能比服务员挣得还多，而且我还能得心应手。

童志说，其实，一个人干什么工作都一样，只要自己喜欢。

他一口把杯里的酒喝光，掏出一张钞票放在桌子上，然后转身走了。

夏冰冰忽然觉得他的背影有点儿落寞，像是一只失群的孤雁被抛在天空了，又像是秋后的树林，所有的树木都光秃了，但还有一片叶子长在枝头，而童老板就是那一片叶子！她本来是想和他再说点什么，可他却走了。这让她的心有点发堵！

一个晚上夏冰冰都在想童志说的话：寂寞不在你身边有多少人，而在于这些人是否懂你！以前，夏冰冰总认为管二力是懂自己的，可现在看来他未必真的懂自己。她已经不去想他盖的楼房和他买的车子，她也知道那不过是她从前爱他的理由，是对美好生活的一种奔头。现在，她只想把小虎接到城里读书，可他为什么就不理解自己呢？说到底，他还是不放心自己，真是太自私，太狭隘了。也是不相信她的人品！这么一想，她就觉得特别委屈，眼泪在眼圈里直转。

夏冰冰当天晚上给管二力发了一条内容很长的微信。她告诉管二力，不管他是否同意，她都要在城里打工供孩子读书，雷打不动。

信息发出去很长的时间，她盯着手机屏幕，可管二力一直也没回复。

日子就这样一天一天地过去了，夏冰冰每天早上起来洗一下自己的换洗衣物，然后马上整理床铺梳洗，之后和大嫂步行去上班，然后是一天的忙碌。她盼着饭店的生意好，可是生意好了她会晚上十点多下班，很少时候不到十点。回到住的地方就只剩下疲惫了，尽管不是出大力气的活，可是忙活一天也是很累，有时累得甚至脚都不洗就睡了。

后来，如果不是因为管小虎真的病了急需用钱，夏冰冰是不会去找童志的。把所有的办法都想遍了无效以后，夏冰冰才想到了童志。当她站在童志豪华阔大的办公室里，还没等张嘴，童志就说，我知道你一定是遇到难处了，要不你也不会到我这儿来。在听完她的要求后，童志顺手从抽屉里拿出一张银行卡递给夏冰冰说，这张卡上有钱，你尽管用！

夏冰冰接过银行卡连说谢谢。

童志看着夏冰冰的手说，你的手真的很白！

夏冰冰说，童老板，真的谢谢你了！

童志说,你要真想谢我,那就到我的公司来上班!

夏冰冰说,可是……

童志说,没事儿,你好好想想,我不着急。先去忙孩子吧!然后再说。

夏冰冰从童志的办公室出来,还在想,他说的"我不着急",究竟是什么意思?除了安慰她,是不是说他的心里一直在想这件事儿呢?据她的观察童志温文尔雅的,不该是个花心的男人,也不像是有坏心眼的男人。可他为什么要让自己这个一无是处的乡下女人去他公司,她能干什么?她什么业务也不懂。夏冰冰不敢顺着这个思路再想下去了……

其实她是现在才看明白自己和童志之间的差距,以前大家都说童老板有钱,但没真的看过,在进入童志办公室的那一瞬间,夏冰冰瞬间感觉到了自己的渺小,时间仿佛凝滞了一半,半晌她才醒过来,她感觉到自己仿佛被设置了慢动作一样,她甚至有些语无伦次了。和她想象中的有钱完全不一样,这种陌生的认识让她觉得自己卑微了许多。

管小虎在等着钱做手术,管二力一看夏冰冰回来了,赶紧和她一起去交押金。当夏冰冰在取款机上点开余额查询不禁惊呆了,管二力也惊呆了,两人谁也没想到这张卡上,居然有八十万。

管二力有点咬牙切齿地说,夏冰冰你行啊!

夏冰冰半天也没反应过来,脑袋有些嗡嗡响,但管二力的话她还是听到了,也听出这好像不是在夸她!她认真地数了一下位数,确实是八十万!

管二力说,我是说你真有章程,出去一趟就是八十万。小瞧你了,能耐了啊!

夏冰冰说,那这钱我们用还是不用?

管二力说,用啊!要不你不白借了?小虎那边还等着呢!

管小虎的手术很成功,夏冰冰连着在医院陪了几天床,然后对管二力说,你看着小虎吧!我得上班了。

管二力这些天一直没怎么和夏冰冰说话,他看夏冰冰要走,便跟了出来。两人来到一个僻静的地方,管二力再也忍不住了。他看着夏冰冰说,你今天必须跟我说实话,到底是怎么回事儿?

夏冰冰说，什么怎么回事儿？

管二力说，你还装？我说的是那八十万。

夏冰冰说，不是我借的吗？

管二力说，我知道是你借的，可你是怎么借的？

夏冰冰说，管二力，你想干什么？当初我借钱的时候你没反对啊？现在我把钱借回来了，你倒来事儿了？

管二力指着夏冰冰说，我都不好意思说你，这是八十万啊！你不把自己豁出去能借回来吗？你知道现在管别人借钱多难吗？人家凭什么借你八十万！

夏冰冰气得不知怎么说好，是，我要不是跟谁都借不到，也不会想到跟饭店的客人借。你知道我是犯了多大的忌讳吗？我是舔多大的脸硬着头皮去找人家，你知道吗？我不知道怎么开口，人家是大老板，人家的老板台比咱整个家都值钱，一个卡上有这么多钱很正常。说实话我也没想到人家轻描淡写给张卡，里面会有那么多钱啊！可是人家也没说都借咱啊，这不是时间紧没功夫去取出来吗，没用了还回去就是了，怎么这么多事！人家是借给你不是给你了，咱们借是需要还的！即使这样咱也是要懂得感恩，咱得感谢人家，懂不懂！看你那状态好像是人家白给似的！真是跟你说不明白了。

夏冰冰一口气说了一大堆，这几天管二力的态度让她很憋屈，她也憋了一肚子火。要不是顾忌小虎卧病在床，估计他们两个早就大吵一顿了。

夏冰冰还是和管二力吵了起来，她一看管二力那不可理喻的熊样，越想心里越有气，便十分激动地说，管二力，对，你还真说对了，我要是不跟人睡觉，人能借给我八十万？我除了睡觉还有啥能耐呀！对吧！你就是这么认为的，对吧！我一天在饭店无论怎样都得笑脸相迎，好言相送，就是靠卖挣来的钱，对吧！

夏冰冰气疯了，有些口不择言了。饭店的服务员那么好做？哪天不是被人呼来喝去，脚不沾地？这些管二力从来没问过也从来没关心过！

尽管大嫂后来给夏冰冰做证，说她和童老板真的啥事儿都没有，所有的接触都是仅限于饭店客人和服务员之间的接触，但管二力根本不信。

大嫂说，要说这个童老板是我们那儿的常客，我看他人品也不错，再说了，夏冰冰都是一个孩子的妈了，眼看也傍三十的人了，人童老板那是开发房地产的大老板，一辆车就好几百万，要啥样的女人没有，咋会看上咱们冰冰呢？人家出出进进也不是没有女人，那些女人都是些啥人啊，哪是咱们能比的？所以二力，这次你真的想多了，人家没啥图你的，又不是小姑娘！

大嫂看管二力不说话，又接着说，要不过两天你还是把冰冰领回去吧！也省得你不信我，也免得好像我跟冰冰咋的了，好像我这个人咋的了似的，把冰冰卖了似的，弄得里外不是人。大嫂很明显有点生气了。

管二力说，现在她还能回去吗？

夏冰冰大声吼道，回去？为什么要回去？是为了你的莫须有的怀疑吗？还是你那可怜的自卑？你看看村子里，我这个年龄的哪个没出来打工？我怎么就应该窝在家里受穷？我自己不偷不抢靠辛苦挣钱，怎么就不行了！

夏冰冰越说越激动，说到后面几乎是哭喊着说的，眼看已经无法理智说话了，大嫂赶紧把夏冰冰拉开。好在管二力并没有往前赶，不然她真怕两个人干起来，打到一起去。不过好在他们两口子从结婚到现在好像还真没打过仗，这让大嫂多少不那么紧张。

最近的这些事完全改变了夏冰冰以往的认知。以前，她总是以管二力为中心，寻思自己把家把孩子照顾好就行了，她是相信他能挣钱养活这个家，养活他们娘俩的。现在看来，这种观念需要改变了，怨不得城市女性都喊着独立，要经济独立，要人身独立，电视剧里天天演的也是要女人独立，看来确实是有道理的，光靠男人是不行的。喜欢做梦那也不过是对未来的憧憬，现在靠管二力去实现看来是没希望了。夏冰冰感到特别迷茫，但又恍惚间感到还很有希望，最起码她可以自己挣钱了，自己努努力，还是能攒下不少钱的，甚至比管二力挣得还多。夏冰冰一会儿感到无助，一会儿又觉得希望满满，简直是水火之中，一会凉一会儿热的。

夏冰冰和大嫂返回宿舍，好半天谁都没说话。

夏冰冰说，大嫂，我觉得女人咋干点啥都这么难呢！你说，咱身边都是打工的,一下子跟谁借五万?别说没啥交情,就是亲戚朋友邻里邻居的借钱也难啊。有时候不是人家不借,是真没有。

大嫂说,对呗,不说别人,就说我和你大哥,打工这么多年了,钱都供孩子念书了,每个月都得给孩子寄生活费,然后还得给孩子攒明年的学费。一年一年的,哪有什么余富。一千两千行,多了真拿不出来。

夏冰冰握着大嫂的手,说,大嫂,你别多心,没说你,你对我好我都知道。各家不都是这种情况吗,都有自己的打算,都用钱。二力不是也没借到钱吗,他也是在外打工好几年了他比谁都清楚。我们这不也是没啥余富!年吃年用的。可是这种情况二力应该比咱还懂。咋的我借来钱他就不知道感恩呢,还往我身上扣屎盆子,这不是拿人家童老板的好心当驴肝肺了嘛。看他那个熊样我就来气!

大嫂说,你也不要怪二力,他也是心里有你。而且现在他的脚一直不好,他也是敏感,害怕你一时冲动为了挣钱做错事。要么说夫妻俩只要没有钱的问题都不会有什么分歧,都不会干仗。

夏冰冰长叹了口气,我气的是他信不过我,就这点挫折就耷拉个脑袋要死要活的样子,让人心里堵得慌。这一天天我把他哄得,就怕他心情不好,伤好得慢,可他自己倒好背着我喝酒,你说没把我气死。然后还得忍着!唉!这么些年我啥人他不知道吗!这要是让人童老板知道了,真是羞死,人借咱钱还有错了,咱啥人啊!

大嫂说,那咱就不让他知道。

嗯,夏冰冰感觉很累,比在饭店干一天活都累。躺在了床上不愿意动,大嫂也躺在她身边。夏冰冰说,以前没觉得自己穷,就是没钱呗,挣就好了。现在可好,一个手术五六万。钱没挣到,反而还欠了好几万饥荒,他还让我回去,你说我能回去吗?借的钱不用还啊!怎么想的呢!

唉!大嫂说,男人就那德行,就想证明这个家他说了算。

夏冰冰冷笑着,说了算?可以呀,你把家里都安排明白的,别让老婆操心,咱不求大富大贵,最起码别人家有啥咱得有啥吧!现在别家的孩子都在城里念书，咱小虎还在农村，不说别人家，就说大嫂你儿子，不是早早就来城里念书了吗？他怎么就不知道着急呢！我真是服了。好像我干了啥过分的事。

大嫂翻了一下身，说，二力主要是觉得你这钱借得太容易了，而且卡里还有那么多钱，搁谁都得多想。二力问，说明白就行了。再说，这个童老板真是放心啊，八十万啊！

夏冰冰有点哭笑不得了，说，大嫂，现在啥时代，人家有啥不放心的，你就是把八十万都提出来还能跑了不成？分分钟警察就找到你。这回知道咱跟人家的区别了吧，还这个那个的！你不知道啊，我一进童总办公室啊，跟进了宫殿似的，我这个心，你都不知道我是咋出来的，我自己都不知道！

大嫂，别说二力了，那卡里的余额一显示，我都蒙了。小数点数了好几遍我都！夏冰冰嘴上这么说着，心里埋怨自己好几遍：怎么就这么没心眼子，就应该从童总办公室出来直接去银行一趟查查余额，发现多了就先提出五万现金给管二力。要么，在医院交款的时候别让二力跟着，为什么偏点一下余额呀！这样就不会弄成现在这样了！夏冰冰的肠子都悔青了。

童志的这张银行卡确实给好几个人带来了震撼，平时说是说，谁都没觉得怎样，大家嘴里也经常说城里的房子百八十万的，但那只是一个数字，但是真的临了，真的接触了，没有感触是不可能的。尤其是夏冰冰他们这种从农村出来打工的。

童志不知为什么一连几天也没来陌上人家，这让人感觉有点不对劲。夏冰冰每天都捏着银行卡，惦记着见到了童志怎么找机会把剩余的钱先还回去，还要跟人家说一声谢谢。童志不来，夏冰冰等了几天觉得不能再等了，只好跟老板请假去给童志还卡。卡里面那么多钱，她觉得烫手，也怕弄丢了！

童志给夏冰冰倒了一杯茶，请她坐下。

童志问，孩子没事了？

夏冰冰从兜里把银行卡掏出来放在桌子上，说，没事了。谢谢童老板，这是剩下的。不过您真是吓死我了，里面这么多钱，真是坑苦我了！

童志看着夏冰冰笑了，然后慢悠悠地说，怎么……我没明白你的意思？

夏冰冰说,你明白的,你那么聪明还能不明白?

童志说,这回我还真不明白了。

夏冰冰说,我只想借五万,你为什么给我一张八十万的卡?

童志说,这有什么不对吗?花不了你可以还我嘛!这一点我是相信你的。

夏冰冰说,可是……夏冰冰无语了,是啊,人家能信得着你就不错了,还矫情啥!

童志说,啊,我明白了,一定是你老公知道了,这我倒是忽略了。你们吵架了?真对不起,是我没做好,要不要我去跟他解释一下。

夏冰冰赶紧说不用,她从心里感激童志在她危难之时的援手,可又因为管二力对她的误解觉得委屈。后来童志开始安慰她,她因为心里想着管二力也没心思听了。

从童志的办公室出来,她也没回饭店,直接坐车来到了松花江边儿。她真想对着滔滔不绝的江水好好哭一场。可江边的游人很多,她的泪水就一直汪在眼睛里也没流出来。眼前的游人走了又回来了,停了又走了。感觉到控制不住的时候她就拿兜里的纸巾擦一下,反正谁都不认识她,她也不怕被别人看见。

管小虎在医院躺了一个月,夏冰冰天天往医院跑,还要按时到饭店顶班,累是不用说了。因为心里有事,所以她也没有以往的轻松感觉了,也没有以往的乐观了,闲着的时候一个人坐着,感觉自己是在想事可又没想什么,这让她自己都觉得自己像变了一个人。还有就是心里总想着管小虎和管二力,只要一回到出租屋,她躺在床上就不想了。

大嫂说,要我说,冰冰,过两天你还是跟二力一起回去吧!

夏冰冰说,大嫂,难道你也不信我?

这正是夏冰冰担心的,大嫂要是也不支持自己,那管二力就更有理由强硬了。那样的话别说还童老板的钱费劲,孩子到城里来念书就更是没有希望了。

大嫂说,我信不信你有啥用?得二力信你!你们两个这样僵着也不是个事,不行就先回去,缓和一下,也安安他的心。之后要想出来再说出来。

夏冰冰不觉心里泛苦,即便是管二力腿好了,可是只凭他自己挣钱,孩子根本就出不来，不然早就出来了。这回自己在饭店的这几个月她更加清楚地知道，光指着管二力是不行的，不然大嫂也不会一直在城里打工。

夏冰冰说，大嫂，我是不想回去了，他爱怎么想就怎么想吧！反正我问心无愧。

大嫂看了夏冰冰一眼坐在了床上，然后关心地说，我知道你没事儿，你别说二力了，就连咱饭店的人都在背地里议论你跟童老板，要我说只要你不离开，那没事儿也变成有事儿了。目前二力不知道，知道了更解释不清了。

夏冰冰忽地一下从床上坐了起来，提高声音说，要你这么说，那我还真不能走了，我倒要看看这唾沫是不是能淹死人。我就不信这个邪，没的还能被说成有的！我怎么了？我干活哪天不比那两个多，我从不偷懒，就希望多干点，就想着让饭店老板能满意，让咱多干几年，挣钱稳定了，小虎的事就稳定了。这也错了？

大嫂说，你看看你！急什么急，冷静一下。先别急，我跟你分析一下，你说那童老板为啥说你的手白？

夏冰冰说，我的手本来就白嘛！

大嫂说，你得了吧！女人的手有几个不白的，又不是黑人。要我看他这是没话找话，说到底还是想勾你。这几天我反复地给你琢磨了，没准这个童老板就喜欢你这样乡下来的小媳妇儿，用他们城里人的话说，没公害吃着放心！

夏冰冰不同意，说，你这只是猜测。我不是十八岁的小姑娘，我知道童老板看我的时候眼里没有暧昧，没有乱七八糟的，这一点我相信我的感受。人家也许就是善意的夸奖呢，没啥夸得了，就说手白？就像咱村里，想夸别人家的孩子的时候，实在没有啥夸的就说可爱，不是一样吗！

大嫂叹了口气，他可不是随便夸夸，这个你应该知道。而且以人家的身份地位，也没必要非要夸一个服务员呀！

夏冰冰一时也没话说了，只觉得身心疲惫。她只想早点儿把童老板的钱还上，然后离他远点儿。

三

饭店的人都在背后议论她和童老板的事儿，管二力呢，也一直对她冷嘲热讽的。她的心里很难受，以至于干活儿的时候经常走神。

好不容易盼到管小虎出院了，她亲自打车把孩子和管二力送回乡下。那天夜里等管小虎睡着了以后，她特别温柔地和管二力做了很长时间，她是想证明自己的心和肉体还是管二力的，她没给任何别的男人；但管二力却把她的这种努力理解成了她心中有愧，所以完事儿以后，管二力好像是无奈地叹了一口气，没说话。

夏冰冰说，老公，有话你就说吧！别憋着了。

管二力说，按说呢，你也没错儿，谁让我挣不来钱呢？

夏冰冰说，你这是什么话？好像我真对不起你了。

管二力说，我好歹也在城里混这么多年了，这里面的水深着呢！

夏冰冰说，你把话说明白，什么水深水浅的，我不懂？别整那些没用的，故弄玄虚！

管二力说，你当然不懂，用你的话说，你只给那个童老板倒过两回酒，再啥事儿都没有了，那他凭什么把一张八十万的卡送给你？

夏冰冰说，送我？天哪，你烧糊涂了吧！是借！你以为不用还吗？怎么想的！

管二力说，行，就算是借，可你想过吗？他要是对你没企图，为什么要借给你这么大一笔钱。

夏冰冰说，管二力，这个事怎么就跟你说不明白了呢？人家卡里有那么多钱，不是都借给咱们，是相信咱们的人品让咱用多少花多少，人家只是没有时间给你去提取！你为什么非得把人心想得那么坏，人家有的是钱，看我有难帮帮我怎么了？八十万在人家心中就跟我们的八百块一个概念。你的心里很扭曲，你知道吗？你这是仇富，知道吗！

管二力说，行！咱现在也别说这个了，你心里要是还有管小虎跟我，那你就回来！

夏冰冰立刻激动起来，冷笑了两声说，看来你病得真是不轻。借钱不用还吗？这么大个窟窿你打算怎么还？还是你就打算让我出去卖，根本就不想还？

说啥呢？管二力也激动起来，你知道我不是那个意思，我也不是那样的人！

夏冰冰呵呵两声，说，那就别没完没了，借不着钱上火，借着了还净事，以后谁还敢借给你钱！到手了还想着不用还，这话要传出去别人怎么想你？

看着气得眼睛直立立的夏冰冰，管二力一下子不知道说什么好了，他觉得再说，自己也说不清了，只好不言语。

两人一宿谁也没睡好。夏冰冰半夜起来去看管小虎的时候，管二力的目光一直在跟着夏冰冰的身影转动。

第二天早上，还没等管小虎醒来夏冰冰就悄悄地走了。尽管她站在管二力的床前犹豫了一下，像是有什么话要说。可她最后还是什么也没说。管二力呢，看着夏冰冰离去的背影，好像忽然看到了最后一抹晚霞消逝后，暗淡的天光笼罩了整个村庄，他知道再说什么都没用了。他深觉老话说得没错，真是贫贱夫妻百事哀。

童志自从借钱夏冰冰以后，来陌上人家不那么勤了。这天正好老板有事儿出去了，夏冰冰一连伺候了两桌客人，另外两个服务员却一直坐那儿没动弹，夏冰冰实在忍不住了，便和两人吵了起来。

两人合伙欺负夏冰冰，就差没动手了。可老板回来以后只是象征性地说了她们两句，并没深责，这让夏冰冰心里很不痛快。

后来她在微信里把这件事儿跟童志说了，她也不过是想倾诉一下心里的委屈。但不大一会儿童志便来到店里，也不知他和老板说了什么，老板第二天就把两个服务员开了。

夏冰冰心里很是过意不去，童志再来吃饭的时候，她也不和童志说话了。她不想给老板惹麻烦，只想稳稳当当地好好干活，没别的想法。

童志说，你还挺有性格的嘛！

夏冰冰说，我只是跟你说说，谁让你把人家开了？

童志说，这个城市饭店很多，到哪儿都一样端盘子。

后来老板又招了两个服务员，但不知为什么夏冰冰和她们的关系总是处不好。她一天活儿干得挺多，累得够呛，可两人好像根本不领情，而且还在背地里议论她。

夏冰冰心里困惑，便借着给管小虎买衣服的机会，去了童志的办公室。童志听夏冰冰说完，看着夏冰冰微微一笑，说，你不知道问题出在哪儿吧？

夏冰冰点点头。

童志说，你当着老板的面儿，把活儿都抢着干了，那她们干什么？你这不是让人家难堪吗？她们会认为你是故意表现，显得她们没有你能干。这样谁还能跟你处好关系呀，她们不背后整你，没把你整走就不错了！

夏冰冰说，哦！还真是唉！我以前怎么没想到？我只是觉得老板对我挺好的，一再给我涨工资，完了还有奖金，不积极多干点，对不住老板！

童志说，因为你的目光太短了，想得太少了，经历的也太少了。看到的都是阳光，还看不到阳光以外的东西。

夏冰冰说，也就是说我太傻了吧！

童志说，不是你太傻而是太纯了，现在这个世上像你这样的人，尤其是女人真不多了。你以前只限定在村子里，接触不了几个人，而且接触的人都是从小认识的，都了解。现在才是真正地接触到了社会，职场就是这样，即便是小饭店也是一个职场。

夏冰冰说，让你这一说，我好像快成熊猫了，不过我感觉自己突然明白了许多，谢谢啊！夏冰冰知道，不是谁都有机会听到大老板教自己的。

童志接着又开导起夏冰冰，让她还是赶紧离开饭店到他这里来工作。夏冰冰又习惯性地把双手交叉在一起环抱在胸前。于是，童志的目光便落在夏冰冰的手上。

夏冰冰说，童老板，我今儿到你这儿来是想告诉你一声，我会尽快把钱还上的。

童志说，钱不急，你什么时候还都行。

夏冰冰从童志那儿回来，躺在出租屋的床上一直在想童志说的话。恰在此时，她接到管二力的视频电话，接通了才发现和她说话的是管小虎。夏冰冰看着儿子夸张的笑容跟着也笑了。心里的压抑感一下子完全消散了。

管小虎说，妈，你啥时接我到城里念书啊？

夏冰冰说，快了，儿子，妈妈这不在给你攒钱吗？等攒够租房子的钱，妈就打听学校，别着急。好好上学，等过几天妈妈就回去看你！

没说几句话，夏冰冰借故有事儿便匆匆地把电话挂了，她只觉得心里特别难受，虽然她不敢肯定这个电话是管二力让儿子打的，但她敢断定管二力还在想着那件事儿。

现在她唯一希望的是，赶紧把童志的钱还上，然后把小虎接到城里读书，至于管二力，他要是愿意跟自己在一起，那自然再好不过了，可他要是不愿意那也只好由他。

夏冰冰从出租屋回到饭店一直想着家里的事儿，因为上菜慢和客人吵了起来，为此老板说了她两句。晚上下班她连衣服也没脱便躺下了。

大嫂说，你还怪人老板说你啊？上菜慢本来就是咱们的错儿。而且客人说什么赔不是就好了，也不能跟人家吵啊！

夏冰冰把身子翻过去，本来她想说上菜慢也不怨她啊，凭什么她一个人背锅。可是知道自己说完大嫂又会没完没了地开导，只好闭上嘴，转过身背对着大嫂不说话。

大嫂说，这也就是你，要是换作别人，老板还不得开了？

夏冰冰一下子从床上坐了起来，大声说，开就开！不用他开，我还不想干了呢！这一天天的！

大嫂满疑惑地看着夏冰冰，半天才说，冰冰，不是我说你，你最近的脾气可是越来越大了？服务行业最忌讳这样啊！

夏冰冰一愣，语气放缓了说，是吗？唉！我现在是真不想干了。

大嫂说，那你想干啥？技术含量低的活没有几样咱们女人能干的。

夏冰冰说，我还没想好，反正我不想在这个饭店干了！你也看到了，我每天活儿不少干，可没落个好。

大嫂忽然似有所悟地指着夏冰冰说，我明白了！

夏冰冰说，你又明白什么了？

大嫂说，你跟我说实话，是不是那个童老板让你去他那里？他那里的售楼处接待什么的，确实需要漂亮的，只要培训培训就可以。

夏冰冰说，想哪去了，没有。

大嫂说，不对，我现在听你说话底气挺足的，要是没人架着你，能这样？你之前可是一直想在这个饭店长干的！

夏冰冰说，哎呀，你能不问吗？

大嫂说，冰冰，我不管那个童老板是咋答应你的，但有一个事儿你得明白，咱和人家非亲非故的，他为啥要帮咱？你可不能犯糊涂啊！

夏冰冰说，大嫂，你别老把人想得那么坏成吗？别人不知道你还不知道吗，咱们俩哪天晚上是分开的？白天我也从来没请过假，你就放心吧，我跟他除了借钱那一回，就没有单独接触，想什么呢！

大嫂说，那倒是。不过听你的意思，还真是想要去他那儿呀？

第二天早上，等大嫂走了以后，夏冰冰想了一下还是决定去找童志。可来到公司门前她又不想进去了。来往的行人很多好像都在看着她，她要怎么说，要说什么？夏冰冰在公司的门前犹豫着徘徊了很久，最后一招手上了一辆出租车。

司机问她去哪里，她也不说话。她的心里一直在想应不应该去找童老板，如果真的进了他的公司，以后怎么办？难道童老板对自己真的没有一点儿企图吗？她越想脑袋越乱，可当此情景她又不能不想，她怕是不能回避了。

忽然，她好像听到了喧嚣的江水声，向窗外一望，出租车果然来到了松花江跟前。

后来发生的事情简直是太顺了，夏冰冰只给童志发了一条微信，童志便开着他的宾利车把她接到了颐园小区。

屋里的陈设太豪华了，有很多的东西夏冰冰都是见所未见。她站在客厅里看着墙壁上超大屏幕的彩电，还有西式风格的装饰画，半天也没说话。这里的一切超出她的认知太多了，让她感觉真是贫穷限制了想象！

童志说，冰冰，你刚从饭店出来肯定有点儿累，先在这里休息一下。正好这几天我要投标一个楼盘，等闲下来我再给你安排工作成吗？你别急。

夏冰冰点点头，犹豫一下说，童总，这是哪里？

童志说，噢，这是我的一处住宅，你尽管放心地住，冰箱里什么都有，吃什么自己拿！别把自己当外人！

童志走后，夏冰冰参观了屋里所有的房间，然后用了一下卧室的卫生间，便坐在客厅的沙发上打开了电视。

可她什么也看不下去，她的心里一直在想童志，脑袋比刚才更乱了。她原想童志会给她安排一个接待什么的工作，然后她就上岗。她已经做好了谦虚谨慎跟着老员工虚心学习的准备。可是现在明显不是那么回事，这让夏冰冰有点坐立难安。可是一连三天童志也没来，连一条微信也没有，好像完全把夏冰冰遗忘了。夏冰冰也强忍着没给童总发微信。

大嫂倒是连着给她发了几条微信，问她为什么不回去，夏冰冰只好回话说她已经找到新工作了，这里管吃管住，让大嫂放心，等有休息了她就去看她。

糊弄完大嫂，她长长地出了一口气，一甩手把手机扔在沙发上。童志回来的时候，夏冰冰正在盯着电视屏幕发呆呢。

童志微微一笑说，着急了吧！

夏冰冰赶紧离开沙发站了起来，说，童总，你怎么才回来？

童志说，我不是跟你说了嘛！这几天公司的事儿太多了。你看我的活就是这样，忙的时候能忙死，闲的时候又闲得不行，但一年总有忙的时候，等我把项目拿下来了，接下来就是他们干了，我就闲了。

夏冰冰说，哦！你也很辛苦。这是我没想到的。不过，你今天要是再不回来，我可走了。

童志说，我这不回来了吗？

夏冰冰说，那你准备让我干什么啊？不懂的我可以学习的。

童志说，我也不知你能干什么？这要看你想干什么了？

接下来的几天童志也没征求夏冰冰的意见，带着她参观了他旗下所有的公司和建筑工地，末了又把她带回了颐园小区。

走进屋里童志坐在沙发上，向夏冰冰招手，夏冰冰稍一犹豫还是坐在了童志的跟前。

童志说，刚才我带你出去转了一下，你看你想干什么？

夏冰冰犹豫了一下说，我也不知自己能干什么？能把什么干好，这些都是我以前没有接触过的。

童志说，这就是说你什么都能干了？

夏冰冰说，童总，在你这儿除了到工地搬砖我恐怕什么都干不了。其实转了一圈，她发现还真有好多她能干的，只是她不知道童总怎么想，于是故意那么说，这是她在心里琢磨好的，她知道童总回来后一定会问。他不能真的让她去搬砖吧。

童志说，你也太小看自己了，其实有一项工作非常适合你。这样你先做饭，然后我们边吃边聊。

夏冰冰亲自下厨，时间不大便做了两道农家菜。童志吃得赞不绝口，连说，她做的菜比陌上人家好吃多了。

夏冰冰说，童总你也别夸我了，赶紧说我能干什么？我这闲着不得劲，心里没底。你不知道那几天我自己在这都快憋长毛了。

童志看着夏冰冰说，待着还不好。你还真着急啊？

夏冰冰说，嗯，着急。你刚才不是说有一项工作非常适合我吗？

童志看着桌子上的菜用目光示意：你这不是都干上了吗？

到现在夏冰冰才忽然明白，闹了半天童志是想让她当保姆。她刚想拒绝。童志又是微微一笑，说，我可不是让你给我当保姆，我就是喜欢吃你做的菜。再一个……说到这里，童志的目光盯在夏冰冰的手上，见夏冰冰没有吱声，又接着说，你懂的。

夏冰冰还想拒绝，她想说得尽量委婉一点儿，不至于伤到童志，可她喏嚅了半天，不知为什么却说了一句，我不想当保姆。

童志说，你现在不是保姆而是我的秘书！生活上的秘书！

夏冰冰说，还不是保姆。

最后，童志开出了陌上人家三倍多的工资。然后说，你不是想还我钱吗？那就好好在这儿干！等把我的钱还上了，你什么时候想走再走嘛！这样总可以了吧。

夏冰冰一想也只能这样了，先干一段时间，如果有什么不妥再离开也不迟。欠人家的钱是必须要还的，这样也挺好，能还得快一些。最主要的是工作是自己熟悉的，不用担惊受怕地学。

童志不是每天都回来，夏冰冰有大把的时间看电视刷朋友圈，实在无聊了也到附近的街上闲逛，只是她还没想好怎么和大嫂解释。这种工作状况怕是时间长了，十张嘴也没人相信他们俩的清白了。所以有时她也犯愁。

童志一旦回来了，便跟着夏冰冰在厨房忙乎，又是洗菜又是切菜的，完全没有大老板的架势。这时候的童志看上去很随和，一点儿也不像身价过亿的老板。他吃得很少，而且每次都让夏冰冰陪着，两人聊天也聊得好。有时候夏冰冰也很恍惚，这种状态很像两个人在过日子，只是没有那层关系罢了。

夏冰冰在吃饭的时候一般都低着头，不看童志。时间长了童志就说，你现在已经是我的生活秘书，你要适应和我在一起的生活，别老像一个客人似的，这不好，别那么拘谨。

夏冰冰说，我不知道跟你说什么呢？再说了你一天那么忙，我也不想打扰你！

童志说，我觉得你主要还是把我当成了你老板，其实也不用，把我当成你的家人就好了。你轻松一点气氛就会很轻松，咱们俩没必要那么生分。

那天童志好像兴致很高，他吃完了饭亲自烧了一壶开水，然后倒在盆子里兑了些冷水端到夏冰冰跟前。

他居然蹲下身子要给夏冰冰洗脚,夏冰冰吓了一跳,赶紧起身说,童总,我洗澡的时候已经洗过了。

但童志还是执意地把夏冰冰的一双脚泡在了盆子里,然后不顾夏冰冰的阻拦,小心翼翼地洗了起来。

夏冰冰神色尴尬地看着童志,真不知说什么好了。她的一双脚被泡在盆子里,在灯光的映射下显得很白,脚面倾斜的坡度很大,尤其是纤长的脚趾和浑圆的脚踝,看上去都很美,而且富有个性。

童志把夏冰冰的一只脚擦好了,捧在手里又看了半天,才说道,你的脚也很白!很美!

夏冰冰赶紧一使劲儿把脚抽了回来,然后穿上拖鞋站了起来。

童志说,很多男人都喜欢看女人的手,其实,我倒是觉得女人的脚更好看!

夏冰冰赶紧借故有事儿回到自己的房间,她不敢再听下去了。这样的接触让她不知所措。而且她也很怕再发生什么。

这一宿夏冰冰翻来覆去地想了很多,她不知道接下来童志还要干什么,她决定还是趁早离开这里。可是第二天,当她把东西都收拾好了,正准备要走的时候,童志却提前回来了,他把一双真皮黑色鞋托递给夏冰冰,说,换上它我看看!

夏冰冰本来不想穿,可看着童志期待的目光,还是顺从地把鞋穿在了脚上。

童志的眼睛顿时一亮,然后说,你的脚真是太好看了!

夏冰冰把脚伸到童志跟前,疑惑地说,真好看?

童志说,当然了,如果再涂上指甲油一定会更好看!

这句话正好说到夏冰冰的心里了,她跟管二力结婚以来一直想涂红指甲。可因为舍不得花钱,也碍着涂了之后没法干活,她都没能实现这个愿望。

童志一看夏冰冰的神色,微微一笑,有点兴奋地说,还等什么?走吧!

夏冰冰选了一家美甲店,把手和脚的指甲都涂成了红色,然后才心满意足地回到颐园小区。

童志看着夏冰冰手和脚指甲的颜色,皱了一下眉头说,你怎么都涂成了红色？

夏冰冰说，红色好看啊，我喜欢红色！亮堂堂的！

童志说，不，你该涂成黑色的！

夏冰冰说，黑色？没想过，我不喜欢黑色。

童志说，你的皮肤白，如果衬上黑色只能显得更白，另外黑色庄重，看上去也高贵。大多数高档车几百万上千万的都是黑色的。

夏冰冰说，童总……可我只喜欢红色，不喜欢黑色啊！

童志不说话了，他坐在沙发上顺手打开电视看了一眼又关了。夏冰冰看着童志那无聊的样子，犹豫了一下说，那我给你做饭去吧！

童志说，冰冰，你喜欢红指甲没错儿，可有没有想过你涂指甲是给谁看的？

夏冰冰呵呵笑了，然后说，当然是给我自己看了。

童志呵呵笑了，说，你真是个孩子！

吃饭的时候，童志一直看着夏冰冰的红指甲而且一副若有所思的样子。他觉得好像忽然从绿草如茵空间走向没落的腹地，这让他眉宇间凝结了一道一道的皱纹，而有了一丝的哀愁。

夏冰冰只觉得童志才真像一个孩子，而且是还在吃奶离不开母亲的孩子。她把筷子放下又到厨房拿了一双筷子，然后给童志夹菜。

童志说，冰冰，我想喝点酒！

夏冰冰说，因为红指甲？她没想到童志的反应会这么大。

童志说，不是，我心里寂寞，想让你陪我喝点酒！

夏冰冰说，可是我不会喝酒啊！

童志说，那你就坐在我身边，看着我喝。

一斤五粮液不大一会儿下去半瓶，童志端着酒杯也不吃菜，只是喝酒；夏冰冰坐在童志对面，一双手平放在桌子上，红指甲泛着油红的光泽。童志忽然一把抓住夏冰冰的手说，你的手可真白啊！

夏冰冰只觉有什么东西在自己心里戳了一下，她想把手抽回来可又有点儿不好意思。童志用拇指轻轻地捻动夏冰冰的手背，眼神有点迷离，说，你别害怕，我不过是看看你的手，仅此而已！

夏冰冰说，童总，你老婆的手一定也很白吧！

童志嘿嘿地笑了，然后有些黯然地说，我单身还没老婆。

夏冰冰诧异地看着童志，不知该说什么好了。这一点她真不知道。

童志说，我真没老婆！不骗你。

夏冰冰说，你一直没结婚？

童志说，是，我没结过婚。

夏冰冰的脸上立刻画满了问号，她不明白像童志这么成功的男人为什么不结婚。钱不是问题，童志长得也算周正，不是很帅的那种，但也不招人讨厌，应该有许多女孩子喜欢才是，更何况他公司还有那么多漂亮美女。

童志完全明白夏冰冰此时的心思，他给自己倒了一杯酒，缓缓地喝下肚，缓缓地说，我不是不想结婚，是不敢。小时候淘气，跟小朋友玩的时候我那玩意被失手打坏了，现在就是个摆设。

啊？这样隐秘的话题夏冰冰跟管二力都没聊过。夏冰冰不好意思起来，说，童总对不起啊……我不该问你这个。

童志说，没事儿，很多人都以为我是不想结婚，其实，又有谁知道我心里的苦。我也想娶妻生子，可我不能害人家啊！而且估计也没哪个女人愿意守活寡。

夏冰冰说，童总，你真是个好人！

童志说，我也不想让别人都知道我这个缺陷，一旦娶妻弄不好就会人尽皆知。童志苦笑了一下，又说，可我也是个废人。

夏冰冰说，你开了这么大的公司，有这么多的钱，说不上有多少人羡慕你啊，怎么能说是废人呢？

童志直到把一瓶子酒都喝光了，才趴在桌子上沉沉地睡去。夏冰冰连叫两声童总，见他不答应，只好费劲巴拉地把他扶进卧室。

从这以后，童志经常让夏冰冰陪他喝酒。夏冰冰怕他喝醉，便也陪他一起喝，心里想着自己喝点童总就能少喝点，不至于醉到不行，自己能做的也只有这些了。那一刻,她只觉得这个看上去风光八面的男人其实也很脆弱。他即使挣再多的钱,可当钱无法解决真正烦恼的时候,他的内心世界是极度空虚的。这就仿佛他倾尽所有种了满园的花朵,可却忽然失明了,什么也看不见。人生啊,真是没有十全十美的。

喝酒的时候,童志经常提到他的母亲,而夏冰冰也总提起自己的儿子管小虎。两人变得无话不谈,什么苦恼,什么顾虑,都一吐为快。一旦提起他的母亲,夏冰冰便习惯性地把手交叉在一起环抱在胸前,然后任凭童志尽情地抚摸把玩。因为没喝过酒,她经常喝醉了被童志扶到卧室。终于有一天,她醒来了忽然发现身上什么也没穿,而童志正躺在身旁用手轻轻地抚摸她。她赶紧抓起床单把自己裹上,然后用手使劲儿地推开童志。

童志笑着说,对不起!我终于还是没控制住。开始我也不想这样,可谁让你的手那么白了?我……

夏冰冰说,你!你混蛋!你怎么能这样!

童志说,就算我混蛋了,可我也只是看看,又没干什么!

夏冰冰说,你还想干什么?

童志说,冰冰跟你说实话吧!从我看到你的第一眼起,我觉得你就应该是我的女人。

夏冰冰吓了一跳,说,你胡说什么?

童志一把搂住夏冰冰说,我真的很喜欢你!从来没骗过你,跟你说的话都是真的。

夏冰冰使劲儿地推开童志,大声说,可我不喜欢你!我拿你当朋友当哥们!

童志说,以前我也不是没找过女人,她们比你年轻,也比你的颜值好气质好,可不知为什么我总是找不到感觉。童志紧紧地抱住夏冰冰,他觉得既然已经挑明,就必须把话说明白说到位。

夏冰冰使劲挣扎着,眼泪不自觉地流了出来。她恨不得有个地缝钻进去。她只想尽快逃离躲开童志。

童志解释了半天夏冰冰也不听,当天就离开了颐园小区。可她又没地方去,便只好又回到大嫂的出租屋。躺在她曾经躺过的床上，夏冰冰回想着最近的经历，特别是今天早上那一幕，她说不清自己是什么样的感觉。渐渐地她由慌乱恢复到平静，脸红心跳的状态也抑制住了。

大嫂晚上回来看夏冰冰在，笑了，然后揶揄地说，怎么这是发财了呗？

夏冰冰只是觉得委屈，她上前一把搂住大嫂哭了。

大嫂拍拍冰冰后背，叹了口气，说，你跟我说实话，你这些天是不是跟那个姓童的在一起了？

到了现在，夏冰冰也不想再隐瞒了，她只好实话实说，把所有的事儿都告诉了大嫂。

大嫂明显松了一口气，说，我还以为你失身了呢，原来这个童老板就是个废人啊？这还真出乎意料，没看出来啊！不过也挺好。

夏冰冰说，大嫂，你别瞎说！

大嫂说，怎么你心里还想着人家？

夏冰冰说，怎么可能。

大嫂说，你是不是后悔离开他了？

夏冰冰说，不是，我现在冷静下来只是觉得他也挺可怜的，你说挣了那么多钱有什么用啊？唉！

大嫂沉吟着说，要我说你赶紧回去，反正你也让人摸了，他该看的地方也都看了，你又没少什么。你就拿他当姐们！

夏冰冰说，大嫂你真这么想的？

大嫂说，唉！我们不能白白地便宜了姓童的，反正小虎来城里读书得用钱。各取所需，你也算没跟他睡，也不算出轨，这不是挺好。

夏冰冰说，可是二力那里怎么办啊？这要是让二力知道，他可不这么想，他那脾气……还不够他作的。

大嫂说，没事，我先替你瞒着，你也不要再跟别人露口风。我就说你还在饭店上班。先拖着然后再想办法。先挣点钱是真的。不看别的就看人家给你差不多四倍的工资，这点委屈就不白受。

夏冰冰很是无语，可又不得不承认大嫂说的都是实在的。毕竟自己当时确实也是对高工资心动才留下的。

四

童志看夏冰冰回来什么也没说，好像一切都在他的意料之中。夏冰冰看着仰卧在沙发上的童志还是有点别扭，神色淡漠地说，你怎么没上班？

童志说，我一直在等你。

夏冰冰说，你知道我要回来？

童志说，一个好女人为了孩子还有什么豁不出去，再说你的这种付出也在情理之中。我也是应该负责的。

夏冰冰说，童志，你在说什么？

童志说，以前你可是叫我童总的，怎么忽然还把称呼改了？

夏冰冰说，出了这样的事儿，你觉得我还能叫你童总吗？

童志说，你叫什么都无所谓，只要你喜欢。不过，我喜欢你叫我名字。

夏冰冰说，童志，你说得对，我的确是为了儿子。我同意继续搁这儿！不过咱俩也没发生什么，你不用对我负责。

童志说，这就对了，只要你好好陪我让我满意，别说把你的小虎接到城里读书，就是将来到国外留学也不是没有可能，再说……我怎么能不负责呢！我这么大的家产还没继承人呢！

这种诱惑也实在太大了，夏冰冰一想到自己的儿子管小虎有一天可以到国外读书，看童志的目光也温柔了许多。童志立马上前给夏冰冰换上黑色的真皮鞋托儿，然后亲自牵着夏冰冰的手坐在沙发上。

夏冰冰说，童志，你可说话算数！

童志拿出一张银行卡递给夏冰冰，说，我什么时候说话不算数了？这个给你，密码在上面。

夏冰冰说，童志，我就是一农村妇女，有什么好的啊？

童志说，虽说你也有所图，可你心里干净，跟你在一起我觉得心安。愿意！

夏冰冰接过银行卡说，童志，你到时候给我开支就行，不用再另外给我钱了。

童志说，既然你答应陪我了，那你就是我童志的女人了。怎么也得有几身像样的衣服啊。我知道你不是随便乱花钱的女人，但卡里面的钱你随便花，我不问。至于开工资那是另外一回事。

夏冰冰只好把银行卡收了，等童志上班走了以后一个人出去了。她连续逛了几家大型的商场，觉得所有看上的衣服都有点儿贵。可是出来一趟如果什么也不买，又没法儿跟童志交代，所以她犹豫了一下，买了一款老式的牛仔裤和一件红色T恤。

童志回来看着夏冰冰买的衣服笑了。

夏冰冰说，怎么不好看吗？

童志说，你现在这样的身材穿什么都好看，可你也不能太委屈自己，我是想让你买几件时装，赶潮流的那种。

夏冰冰说，我明白，可你说的那种衣服都很贵，一件要几千块的。

童志说，我不是给你钱了吗？做我的女人别怕花钱！再说了男人赚钱不就是给女人花的吗？

夏冰冰神色一怔，然后看着童志说，你别忘了，我现在还不是你的女人。

童志看着夏冰冰意味深长地笑了，说了句在我心里你已经是了。然后带着夏冰冰去了一家高端的商场。他也不问夏冰冰是否喜欢，完全是按照自己的审美标准，给夏冰冰买了一堆十分潮流时尚而又显高档大气的衣服。

坐在宾利车里，夏冰冰说，童志，你这也太浪费了？再说有的衣服我也穿不出去啊？

童志说，穿不出去就在家穿给我看好了！

夏冰冰说，恐怕我一辈子也买不起这么多衣服，你们有钱人可真能祸害钱。

童志推掉了很多的酒局，没事儿的时候总喜欢宅在家里和夏冰冰闲聊。夏冰冰喜欢听童志说话，特别是喝酒的时候，童志总有很多的话说，说着说着他的神色便显得格外忧伤。这时夏冰冰会立即坐到他跟前，握着他的手。想尽量多给他点安慰。

童志已经黯然的目光立马因为一只手明亮起来，他用拇指和食指逐个地捻动着夏冰冰的手指，然后缓缓地说，你的手真白，和我母亲的手一样。这个时候夏冰冰就会用手抚摸着童志的头，就像他说的他母亲那样，希望能给他多一点温情。

夏冰冰像哄小孩一样，终于让童志又恢复了男人的自信。

童志说，冰冰，你不想儿子吗？

夏冰冰说，想啊，这一晃也挺长时间了，能不想吗？

童志说，那你就把他接来，我给他找个好一点儿的寄宿学校，这样他就能在城里读书了，你们母子就能经常见面了。

但想不到的是夏冰冰回到乡下，把自己的意思跟管二力一说，管二力当时就急了，管二力的思维跳跃太快了。他质问夏冰冰是不是让那个借她八十万的家伙包养了。

不管夏冰冰怎么解释，管二力说什么也不相信。他气急败坏地说，夏冰冰，你还真拿我不识数啊？你这才去几个月，刚借的钱还没还上吧！要是没人包你，你拿什么供孩子读书？

夏冰冰说，二力，是我跟饭店的老板说了咱家的实际情况，人家才答应帮我的。至于借童老板的钱我已经跟他说好了，慢慢还。

管二力说，夏冰冰，你可真行，我知道你想让小虎到城里读书，这是好事儿。可你也不能想歪门邪道啊？

夏冰冰实在忍无可忍，又和管二力吵了起来。管二力气得举起巴掌半天也没落下来，倒是夏冰冰一连打了管二力几拳。

没能把小虎接来，还惹了一肚子气，夏冰冰的心情很不好。吃饭的时候她一直坐在桌子跟前发呆。

童志把饭盛好了端到夏冰冰跟前，用目光示意，然后说，听你的意思，这个管二力应该是什么都知道了。

夏冰冰说，他就是个混蛋，也不为孩子想想。

童志说，别生气了，走，我带你出去吃吧！

夏冰冰说，我什么也不想吃。

童志说，正好我也想换个口味，走吧！

夏冰冰跟着童志来到西餐厅，童志把菜单递给夏冰冰，夏冰冰随便看了一眼又把菜单还给童志，说，你点吧！我也不知吃什么。

童志给夏冰冰要了一份牛排，但夏冰冰只吃了一口就不吃了。童志看夏冰冰的情绪实在不好，只好带她离开西餐厅。

夜深了，两人都坐在客厅的沙发上，夏冰冰心事重重，也不说话。

童志握住夏冰冰的一只手说，我知道你心情不好，不过很多事儿你也不用太在意，慢慢地时间会为你解决好一切的。

夏冰冰看着童志摇摇头，然后试图把手抽出来，神色黯淡地说，那是你还不了解管二力。他要脸好面，其实他是个挺有责任心的男人，就是没见过啥大世面，能力有限。

她现在真的知道处于不同阶层的人的区别了，有些事情不经历是想不明白的，也想不通。难怪村里上了大学的孩子都不愿意回来，很多时候窝在村里确实限制了个人的发展，不仅仅是所谓的事业，连同见识和心胸也都狭隘的。

童志说，难道他还能和你离婚吗？

夏冰冰说，难道你不希望我离婚？

童志说，也不是，我只是觉得因为我，你们如果离婚了，我心里还真不舒服。

夏冰冰的目光死死地盯着童志，直到童志默默地低下头，她的目光也没有离开。

她仿佛忽然不认识童志这个人了，她甚至怀疑童志说她手很白，也不一定是真的很白，他的每一句话仿佛都有了另外的意思。

童志抬起头，看夏冰冰还在盯着自己，微微一笑说，我不是不希望你离婚，我是说你现在离婚了，对小虎的成长肯定会有影响，他还太小。我自己是无所谓的。

夏冰冰说，童志你放心，我还从来没想过要离婚呢！说完这话夏冰冰的心仿佛空了许多，童志的态度让她弄不明白自己的境况了。似乎她和童志之间，童志想的和她想的是不一样的！

接下来这几天，夏冰冰接二连三地收到管二力很多微信，汇总起来一句话，他想好好和夏冰冰谈谈。但夏冰冰一条也没回，只觉脑子里混混沌沌的，不知道怎么回。她也怕自己哪一个回不好会造成不可挽回的局面，她和管二力之间不能快刀斩乱麻，所以也只好不回。夏冰冰甚至不敢多看一眼消息，心里乱糟糟的，她觉得自己有理可又没理，毕竟她跟童志之间是说不清的。

童志也尽量宽慰着夏冰冰，跟她讲利害关系。夏冰冰发现只要她身边有童志在，她就会心安不少，反之则说不明白怎么回事的焦躁。她想了很长时间自己的状况，不知道怎么形容自己的心情，仿佛有大事要发生，又好像大事已经发生，总之她就是不安，焦躁不安。可她也不敢让童志太担心自己，自己不是小孩子了，不能总让人哄着。而且她知道童志公司很忙，也有许多事情需要处理，所以她也尽量地克制着自己。

按照童志的预言，管二力很有可能来找夏冰冰，尽管夏冰冰已经有了足够的心理准备，可在接到大嫂电话那一刻，她还是很惊讶。

大嫂说，冰冰，二力来过我这了，我看这事儿是瞒不住了，你得想好了怎么跟他说！我是什么都没说，只说你才换地方了。我看二力态度不是很好，你得有点心理准备。

夏冰冰挂断电话，犹豫了一下还是跟管二力见了面。她知道躲是躲不过去的。

管二力看着涂了指甲的夏冰冰皱一下眉头，夏冰冰赶紧把手藏在背后。

管二力说，夏冰冰，你现在还有什么话说？

夏冰冰说，我听你说。

管二力说，你以为和大嫂合起伙来骗我，就能蒙混过关了？

夏冰冰说，二力，那是你亲大嫂，我就是想骗你，她能同意吗？再说了，我是你老婆，我为什么要骗你？我骗你什么了？

管二力说，你还知道是我老婆？那你跟这个姓童的怎么回事儿？

夏冰冰说，我们之间啥事儿也没有。

管二力说，只要你现在跟我回家，我就相信你说的是真的。

夏冰冰只好跟管二力解释，她来童志家里只是做家务是保姆，给儿子管小虎挣学费，连带能快一点还上借的钱，其他的她什么也没干。

管二力疑惑地看着夏冰冰，说，你和他真的没睡？

夏冰冰刚要起誓，管二力一摆手说，算了，你起誓也没用，鬼才信你们俩天天在一起啥事儿也没有！

天天在一起？管二力，你的话有毛病吧！我在饭店工作的时候，跟大厨跟老板也天天在一起，哦，我都跟他们有一腿！哦，你现在让我跟你回家，怎么借人钱是不用还了吗？还是你不想还？不管怎样，先还上这笔钱再说，钱是我借的，我得负责！

夏冰冰有点生气，跟谁都借不来钱的时候，人家童志慷慨援手了，现在反而不提不念借人家的钱，还没完没了地扯这些。

管二力不耐烦了，说，你也别扯那些没用的，这是两个概念。

夏冰冰说，是，是两个概念，可是这也是一个事，不是吗？人家借给你钱，借错了呗，解了咱燃眉之急就忘恩负义了？咱穷也要有点志气好不好！

夏冰冰差点哭出来，这样的管二力让她觉得有点胡搅蛮缠。见管二力不吱声，夏冰冰叹了口气，说，这不是欠人家一个大人情吗，人家现在需要人在家给做点家常菜，跟我说了，我能说什么？给的工资又那么高，而且咱也是需要还这笔钱。二力，其实你不知道，童总这人他……不能干那事儿。

她其实是不想说这个的。毕竟这属于童志的隐私，而且是极其敏感的隐私！但是管二力这样，她也只能把这事说了。

管二力的表情特别惊讶，半晌也没说出一句话，可还是不相信。

夏冰冰只好说，他有一次喝酒喝多了跟我说的，因为我的手长得特别像他妈妈的手，所以我估计那时他是把我当成他妈妈了。他说他那玩意儿小时候淘气，跟小朋友玩的时候不小心被打到了，打坏了。也是因为这一点她才放心在童志这里做事的。

夏冰冰尽量把她和童志之间的关系说得情有可原，加上童志的思母情结会好一些。不然她真的说不清，总不能说童志是单纯地喜欢她的手吧，也没人信啊！

管二力说，你又没试，你是怎么知道的？

面对管二力，夏冰冰的一切解释到最后都只能归零。两人谈了很长的时间，越谈越激动，越没结局。

夏冰冰感觉自己筋疲力尽了，只好说，反正我们之间没有那种关系，你爱信不信，我问心无愧；反正现在我是不能跟你回去了，你爱咋的咋的吧！

夏冰冰现在有点感谢童志那玩意不好使了，这让她在跟管二力交谈的时候心里有了底气，不然她真的不知道该如何跟管二力说话。毕竟他们之间还是有暧昧的。

管二力说，看来你已经想好了，那我们还是离婚吧！但小虎不能跟你。

两人就小虎的问题又是一阵争吵，无论夏冰冰怎样陈述利害，管二力就是坚持，两人不欢而散。

当天晚上，夏冰冰就把见管二力的事跟童志说了，也把管二力的意思说了。童志只是微微一笑也没说话。

夏冰冰说，你什么意思？

童志上前握住夏冰冰的手说，你无论离不离婚对我都一样。

夏冰冰说，一样？我怎么没明白呢？

童志说，我喜欢原始的没被破坏的风景，它在名义上不论归谁所有，只要不影响我欣赏就行。所以你无论离不离婚对我都一样。

这话说得有点深奥，但夏冰冰还是突然弄明白了童志的意思，心里反而感到轻松了，不那么纠结了。反正她也没想和管二力离婚。尽管心里多少有点失落，但后来也想明白了，这样也许更好。

童志对夏冰冰似乎比从前更好了。吃喝用度比以往也更精细了。

他不知什么时候给夏冰冰拍了很多手照，夏冰冰发现的时候，他手机的相册里已经有好几百张了。个个都是精品，这说明是在更多中精选留下的。

夏冰冰一张一张地浏览着，她也没想到自己的手经过童志手机的艺术处理，会那样好看，简直就是艺术品！把她自己都惊艳到了！

童志微微一笑说，好看吗？

夏冰冰点点头说，好看，真好看。

童志说，一双手，其实就是一部人类发展的历史，因为你无论想得多么好，说得多么好，到最后都离不开它。你比如爱情，我觉得首先是有了抚摸的欲望，然后才能干别的。你再比如战争，动枪动炮就更离不开手了，美食服装还有更多，就更不用说了。手创造了世界创造了价值！

夏冰冰一脸崇拜地看着童志，她觉得自己正从野蛮走向文明，从无知到一点点懂得更多，这些都是童志给她的，她跟他学到了好多东西。而童志呢也脉脉含情地看着夏冰冰。于是，时间经常在他们这样的注视下默默地流逝着……

夜里，他们也有在一个床上的时候，童志也会搂夏冰冰一会，也会抚摸夏冰冰半赤裸的身体，但也仅仅限于抚摸，他对女人的所有感情好像都在一双手上。他经常把夏冰冰的手举起来，在灯光下看，看不够地看，真是给人觉得宝贝到了不行的程度。以至于夏冰冰有时醒来的时候，经常发现童志还在抱着自己的手没有入睡。

童志上班的时候经常跟夏冰冰微信聊天，夏冰冰便把自己的手拍照了发给童志。也许是童志的这种嗜好，让她觉得离童志越来越近了，近到童志即便是出差到了千里之外，她只要一伸手就可以够到。这也让她暂时把管二力放在了一边，不去想他，不去想那些烦心的事。童志给她开启的通往陌生世界的那些认知，也足够夏冰冰消化一阵子了。

夏冰冰平时喜欢溜达，在村子里的时候只要没事儿做了，便喜欢找人聊天，面对面地说一会儿话。可自从跟童志有了这种说不清道不明的关系以后，她很少出去了，她总觉得别人看她的眼神特别，好像别人都能洞穿她的心里一样，这让她有点不愿意出去溜达。可即使是这样，童志还是不满意。他不希望她接触他以外的任何一个男人或者女人，尤其是以前在陌上人家认识的那些人。

夏冰冰问过他原因，童志说，像他们现在这种情况大家知道了免不了要非议，明明他们什么也没干，好像什么都干了一样，解释是解释不清的，何况他们哪有时间跟每个人都解释啊。而且把自己推到别人的风口浪尖上，成为别人的八卦，犯不上。而且那些世俗的人的污言秽语会侮辱了他们，更犯不上。

可夏冰冰还是要去看看大嫂的，大嫂对她说，像他这样的男人心理上都不正常，但他只要对你好，没有变态的打骂折磨，还肯给你花钱，你想那么多干啥？看在钱的分上将就一点忍耐一点，也没什么损失不是。

童志每个月除了给她开固定的工资，平时只要高兴了就给她发红包，之前给管小虎治病借的那些钱，童志也明确表态，不要了。现在夏冰冰在网上银行存的钱已经足够管小虎来城里读书了。可管二力显然在孩子身上也做了不少的功课，在她和管小虎视频通话的时候，管小虎不再提要上城里读书的话了，后来居然说，他不来城里读书了。

夏冰冰从来也没有这样伤心过，她感觉孩子和自己越来越生分了，一种陌生感油然而生，挥之不去。她没想到会是这样，她连着几天失失落落的，也没怎么说话，在陪童志吃饭的时候，也一副心神不宁，提不起精神头的样子。

晚上躺在床上的时候，童志一把攥住夏冰冰的手，说，他一个小孩子懂什么，还不是当爹的说什么是什么。要我说，你也别放在心里，只要你有钱这个孩子到什么时候都是你的！等他大一点了就能懂事一点，就会好很多。

夏冰冰忽然扑到童志的怀里哭了，她只是觉得心里委屈。童志能这样开导她安慰她，也让她觉得很贴心。

童志用手轻轻摸着她的身子，然后把她的脸捧了起来。可当他的嘴唇刚要碰到夏冰冰嘴唇的时候，他的目光立刻变暗淡了，跟着长长地叹息一声松开了手。

夏冰冰说，童志，你想亲就亲吧！我愿意！

夏冰冰这个时候不再想那么多了，因为她有了愿意的感觉。

但是童志却说，对不起，我不该有这种想法。

夏冰冰说，难道你连亲吻都不行吗？

童志神色十分痛苦地看着夏冰冰说，你不知道我一旦亲吻你之后，有些事情就会控制不住，接下来的想法还不如让我去死呢！

夏冰冰想安慰一下童志，可一时又找不到合适的话。她忽然觉得很难堪，好像这一切都是她造成的一样。童志用手给夏冰冰擦过眼泪，很绅士地道了一声晚安，然后便到自己的卧室去了。

童志走后，也不知是为自己，还是为了童志，夏冰冰又哭了一会儿，直到童志给她发了一个大红包，她点开以后，才朦朦胧胧地睡去。

第二天早上，童志好像什么也没发生一样，吃过早餐对夏冰冰说，你什么也别想好吗？

夏冰冰说，童志，我能不想吗？

童志说，你可能无法想象，像我这样的人是不能动感情的。

夏冰冰说，你放心！我不想，我什么也不想。夏冰冰赶紧安童志的心。

童志说，你要觉得寂寞，要不去学开车吧！

夏冰冰以为童志随便说说也没往心里去，可没两天童志便把她送到了一个驾校。

夏冰冰说，你还真让我学啊？

童志说，反正你也没事儿，就当玩儿吧！这样也省得你天天在家待着没意思。

夏冰冰天生对车的领受能力很强，没多长时间就能上路了。拿到驾照当天，童志给她在4S店买了一款黑色的奔驰跑车。

夏冰冰开车沿着外环跑了一圈儿，这是她曾经做梦都想的事情啊！晚上吃饭的时候，童志把所有新车的手续都给了夏冰冰。上面是夏冰冰的名字。

夏冰冰惊讶地看着童志说，你还真打算把车给我啊？

童志说，不行吗？

夏冰冰说，可我又没干什么，怎么能收你这么大的礼呢？

童志呵呵地笑了，然后说，我不是也收你大礼了吗？

夏冰冰疑惑地看着童志。童志接着说，你真是个孩子，你也不想想，你为了陪我连家都不顾了，这份感情难道还不大吗？我很珍惜的！

话是这么说，但夏冰冰总觉得欠了童志一笔债，心里很是过意不去。第二天她开车路过一家美甲店，便毫不犹豫地把手指甲涂成了黑色。

童志看到夏冰冰发过来的微信图片简直惊呆了，她的手指在涂了黑色的指甲之后，仿佛有了独立的单元生命，不是白，不是用美可以形容的了，就像是活了起来，有了精灵般的感觉，而且充满了对男人的挑逗。童志闭上眼睛，享受着想象的画面，轻轻地呼唤着夏冰冰的名字，在肉体上经历了一种前所未有的满足。不，同时也是精神上的极大满足！

童志这一天都比较亢奋，还没下班就提前回来了。夏冰冰正在准备给他做饭，童志从后面一把抱住夏冰冰，然后拿起她的手说，真有感觉！

夏冰冰说，你看我发给你的黑指甲照片了？

童志说，当然，要不我怎么能有感觉呢？我太喜欢了。

这次童志不是牵着夏冰冰的手，而是把她抱到沙发上。夏冰冰用手轻轻地推着童志说，我想让你高兴。

童志的目光紧紧地盯着夏冰冰的黑指甲说，还从来没有一双手能让我这样满足，我一看你的黑指甲就想喝酒，就想把你吃了！

夏冰冰靠着沙发软软地躺下，看童志的目光越来越温柔。这时的童志眼睛里只有黑指甲，他拿出事先准备的相机一通拍照，然后又逐一地指给夏冰冰看。

夏冰冰略感失望地坐起来，和童志一起分享。童志把新拍的照片和电脑做了链接保存，然后心满意足对夏冰冰说，冰冰，谢谢你为我涂的黑指甲！然后就没有下文了。

夏冰冰看着摆弄电脑欣赏图片的童志，有些失望地站起身来，说，你饿了吧！我去给你做饭。

童志说，冰冰，回去和管二力把婚离了吧！反正你们也没有感情了。

夏冰冰说，怎么，你想娶我？

童志说，我现在虽然还不能娶你，但我能给你更好的生活！

夏冰冰想了一夜，第二天还是开着童志给她新买的奔驰跑车回了乡下。

离婚谈判进行得很不顺利，两人都要孩子谁也不让步。

一直到晚上管小虎放学了，两人还在那儿僵着。夏冰冰把管小虎搂进怀里说，小虎你跟妈说，我跟你爸离婚了你跟谁？

管小虎看了一眼管二力，又看了一会夏冰冰，说，爸，你说我跟谁？

管二力说，你怎么还问起我了？

管小虎侧着脸看着夏冰冰，一脸委屈地说，妈，我不想去城里念书了，你们别因为这个干仗了，你还是别跟我爸离婚了！我跟着你们俩，不想咱们一家人分开。

夏冰冰看着管小虎心里酸酸的，说，行啊，管二力，没少给孩子洗脑啊！我跟你说，我今儿个必须把管小虎带走！

管二力说，你要这么说，那咱们只有法院见了！

夏冰冰只有耐下心来陈说利害，说小虎如果到城里接受教育，将来前途肯定不可限量。虽然他们离婚了，可管小虎毕竟还是他儿子。她现在只想尽一个母亲的义务把孩子带走，让他接受好的教育，等孩子大了再还给他。

管二力只说，只要小虎愿意跟你我没意见。

夏冰冰说，二力，就算我求你了还不行吗，我可以给你一笔钱。

这句话一下子激怒了管二力，他气急败坏地看着夏冰冰说，冲你这句话我也不能把孩子给你！

夏冰冰知道说错话了，再说什么都没用了，便来到外边打电话把自己这边的事情跟童志说了问他怎么办。童志说，他既然不同意给你孩子，那你先回来以后再说吧！

五

夏冰冰很快又恢复了以前的生活，因为孩子没达成协议，管二力也没再提离婚的事情。后来夏冰冰也想明白了，孩子坚持跟着父亲是不愿意他们离婚，这样这个婚就离不成，不管这是孩子的本能还是管二力交代的，确实是一种暂缓的有效方法。她不再埋怨管小虎和管二力了。

夏冰冰觉得这样也挺好，童志不在家她便一个人开车，想走多远走多远，想吃什么买什么。她开始穿几千元钱的高档时装，吃七分熟的牛排，只是在面对童志的时候，不知为什么心里觉得孤独。

这种感觉像是一匹马忽然来到辽阔无边的草原，明明有马陪着它吃草，可它偏偏想着从前的庄稼地和那个扶犁的人。

童志离她越近，她的这种感觉有时反而越强烈。她把自己的这种想法跟大嫂说了。大嫂看着她一个劲儿地笑，然后说，人就是贱，没钱的时候想钱，一旦有钱了，又不知自己姓啥了。你呀！这些都不重要，记着多存点钱是真格的，别都祸祸了。花无百日好，人无百日红，别到最后啥也没留下，就不值当了！

夏冰冰说，大嫂，我跟你过心，才跟你说，你怎么还笑话我呢？这些我都知道，一直都有存，我怎么也不能忘了自己是为啥来的城里。弄成今天这样也不是我能预料的，现在我也不知道最终会怎样了，只能走一步看一步了。但是钱是必须要存的，那是给小虎的。

大嫂说，知道就好。我寻思你也不能傻到那个份上。你要想让我不笑话你也行，那你赶紧离开这个童志，回家找二力去吧！

夏冰冰说，我不是这个意思！大嫂，当初还是你开导我跟着童志的，我也觉得你说得对，才继续的，你现在反过来笑话我！

大嫂说，那你啥意思？明明是吃到肚子里又想吐出来，你这不是糟蹋东西吗？

夏冰冰不明白她究竟把什么东西糟蹋了，可她跟大嫂又说不明白。她回来的时候童志已经在家了。

她刚换上那双黑色的鞋托儿，童志已经站在他跟前。他目光犀利地盯着夏冰冰的眼睛，半天也没说话，好像不太满意。

夏冰冰说，我这就给你做饭。

童志说，冰冰，你必须明白一个问题，你现在是我的生活秘书，还不是我老婆。

夏冰冰说，这有什么两样吗？

童志说，当然，区别大了。你必须保证我回到家里，第一眼就能看到你！在我需要的时候在岗在位。

夏冰冰说，我对你真的那么重要？

童志说，我让你陪着我，主要是你给我的感觉，这你应该知道啊？我需要你！

夏冰冰有些感动，她一下子抱住童志哽咽地哭了。

童志牵着夏冰冰的手坐在沙发上，轻声说，我也不是谴责你，我只想你好好在家陪着我，要不我心里该发慌了。

被别人需要的感觉一下子填补了夏冰冰心里的空缺，她激动地说，童志，你为什么要对我这么好？

童志攥住夏冰冰的手说，傻瓜！我对你好了吗？我怎么没觉得。

夏冰冰说，你这样，我心里难受，你还不如骂我一顿或者打我几下呢。

夏冰冰也觉得自己最近忽略了童志，有点由着性子来了。

这天夜里童志又和夏冰冰睡在一张床上，他依然握着夏冰冰的手，一点睡意也没有；夏冰冰只觉得浑身燥热，她轻轻地把手抽回来抱在胸前，然后说，童志，你要真喜欢我，就让我好好跟你过日子吧！

童志说，可是我不行。

夏冰冰说，现在的医疗水平这么高，还有什么病治不好？

童志说，你以为我没治？我又不缺钱，可没用，医生说了除非出现奇迹。

夏冰冰不敢继续这个话题再说下去了。一是她怕哪里说不好伤了童志，也是怕他误会，她是个欲望强烈的女人，一天就只想着那事。

虽说夏冰冰跟童志在一起待了将近半年了，但童志从没带她出席过任何的场合。夏冰冰住进颐园小区以后去过公司一次，她本来是想给童志一个惊喜，体贴他一点，跟他说一会儿话。可她进屋不大一会儿，童志便找由头开车把她送回来了。夏冰冰很不理解，便问童志为什么，是不是给他丢人了。

童志看着夏冰冰一本正经地说，如果你得了宝贝，我是说像和氏璧那种价值连城的宝贝，你是藏起来呢，还是揣在兜里随时拿给人看？

夏冰冰本来很不高兴，听童志这么一说呵呵呵地笑了，因为她知道卞和献和氏璧的故事，她也没想到自己在童志心里这么重要。

童志看夏冰冰一脸满足的样子，又接着说，我知道你不会勾搭别人，可万一别人勾搭你呢？外面不安全。

尽管夏冰冰每个星期几乎都回乡下看小虎，可平时心里还是想着小虎，以至于看到和小虎一样大的小男孩总是不免陷入遐想。每到这时，如果童志也在，他一定会安慰夏冰冰。

在童志看来，小男孩跟父亲在一起生活，更利于他的成长。因为人只有学会吃苦才能培养忍耐力，才有可能成功。这就是男孩要穷养的道理。

夏冰冰说，我也知道你说得在理儿，可我心里还是放不下他。我和小虎从来没分开过。现在居然要划清界限，还见不着面。

童志说，你不用急，小学是启蒙阶段，孩子因为贪玩儿根本学不到什么东西。等他上高年级或是中学了，你不去接，管二力也会把孩子送到城里来。小学一二年级学业还不紧张，四年级以后才关键一些。他爸爸也不是傻子。

夏冰冰说，你别说，还真是这么回事儿。可我还是心里难受。

童志说，几年时间，一晃儿就过去了。

夏冰冰说，照你这么说，我还不能和管二力离婚？

童志说，你要离婚孩子肯定会恨你，他还能跟你吗？

夏冰冰渐渐地也习惯了童志为她设计的生活方式，她即使想小虎了那也是有一定时间的，她怕童志看出来影响他的情绪，她不能总是让童志哄她，这一点她懂。她的所有生活节奏都像一个陀螺在围着童志不停地旋转。

在夜里关灯以后，黑指甲依然闪着蒙蒙的光泽，它的亮度已然刻在夏冰冰的心里了。在漫漫的长夜里，她的脑海不断地浮现着红和绿，甚至还有黄的颜色，只有想到乡下土地的时候，她才能和自己的指甲联系起来。那种被土地埋起来的感觉已经没有一丝快意，反而让她觉得窒息。此时童志的身躯模模糊糊地，像是一具她从来也没有见过的怪兽，正在虎视眈眈地盯着她，她赶紧下意识地把双手压在自己的身下，然后闭上眼睛……

她天天开车出去溜达，嘈杂喧嚣的街市让她烦躁，可待在家里又觉得寂寞，她已经有很长时间没看书了，只是望着自己黑色的指甲发呆。正在这时，大嫂被车撞了，夏冰冰赶到医院的时候，大嫂的腿缠着纱布被高高地吊了起来。

夏冰冰给大嫂买了很多生活用品，每天都到医院去陪大嫂。大嫂很是过意不去，要打电话让儿子回来，实在不行让老公回来也行。可是夏冰冰知道大伯哥离得太远了，让他回来根本是不可能的，是得不偿失的。

夏冰冰说，你安心养伤就行，有我呢！别让他们两个回来了，这一来一回的费用不少呢。还耽误孩子学习。

大嫂说，话是那么个理，可你总在我这儿能行吗？

夏冰冰说，你都这样了，不行也得行。

两人聊了许多不在一起的事，特别是饭店老板，一直夸夏冰冰，对于她的离开很是惋惜。说，再也找不到她这么好的服务员了。饭店的其他服务员因为没了夏冰冰做比较，也勤快起来了，但老板一直没给他们涨工资。

这让夏冰冰很是意外，她以为老板不骂她就算是好的了，毕竟她突然撂挑子走了，连给老板找服务员的时间都没给。

两人感叹着，时间过得很快。

开始童志什么也没说，夏冰冰每天也按时回去做饭，陪童志腻歪一会儿。可几天以后夏冰冰正在医院陪大嫂说话，童志给夏冰冰发了一条微信。夏冰冰划开手机屏幕只有一句话：差不多行了！

夏冰冰看了一眼微信，给童志发过去一张自拍的黑指甲照片，然后冲大嫂微微一笑接着聊天。

童志迅速地回了一条微信，让她立即回去。马上！

夏冰冰看过微信以后，神色有些尴尬地站了起来。

大嫂说，你要有事儿就回吧！我一个人能行。

夏冰冰只好到病房外给童志打电话，问他怎么回事儿，难道她在这儿陪陪大嫂也不行吗？童志说，可是你知道的，我离不开你。

夏冰冰回到颐园小区的家里，童志并不在家，她立即给童志打电话。童志说，我可以不在家，但你却不能不在家。这句话让夏冰冰心情复杂起来。

夏冰冰为这事儿心情一直不好，接连两天也没出屋。

童志说，你可以给她请一个护工，钱我出。

但夏冰冰觉得这不是钱的事儿，她明明就在这个城市里，一天又没什么事儿，她觉得此时她只有陪在大嫂的身边，才算尽了亲人的义务。她把自己的意思趁童志欣赏黑指甲的时候说了出来，童志把她的一只手攥紧，然后拉到自己的胸前说，我不是跟你说了吗？如果我回来看不到你会心慌的。

一切看似不近人情的解释，都源于这个男人对自己的依恋，夏冰冰没话说了，看童志的目光也柔和起来。

童志说，当然，我也不是不让你去看大嫂，可你陪她的时间总不能超过我吧！

接下来，夏冰冰打算给大嫂请一个护工，她只好委婉地和大嫂说，她这边事儿太多，不能天天陪她了。

大嫂说，那你也不能请护工，这一天得花多少钱？

夏冰冰说，你放心，钱我出。

但大嫂说什么也不让夏冰冰出钱，两人为此争执了半天，大嫂说，你的心意我领了，可我不能花你的钱。

夏冰冰是流着泪从医院出来的，她觉得对不起大嫂，在她最需要帮助的时候，她却什么也做不了。明明她是有空闲的，是可以克服一些困难再坚持几天的。

连着几天夏冰冰都在为大嫂担忧，她只好抽时间买东西去看大嫂。但大嫂已经明显地不如从前对她热情了，这让她心里很不得劲。

童志看着手机屏幕说，你已经尽力了，而且不是虚情假意，她不接受也没办法，每个人都有自己的日子要过，谁能指着谁过一辈子呢！就因为你不能天天去看她，就摆脸子，你也没少陪她，她怎么就不想想你也有自己的生活，有自己的事呢。既然她这么不通情达理，你还想她干什么？

夏冰冰说，你不知道，大嫂以前对我一直挺好的，跟管二力这事大嫂也一直护着我，为我说话。我一看大嫂现在那眼神儿心里就难受。

童志把手机揣在兜里说，你不就是想帮助人吗？走，我带你去一个地方！

夏冰冰坐在童志的宾利车里，问童志要带她去哪里。童志说，一会儿到了你就知道了。

又走了一会儿，童志把宾利车停在一个捐款现场。夏冰冰随着童志下来，看见一群志愿者打着旗子正在为灾区捐款。

童志回头看着夏冰冰说，世界上有许多人更需要我们的帮助。你说我们捐多少合适？

夏冰冰说，我不知道。

童志轻轻地拍了一下夏冰冰，然后把一张银行卡递给负责捐款的人。也不知他说了什么，不大一会儿电视台的记者开始现场采访童志，很多人都举着手机给童志拍照。

而童志呢，面对镜头侃侃而谈，把一个企业家的形象演绎得十分可爱。夏冰冰只觉热血沸腾，当场也捐了两千元。

接下来这件事儿继续发酵，电视和报纸都对童志的捐款进行了跟踪报道。童志看着电视画面上自己的形象说，还真把我当回事儿了。

夏冰冰说，我也没想到你一下子捐了三百万！

童志说，该花的钱一定要花，不然该有人不高兴了。这是生存守则。

夏冰冰，可我们捐款又不是给人看的。

童志说，我是不想给人看，可你不知道有多少人盯着我看呢？

夏冰冰疑惑地看着童志说，原来你是借捐款来炒作自己啊！

童志说，也不是，我还不需要炒作来生存。但我又不是神仙，还没到做好事儿不求回报的境界。何况有些东西不是我们个人决定的，比方那些记者，你不让他们报道采访，他们就失业了，那是他们的工作，组织方也希望扩大宣传，说明他们的工作多么有进展，而且这样的宣传他们也是给别人看的，这样他们就能号召更多的人捐款。你看，什么事情都不是单纯的只有一面，都是有连锁反应的。

夏冰冰虽然心里有点儿不是滋味儿，可仔细想想又觉得童志说的也没错儿，他一下子拿出三百万，难道还不让人宣传一下吗？那些挣了大钱的明星们一有事不也是只拿出五十万一百万的吗。

可接下来发生的一件事儿，让夏冰冰对童志确实有了重新认识。她本来晚饭后喜欢到附近步行街散散步，买点儿零食边走边吃，她要的就是一个人孤独地走过街景，把自己放松了的那种懒散的感觉。可不知为什么那天童志忽然从后边跟了上来。

夏冰冰接到童志的微信只好停下来，她的眼前正好有一位满脸沧桑的母亲跪在路边给她生病的女儿要钱，夏冰冰看了一眼她躺在地上的女儿，立即从兜里掏出一张百元钞票放在这位母亲的面前。

这时童志戴着墨镜过来了，他看了一眼夏冰冰，又看了看这位要钱的母亲，面部没有什么表情，自顾地转身离开了。

夏冰冰赶紧撵上童志说，童志，你不觉得她太可怜吗？她很纳闷，他怎么无动于衷，他不是应该掏出几百甚至上千元资助一下吗？

童志说，现在的骗子太多了，你连这个也信？很多人已经把要饭当成是一种职业了！并且收入可观，普通人家都比不了！

夏冰冰还想分辩，她一直跟在童志身后。可童志走得很快，两人都没心情再溜达了。

回到家里童志摘下墨镜，看着夏冰冰无奈地笑了，仿佛她是一个无知的孩子，也仿佛她是一个无知的妇人。

夏冰冰说，童志，我一看她那样子就知道不是假的。

童志说，你怎么知道不是假的？语气有点不屑一顾。

夏冰冰说，因为什么都可以装，可一个母亲看孩子的眼神是装不出来的。

童志说，真的假的都无所谓了，反正你好事也做了，我又没说什么。一百块钱而已。

夏冰冰交叠地把手抱在胸前，忽然想到了有一次和管二力去县上，他也没征得夏冰冰同意，便把兜里仅有的五元钱给了一个要钱的残疾人。也就是从那一刻开始，夏冰冰决定嫁给管二力。

她们的村子离县上有几十里地呢，天又黑了，他们只好徒步回家。夏冰冰走累了，管二力便背上她。夏冰冰曾经问过管二力，为什么不问问她的意见。

管二力说，这还用问，你心里肯定也是这么想的啊。

当夏冰冰问他现在回家这么费劲，是不是后悔把仅有的钱给了人？管二力说，那怎么可能呢，咱们费劲只是这一次的事，可那钱到了那个人的手里不知道多有用呢。夏冰冰趴在管二力的后背上别提感觉有多幸福了。那种感觉夏冰冰一直都记得。

此时的夏冰冰心里很不是滋味儿，看向童志的目光也不那么温柔了。觉得童志陌生了许多。她还是不够了解童志。这是夏冰冰在和管二力吵架之后第一次觉得管二力也还不错。

童志坐在沙发上摆弄一会儿手机，一抬头，忽然把相机打开了对准夏冰冰的手。

这时夏冰冰却把手放下了。

童志举着手机说，你把手放下干什么？还像刚才那样抱着！

夏冰冰只好又把手交叠地抱在胸前。

童志一连地拍了很多张，然后打开手机相册说，你看到什么了？

夏冰冰说，手。

童志说，我还不知道是手，我是问你有什么不一样吗？

夏冰冰摇摇头。童志跟着也摇摇头，然后眯着眼沉吟着说，我怎么感觉这双手和以前不一样了？

童志见夏冰冰没说话，又接着说，它好像更白了，形状也更加好看了，可是总觉得少了点什么！是什么呢？

童志想了半天，最后恍然大悟地说，对，是没有灵性了。

整个晚上，童志都在盯着夏冰冰的手，他贪婪而困惑的目光，让夏冰冰很容易想到一些男人龌龊的心理活动。这种感觉，很像在啃青玉米的时候一不小心把虫子吞进去了，想吐又吐不出来。

但童志在那儿想了半天，也不顾夏冰冰的感受又把相机拿出来了。夏冰冰只好按照童志的要求，用一双手摆着各种造型让童志拍照。

拍了几张以后，他又让夏冰冰双手向上托着悬在空中，可是他对这组手照还是不满意。

夏冰冰无奈地看着童志，只好把手放下来。

童志说，我不是跟你说了吗，你怎么找不到感觉呢？

夏冰冰说，我不知道你要什么感觉？

童志举着双手边做示范边说，你要想你现在手里托着的是太阳，是星星，是那些可以让你激动的物体，是你心里至高无上的宝贝！

夏冰冰把双手重新举起来说，可我还是没有感觉。

童志无奈地说，你可真够笨了，要不你干脆去想你们乡下的庄稼……土地，还有你儿子管小虎也行。

夏冰冰说，我什么都想了可没用！

童志一连折腾了很长时间，也没拍出来一张满意的手照，便气恼地把相机扔在沙发上，进了卧室。

当阳光照进屋里，夏冰冰睁开眼睛，童志已经走了。夏冰冰起来简单地洗漱一下，觉得心里很累，便连饭也没吃坐在了沙发上。昨天晚上的一顿折腾让她很是厌烦，对童志给她拍的那些手照完全没有了往日那种神圣的感觉，她有些懒得去看，甚至觉得有些烦人。

她走了几步，拔下充着电的手机，想翻翻朋友圈，看看村里的朋友们在干什么，这时她发现童志的笔记本电脑没有带走。

尽管童志曾经叮嘱过不要动他的电脑，但夏冰冰不知为什么还是把电脑打开了。电脑的页面上有很多的文件，夏冰冰一个一个地点开，都是公司的一些业务记录和一些合同文本。她也不感兴趣。忽然她在一个标注为收藏室的文件夹里面发现了几千张女性手照。

夏冰冰按照顺序编码看下去，她不得不承认这些女人的手照都很白，很漂亮，也很有个性。她虽然不知道她们长什么样子，但却能想象得到童志在拍这些照片的时候，想必和她们也有过和自己类似的同居经历。这个意识让夏冰冰冒出一身冷汗，过去与童志的生活，一下子变成了黑白色。她开始紧张起来……

夏冰冰点开标注 13 号的档案，也是最后的档案，这里面收藏了几乎童志和夏冰冰相识以来所有的手照。

夏冰冰一张一张地看着，她能认出来那些就是她自己的手。有好多都是她和童志一起欣赏过的照片。然后又点开其他序号的档案进行比较，才发现所有手照的指甲都是黑色的。夏冰冰不知道童志为什么那么喜欢黑色，这让她想到了月亮星星和村里的狗吠，一切和黑色有关的东西经过夏冰冰的想象之后，在她眼前混乱地漂浮着，像是早春河面上的死鱼，让她心里有些发冷……

夏冰冰呆坐了好久才醒过神来。大脑也才开始有了转动。

夏冰冰知道童志不可能停在 13 这个序号上，随着时间的推移和他对自己这双手的厌倦，他还会有 14、15，以至于更多的号码，就像从前面数到十三一样。他所说的感觉和他对自己这双手的赞美虽然也是由衷而发，但更多还是为了满足他自己。而且从昨天晚上的不愉快看，很明显他对自己这双手已经开始不满意了！

和她这个人完全没有任何关系！夏冰冰无法想象之前的十二个人都是什么模样，都有着怎样的经历，在这个房子里跟童志是否过着和她一样的生活。但她很清楚一个序号一个序号的排列都是怎么发生的，那就是童志厌倦了，不喜欢了，然后……

尽管她知道童志还不至于害命，但是这些已经足够让她毛骨悚然！一张张黑色指甲的照片时不时地在眼前晃动，让她紧张又恍惚。

夏冰冰忽然觉得自己就是一只黑色的蚂蚁，在童志拇指和食指的捻动下，她虽然还活着，可却没有一丝的快乐和自由了。这种感觉让人很窒息。之前的甜言蜜语原来确实是骗人的，那些话不是对着她这个人说的，而是因为爱屋及乌，只是对着他喜欢的涂黑指甲的那双手的主人说的！而且说了十三次！

夏冰冰坐在了沙发上，脑子里一片空白，但她仍然觉得自己在思考着什么，就这样又坐了很久。她要装作什么都不知道吗？好像她做不出来。明白了再装糊涂不是她的性格，而且她也装不出来。

电脑就放在那里，她也不再紧张也不想再动，看过就是看过了，有什么大不了，她不怕童志知道，知道了更好，免得她解释了。

她醒过神来，笑了。心里仿佛有什么重的东西放下了。

她开始收拾自己带来的东西，尽管扔得差不多了，但还是把剩下的统统放进箱子里。童志给她买的那些高档时装、首饰，还有跑车的钥匙，她什么也没拿，都规规矩矩地放在了客厅的沙发上。她只带了她觉得应该带的，应该属于她的东西。

最后，她来到厨房做了木耳炝土豆丝和蒜苗炒豆芽两个菜，然后用盘子扣在餐桌上。在做完这一切之后，夏冰冰长长地嘘了一口气，仿佛刚割完了一垄麦子，累是累了点儿，但却很轻松。和童志相处这些日子确实是她不可多得的经历，她学会了很多。今后就是当个出租车司机她都是合格的，这些都要感谢童志！

大嫂的儿子回来照顾大嫂没几天，因为学校课程太紧又走了，大嫂现在已经能拄拐下地活动了。

夏冰冰给大嫂买了很多好吃的，她把东西一样一样地摆在大嫂的床上，看着大嫂说，还生我气呢？

大嫂说，瞎说。我啥样你还不知道？你为我做了那么多，我还生气，我成啥人了。

夏冰冰叹了口气，说，我什么情况你也不是不知道，说白了就是人家的一个保姆，时间也是由不得自己支配的，老板的脸色多少还是要看一下的。不过就是挣得钱多了一点而已。夏冰冰自己都感觉语气沧桑很多。

大嫂说，知道，你也不容易，有钱人不是那么好伺候的。咱在饭店干，什么人接触不到，那些大声叫服务员的，哪个不是仗着自己有点钱？我懂！

夏冰冰拿开大嫂握着她的手，拿起旁边的梳子，给大嫂整理了一下头发。

大嫂说，你现在比以前成熟了很多，以前就像是个小孩子。

夏冰冰说，是啊，没有经历就不会长大。长大了也有长大的烦恼，不过是风雨总会过去，彩虹总会出现。不是吗？

大嫂说，是。现在能听到你这么说，我也就放心了。你长大了，但没有变，这是最好的。每个人都有自己的坎要过，别人帮不上忙。

夏冰冰哇了一声，说，大嫂，你现在说话好有哲理哦。

夏冰冰看着大嫂两人呵呵笑了，夏冰冰握住大嫂的手说，大嫂，我想回家！

大嫂说，你早该回家了，当初都怪我！要不是我帮你下决心，也不至于这样。你不知道我有时候有多自责。

夏冰冰说，大嫂你说什么呢？我怎么能怪你？其实有你我心里反倒坦然呢。至少有一个人真的知道是怎么一回事。而且你也是真心为我好。

大嫂说，其实你不知道，出来这些年我算想明白了，这好那儿好，哪儿也不如咱乡下好。那里才是咱们的根，咱们的家！等我把儿子供完，他工作了，稳定了，我就和你大哥回去，种点地，养几个鸡仔，好好伺候园子，养老了。

夏冰冰说，好，我也这么想。到时候咱们两家做个伴！

大嫂说，你说回家是指……

夏冰冰说，大嫂你还没明白我的意思，我是回去接小虎。不是人回去，让小虎进城上学势在必行，这个是大趋势。孩子无论将来怎么发展都不能留在农村，更不能没文化。

大嫂说，管二力同意了？

夏冰冰说，这回不论他同不同意我都得接小虎出来！因为我是接他们爷俩一起出来。

她怕大嫂再接着问下去没完没了，自己一句话半句话也说不明白，说完这句话便赶紧和大嫂告辞。

时间过得太快了，夏冰冰走的时候还是春风乍暖的四月，现在依然是四月，可时间却整整地过去一年了。她来到村前的小河边，看着村子上空飘着的风筝，忽然想到自己去年走的时候天上也有风筝，只是不知道还是不是那架。她看不到那双握线的手，可却能感受得到它的存在。她忽然觉得自己其实就是一架被梦想抛向天空的风筝，无时无刻都有一条线在牵着自己，控制自己的方向。

想到这里夏冰冰停下脚步蹲在地上，用手轻轻地摩挲着路边刚刚萌芽微微泛绿的马齿苋和芨芨草，她想到了去年这个时候自己还在野外给管二力费劲地挖婆婆丁。想到这，她把头深情地俯向地面，用鼻子轻轻地嗅着。这是一种在城市永远也闻不到的香味儿，这种亲切的感觉让夏冰冰意识到她即使出去十年，即使去了更远的地方，但她依然还是这里的人。这里依然还有一根风筝线在牵着她。

此时，夏冰冰觉得管小虎好像刚离开她的身体，来到人间，睡在她的怀里一样，她的心里特别地放松，眼睛湿湿的，直到一列迎亲的车队经过她身边向村里驶去，她的泪水才流了出来。她想起大嫂给她看的管二力给大嫂发的微信，让大嫂不要不理冰冰，让大嫂多联系她，免得她有什么难处没人说……

迎亲的车队越来越近了，夏冰冰不知新娘长得什么样子，手是否和她一样也很白，但她想必是带着梦来的，而且肯定和自己的梦是一样的。

村子里隐约传来了鞭炮声，夏冰冰看着自己的黑指甲，一下子把手伸进冰冷的河水中洗了起来……

她要把黑指甲洗掉，再涂上红的，还是红指甲好看！亮堂！

（本文获得《青年文学家》杂志社首届青年文学家大奖赛特等奖）

为陌生人的命运而燃烧的火焰

——马丽红小说论

姜 超

历经多年生活的浸染,马丽红在壮岁忽然写起小说来,遣词造句略见拙意,叙事剪裁上也稍显粗犷,但这些试水之作有柔软、友善的肉身,大抵开拓出了自己的写作倾向。小说于写作者来说,究竟为何物?马丽红似乎将其视为一场吹进身体内部的春风,胸中的草原由此新绿。如果可以借用巴赫金的表达方式,写作对她来说,就是在不断变化的世界留下个人的见证。换言之,经过个人文字而处置过的历史、现实,才是属己的,说是以生命亲证也不为过。马丽红的小说作品虽不算多,然她像海绵一样有吸收一切的渴望,执意为小说提供营养。这一切恰如亨利·詹姆斯所认为:"一部小说,就其最宽泛的定义而言,乃是作者个人对于生活的直接的印象。"

在生活万象中左右摇摆,欲超拔现实而诉诸写作,途径要么是诉诸诗歌以遥望远处,要么回溯前尘往事以做纾解。马丽红的大部分小说,以怀旧的口吻,敲情感的钟鼓,为历史与时代报时。马丽红把笔下人物放在时代之下,带着历史的同情,让人物成为活生生的叙述者,叙述身份人的草根性,无形中同时增强了作品的真实感。《木鸽子上的留言》《向有梦的坐标集结》等作品,以"在场""亲历"为出发点的个体经验叙事,亲切可感,文字行进中拥有了小中见大、镜鉴万象的气度。

我们常见的事实是,很多作家回望历史就当即陷入历史,或解构,或玄幻,历史真就变成了任人打扮的小姑娘。无论后人对历史人物的钩沉与追问多么努力,都无法接近历史的真相。马丽红愿将视角回溯,试图将个体经验延伸到浩瀚的历史语境,通过对历史、事件的发掘与爬梳,在记忆长河中翻检细节,以期让历史与现实互动互联,成为亲切可诉说之物。即便是写家事,她也保持着这个习惯,小说《房前屋后》"匍匐"于生活的底层,讲述一段记忆中的往事,这不纯然是一种题材萃取方式,更是汲取精神营养的一种主动姿态。这种物我同哀的平视写作视角,可能更接近世界和人生的本原状态。作者若能更进一步,突出"诗中必须有我"的灵魂书写,强调的是"真"的记述,作品的成色会进一步提升。

马丽红很多作品并不来自亲历,但她那种物我同哀的了解方式,仿佛比亲历者更加有情感的力量。她朴素的小说语言一字一词裹挟着旧日的艰辛,字词并非冷漠的客观之物,它们是有同情的温度的,有着不同凡响的穿透力。如何在回溯历史、往事中,投入后世人的思索,使其"旧命维新"呢?马丽红从小事入眼,从心灵的细微处写起,这样的书写不隔语、不隔心、不隔情。仿佛可以撇开较近的当下,马丽红的小说倾向于回望历史的前段,探入小人物梦醒后的无奈与挣扎,试图从人性的回归审视历史。这些作品叙事舒缓,流速也不快,悠然讲述中的人物总是有着旧时代疼痛的呢喃声。大多数50后作家有亲历现场的历史经验,作品借助特定年代播撒启蒙思想,予以道德控诉,表达献祭理想的热情;60后作家则多借助儿童视角,审视成人世界的荒诞与错位,也记录了自身残忍的青春历程,力争达成历史的日常化营构。当代很多作品以特定年代为描写对象,大都带着强烈的后设立场,苛求时代和人物,其可信度和感染度大打折扣。马丽红坚持以身体感知时代、生活,身在荒野的发声值得倾听。她的小说坚持对人物刻画,凝视人物动态的生活场景,跟住了不换姿势来拍,细致入微又合情合理。这些作品关注的是真实可感的生命个体,在他们身上闪烁着历史碎片的微光。每一个具有时代良知的寻梦者,总会有面对"荒原"的太息。马丽红集结了这些太息,让它们越过生活、眺望历史远景,在小说里复活。

《向有梦的坐标集结》展示的是人性最宝贵的那一部分人伦人情的自然延伸。退伍军人唐耀武开荒种树大半辈子,临终前将毕生所得捐作党费。而促成唐耀武默默奉献一辈子的推力，就是对死去战友的承诺。而他心念的，就是再做一次兵的梦想。马丽红的叙述稍嫌滞重，有点跟不上唐耀武的心理闪回。好在，她对社会发展的冷静思考有时是慢节奏观看，甚至是后退着审视，唯此才能烛照时代的阴影和人心的浮躁。这样讲述的故事有徐徐推进、缓慢抖开的感觉。唐耀武身上的光芒被一点点放开，含有朴素动人的力量。比唐耀武还要隐身的奉献者是刘占文，二者都甘愿做造福乡里的无名英雄。

经典文学从来跳动着各式各样的英雄形象，但能为我们铭记的却不多——有的小说将英雄悬在天空，予其一身假大空的神兵天将气；有的小说将英雄草芥化，予其一身庸俗市侩气；有的小说将英雄的泪腺打开，予其一身苦情气。马丽红的历史叙事注重挖掘具有真实血肉的"英雄"，他们具有人性的光辉，也有如普通人一样的弱点。在塑造平民英雄时，马丽红也对人性予以拷问，即展示英雄人物对真善美的渴望和追求，甚至展示普通人物的生理本能，她的每一个心灵叩问均发人深省。"最后他们的子弹已经打光，只剩下陈光大和丁胜利两个人了，而且都已经负伤不轻。""陈光大不是贪生怕死，但就这样死了实在太可惜也不值得。小鬼子还没赶走，父老乡亲们还在受罪，他觉得必须活着和李亚男一起迎接胜利的曙光。"作品《木鸽子上的留言》描摹了陈光大的装死场景，也继续追踪了身边战友对此不同的反应，其中就有战友丁胜利的揭发与团长的批判、处理。不过，马丽红其意不在道德攻讦上，也没有就此止步叙事。"丁胜利说，我什么都挺过来了，可他们让我吸食海洛因⋯⋯"丁胜利后来被捕叛变，通过与陈光大装死事件的对照，马丽红完成了对人性的细致拷问。作者没有直接下结论，也没有任何控诉，而是通过拣拾陈光大对爱情、国仇家恨的各种细节表现，丁胜利遭受酷刑时的哀号，来凸显人物性格与命运走向。米兰·昆德拉说过："大事就交给上帝吧，我们只关注细节。"希望马丽红今后打开灵视之眼，以细节之美展现审美的狂喜，用生动精妙的细节来构筑自己的小说世界。

瓦尔特·本雅明说："⋯⋯而是因为这陌生人的命运燃烧的火焰为我们提供了我们自身的命运所从来汲取不到的热量，小说吸引读者的是借他所读到的一次死亡来温暖他冷得发抖的生活的希望。"马丽红对枯寂、灰暗的生活抛去内心的火焰，赋予主人公以温暖。作品《房前屋后》写的是我们一家对老婶与陶四旺的再婚态度，掺杂着复杂的社会因素，而老婶并未因此沉沦与暴躁。马丽红此刻笔带深情，"老婶把新买的两床被面送了过去，两人说什么了，我不知道。可老婶回来脸上却带着笑，这让我想起老叔活着的时候，她也这样笑。这表示她对现在的生活毫无怨言，很满足。"小说涌动着小说家特有的谨慎与悸动，仿佛劝诫世俗生活空间里的凡人抖掉尘埃，继续带着光亮活下去。她为笔下人物保存了梦想的活力及现实中精神的闪电。这些谨慎、悸动与内心的匆忙，让作家摆脱了一切俗世的羁绊，从而领略心灵的自由与思考的乐趣。《沼泽上也长庄稼》是书写脱贫攻坚的优秀作品，却有独特的表述方式。驻村的档案局长杨青林面对老大难的马鸣，从心理入手，从习惯养成入手，信仰与坚持的力量终究战胜了贫穷，而结局读来让人泪目。"奇迹就是这样发生的，在美美叫了一声爷爷以后，杨青林似乎轻轻地哼了一声，接着便缓缓地睁开了眼睛……"当患自闭症的美美终于开口时，这部小说的力量不显自明。

当小说家提笔之时，他应当直面现实，沉浸在日常生活的现场，关注平凡中久违的诗意，呈现世界的庞杂性与生命的丰富性。马丽红铺陈文字其间的琐屑与庸常，并不是作家的本意，她总是引领主人公们不拘囿于生存的狭促而坦然活着。在平常生活空间里，作家的写作难度在于艰难挖掘隐藏在生活层面之下的"意义"。作品《黑指甲》酷似报章常见的包养故事，却有另一种走向，作者再次展示了当下社会的浮世绘。"迎亲的车队越来越近了，夏冰冰不知新娘长得什么样子，手是否和她一样也很白，但她想必是带着梦来的，而且肯定和自己的梦是一样的。"马丽红为笔下人物掬一捧同情之泪，为那些在艰难时世苦熬拼杀的夏冰冰、管二力描形绘影，为底层苦苦挣扎的人们诚挚祝福。不过，作者对童志病态迷恋美丽手指的行为虽有细致铺陈，但拯救之意的光似乎没有照向他。

文坛充斥的是那些相似度极高的小说，缺乏辨认度的写作牵扯作品无可挽回地落入俗套。作家成熟的标志之一就是要有反思能力，养成创作的自觉。

作品《地下的光》细碎饱满,语言张力空间较强,"小园里的蔬菜都清理干净了,靠障子跟前的葵花杆子也被德才连根拔了,蝈蝈早已经不叫了。在月色下德才挥着铁锹又开始挖起来,玉环主要做些辅助性工作,等德才累了撮撮浮土,或者给德才卷根烟啥的。两人悄没声息地恐怕别人知道。小园很快被德才挖了一遍,两人一无所获,可还是不甘心。后来陈年堆积的柴火垛也被他们挑开了,几只老鼠吱吱地叫着满园子窜,把玉环吓得跳着脚躲到德才身后。德才累得筋疲力尽,坐在炕沿上,手里拿着烟不住喘气。"作者对德才夫妇在月下、灯下挖掘的场景描写很见功力。德才夫妇费尽心机寻找而来的地下财富,但随着妻子玉环的患重病而散去;德明夫妇靠辛勤劳动、合法经营获得了财富,获得了身心的愉悦,接受了命运与奋斗的双重恩赐。这部小说的主题开掘拥有片面的深刻性、深刻的片面性,阅读时总有似曾相识的感觉,颇有《镜花缘》《警世通言》等古代小说的道德劝诫的味道。小说创作是一个发现意义、涌现情思的过程,它始终要展现灵魂的震荡、世界的裂变,驱使作家去提高介入现实、寻求救赎途径的能力。我以为,《地下的光》还可在意义延展上反复打磨。

马丽红的作品不多,故事发生的场景变化无多,这多少暴露了作者观察生活、反思现实的层面不够宽泛的问题,有时候表现题材的局限可能就是写作的局限。太过写实有点像苦水账,酷似具体生活的琐碎细节连缀,有时松弛的、絮絮叨叨的叙述带来了内在的平庸。马丽红在语言上仍需打磨,要尽快生成符合自身特点的语言风格;在叙事上,要改变平铺直叙的惯性,叙事裁剪上见功夫,以少少许胜多多许的能力需要提升。小说家就是那把故事讲好的人,故事讲出来是最低纲领,重点在"讲好"上。会控制叙事节奏的小说家,更接近艺术的本质。希望马丽红有意识控制事件发展的速率、走向,经营悬念效应,刺激读者阅读的欲望,让小说更加好看。

在马丽红的心目之中与笔锋之下,写实主义的升格与进化离不开人物的心灵秘缔。"重要的不是活得最好,而是活得最多。"希望马丽红牢记加缪的嘱托作为提醒,在未来的小说创作中不断复苏千百个人物,让他们各自有不同的活法，如此，写作让自己拥有千面人生，活过了千百次。如此，马丽红定能收获满满的写作欢愉。

（姜超，青年评论家，中国作协会员，黑龙江省作协秘书长）